16	3	2	13
5	10	11	8
9	6	7	12
4	15	14	1

Publicado com o apoio do Instituto de Tradução da Rússia

Coleção LESTE

Varlam Chalámov

A LUVA, OU KR-2

Contos de Kolimá 6

Tradução e notas
Nivaldo dos Santos e Francisco de Araújo

Posfácio
Gustaw Herling

editora■34

EDITORA 34

Editora 34 Ltda.
Rua Hungria, 592 Jardim Europa CEP 01455-000
São Paulo - SP Brasil Tel/Fax (11) 3811-6777 www.editora34.com.br

Варлам Шаламов, «Колымские рассказы»
Varlam Shalamov's Russian texts copyright © 2011 by Irina Sirotinskaya
Translation rights into the Portuguese language
are granted by FTM Agency, Ltd., Russia, 2011
© Portuguese translation rights by Editora 34 Ltda., 2016

Tradução © Nivaldo dos Santos e Francisco de Araújo, 2019

A FOTOCÓPIA DE QUALQUER FOLHA DESTE LIVRO É ILEGAL E CONFIGURA UMA
APROPRIAÇÃO INDEVIDA DOS DIREITOS INTELECTUAIS E PATRIMONIAIS DO AUTOR.

Imagem da capa:
Campo de trabalhos forçados na União Soviética, anos 1930

Capa, projeto gráfico e editoração eletrônica:
Bracher & Malta Produção Gráfica

Revisão:
Cide Piquet, Danilo Hora

1ª Edição - 2019 (1ª Reimpressão - 2023)

CIP - Brasil. Catalogação-na-Fonte
(Sindicato Nacional dos Editores de Livros, RJ, Brasil)

Chalámov, Varlam, 1907-1982

C251l   A luva, ou KR-2 (Contos de Kolimá 6) /
Varlam Chalámov; tradução e notas de Nivaldo
dos Santos e Francisco de Araújo; posfácio de
Gustaw Herling — São Paulo: Editora 34, 2019
(1ª Edição).
328 p. (Coleção Leste)

Tradução de: Pertchatka ili KR-2

ISBN 978-85-7326-734-1

1. Literatura russa. 2. História da Rússia -
Século XX. I. Santos, Nivaldo dos. II. Araújo,
Francisco de. III. Herling, Gustaw, 1919-2000.
IV. Título. V. Série.

CDD - 891.73

A LUVA, OU KR-2

Contos de Kolimá 6

A luva	7
Galina Pávlovna Zibalova	53
Liócha Tchekánov, ou companheiros de pena em Kolimá	74
Triangulação de terceira classe	88
O carrinho de mão I	97
O carrinho de mão II	101
Cicuta	122
Doutor Iampólski	128
O tenente-coronel Fraguin	139
Permafrost	149
Ivan Bogdánov	155
Iákov Ovsêievitch Zavodnik	166
O xadrez do doutor Kuzmiénko	182
O homem do vapor	188
Aleksandr Gogoberidze	192
Lição de amor	200
Noites áticas	211
Viagem a Ola	227
O tenente-coronel do serviço médico	237
O comissário militar	257
Riva-Rocci	270
Dois poemas, *Varlam Chalámov*	298
Posfácio, *Gustaw Herling*	301
Mapa da União Soviética	310
Mapa da região de Kolimá	312
Glossário	313
Sobre o autor	319
Sobre os tradutores	325

Traduzido do original russo *Kolímskie rasskázi* em *Sobránie sotchiniéni v tchetiriokh tomakh*, de Varlam Chalámov, vol. 2, Moscou, Khudójestvennaia Literatura/Vagrius, 1998. Foi também utilizado, para consultas e pesquisas, o site http://shalamov.ru, dedicado ao autor.

O presente volume é o sexto e último da série que constitui o ciclo completo dos *Contos de Kolimá*: *Contos de Kolimá* (vol. 1); *A margem esquerda* (vol. 2); *O artista da pá* (vol. 3); *Ensaios sobre o mundo do crime* (vol. 4); *A ressurreição do lariço* (vol. 5); *A luva, ou KR-2* (vol. 6).

Todos os contos foram traduzidos por Nivaldo dos Santos, com exceção de "Noites áticas", "Viagem a Ola", "O tenente-coronel do serviço médico", "O comissário militar" e "Riva-Rocci", traduzidos por Francisco de Araújo.

A LUVA

para Irina Pávlovna Sirotínskaia

Em algum lugar no gelo estão guardadas as minhas luvas de cavaleiro, que por trinta e seis anos completos se ajustaram bem aos meus dedos, mais justas que a pele de pelica e a camurça fininha de Ilse Koch.[1] Essas luvas vivem no museu do gelo — uma testemunha, um documento, uma peça do realismo fantástico da minha realidade de então — esperando sua vez, como tritões ou celacantídeos, para se tornarem os celacantos de sua classe.[2]

Eu confio em registros, em fatos, pois sou fatógrafo de profissão, fatólogo, mas o que fazer se esses registros não existem? Não existem fichas pessoais, nem arquivos, nem histórico médico...

Os documentos do nosso passado foram destruídos, os mirantes da guarda nivelados, os barracões arrasados, o arame farpado enferrujado foi enrolado e levado para algum ou-

---

[1] Ilse Koch (1906-1967), esposa de Karl Otto Koch, comandante dos campos de concentração nazistas de Buchenwald e Majdanek. Era conhecida como a "Bruxa de Buchenwald" e a "Cadela de Buchenwald". Segundo relatos de sobreviventes, Ilse era extremamente cruel e colecionava pedaços de pele tatuada de prisioneiros dos campos de extermínio. Esses pedaços de pele eram empregados na confecção de objetos como abajures e luvas. Ilse suicidou-se no presídio de Aichach, Alemanha, onde cumpria pena de prisão perpétua. (N. do T.)

[2] Classe de peixes sarcopterígios. Acreditava-se que os celacantos teriam sido extintos no Cretáceo Superior, porém, foram redescobertos em 1938 no litoral da África do Sul. (N. do T.)

tro lugar. Nas ruínas de Serpantinka[3] floresceu *ivan-tchai*,[4] a flor do incêndio, do esquecimento, a inimiga dos arquivos e da memória humana.

Nós estivemos lá?

Respondo: "Estivemos" — com toda a eloquência de um protocolo, a responsabilidade e a clareza de um documento.

Será isso um conto sobre a minha luva de Kolimá, uma peça do museu de saúde pública ou de etnografia?

Onde está você agora, minha luva de cavaleiro atirada à neve, num desafio ao tempo, atirada ao rosto do gelo de Kolimá, no ano de 1943?

Eu sou um *dokhodiaga*,[5] um inválido rematado cujo destino é o hospital, salvo ou até mesmo arrancado das garras da morte pelos médicos. Porém, eu não vejo o bem que trouxe a minha imortalidade; nem para mim, nem para o Estado. Nossos conceitos mudaram de escala, cruzaram as fronteiras do bem e do mal. A salvação pode ser um bem, mas pode também não ser: essa questão, até hoje não a resolvi para mim mesmo.

Será que é possível segurar a pena com essa luva, a qual

---

[3] Localizada na região de Magadan, era uma prisão de inquérito do NKVD e uma subunidade do Sevvostlag, acrônimo de *Siêvero Vostótchni Ispravítelno-Trudovoi Lager* (Campo de Trabalho Correcional do Nordeste). O Sevvostlag estava sob jurisdição do Dalstroi, acrônimo de *Glávnoie Upravliénie Stroítelstva Dálnego Siévera* (Administração Central de Obras do Extremo Norte), empresa estatal subordinada ao NKVD e responsável pela construção de estradas e exploração mineral na região de Kolimá. (N. do T.)

[4] *Chamerion* (lat.), planta da família das onagráceas, comum em regiões subtropicais e temperadas. (N. do T.)

[5] Categoria de prisioneiros completamente sem forças, esgotados, acabados. (N. do T.)

devia permanecer no formol ou no álcool de um museu, mas que permanece no gelo anônimo?

Uma luva que por trinta e seis anos fez parte do meu corpo, parte e símbolo da minha alma.

Tudo deu em nada, e a pele cresceu novamente. Cresceram músculos sobre o esqueleto; os ossos sofreram um pouco, entortados por osteomielite depois do congelamento dos membros. Até a alma cresceu ao redor desses ossos danificados, visivelmente. Até a impressão datiloscópica é a mesma naquela luva morta e na atual, viva, que segura agora o lápis. Eis o verdadeiro milagre da ciência forense. Tratam-se de luvas gêmeas. Algum dia vou escrever um romance policial com um tema como esse, luvas, e dar assim minha contribuição para esse gênero literário. Mas não é hora para o gênero policial. As minhas luvas são duas pessoas, dois sósias com um mesmo desenho datiloscópico — um milagre da ciência. Um objeto digno da reflexão de criminalistas do mundo todo, de filósofos, historiadores e médicos.

Não sou o único a conhecer o segredo de minhas mãos. O enfermeiro Lesniák e a médica Savóieva[6] seguraram essa luva nas mãos.

Será que a pele que cresceu, a pele nova e os músculos ossificados têm o direito de escrever? E se escrevem, são as mesmas palavras que poderia cultivar a luva de Kolimá, a luva de um *rabotiaga*,[7] a mão calejada, esfolada por um pé de

---

[6] Respectivamente, Boris Nikoláievitch Lesniák (1917-2004), enfermeiro, engenheiro químico e literato russo, e Nina Vladímirovna Savóieva (1916-2003), médica russa que trabalhou em campos de trabalhos forçados e que procurou melhorar as condições de vida dos condenados. Eles se conheceram em 1943, quando Lesniák era prisioneiro e atuava como enfermeiro no hospital do campo de trabalhos de Iágodnoie, na região de Magadan. Na ocasião, ela era a médica-chefe do hospital. Os dois se casaram em 1946, após a libertação de Lesniák. (N. do T.)

[7] Prisioneiro esforçado, trabalhador. (N. do T.)

cabra, com os dedos arqueados pelo cabo de uma pá? Pois aquela luva não escreveria este conto. Aqueles dedos não podem se endireitar para pegar a pena e escrever sobre si.

Esse fogo da nova pele, essa chama rosada de uma menorá de mãos congeladas, não seria um milagre?

Talvez na luva que está afixada ao prontuário médico escreva-se não só a história do meu corpo, do meu destino, da minha alma, mas do Estado, do tempo, do mundo.

Nessa luva podia-se escrever a história.

E agora, embora o desenho datiloscópico seja idêntico, examino sob a luz a pele fina e rosada, e não as mãos sujas, ensanguentadas. Agora estou mais longe da morte do que em 1943 ou 1938, quando meus dedos eram os dedos de um defunto. Eu, como uma serpente, atirei à neve minha pele velha. Mas também agora a nova mão reage à água fria. Os golpes do congelamento são irreversíveis, eternos. E mesmo assim minha mão não é aquela do *dokhodiaga* de Kolimá. Aquele couro arrancado da minha carne desprendeu-se do músculo como uma luva e está afixada ao prontuário médico.

O desenho datiloscópico de ambas as luvas é um só: é o desenho do meu gene, do gene da vítima e do gene da resistência. Como também o meu grupo sanguíneo. Os eritrócitos são de vítima, e não de conquistador. A primeira luva foi deixada no museu de Magadan, no museu da Administração Sanitária, e a segunda foi trazida para a Terra Grande,[8] para o mundo dos homens, a fim de deixar atrás do oceano, atrás do Passo Iáblonovi,[9] tudo o que é inumano.

As mãos dos fugitivos capturados em Kolimá eram cor-

---

[8] Sinônimo de "continente", termo usado pelos habitantes de ilhas e por desterrados para se referir à região ocidental da Rússia, "civilizada e livre". (N. do T.)

[9] Desfiladeiro localizado no território de Zabaikálie, no leste da Rússia. (N. do T.)

tadas com machado, para que não se perdesse tempo com o corpo, com o cadáver. As mãos cortadas podem ser levadas em uma pasta, em um porta-mapas, pois o passaporte[10] de uma pessoa em Kolimá, de um assalariado ou de um fugitivo condenado, é um só: o desenho de seus dedos. Tudo o que é necessário para a identificação pode ser levado em uma pasta, em um porta-mapas, e não em um caminhão, não numa picape ou num "Willys".[11]

E onde está minha luva? Onde ela está guardada? Pois minha mão não foi cortada.

No auge do outono de 1943, logo depois de uma nova pena de dez anos, sem ter forças ou esperanças de viver — os músculos, a musculatura sobre os ossos era pouca demais para preservar um sentimento há muito esquecido, abandonado e desnecessário a um homem como a esperança — eu, um *dokhodiaga*, que fora expulso de todos os ambulatórios de Kolimá, fui levado pela bem-aventurada onda da luta oficialmente reconhecida contra a disenteria. Eu, um velho diarreico, obtive então sólidas evidências para a hospitalização. Eu me orgulhava de poder exibir meu traseiro a qualquer médico — e o mais importante: a qualquer um, médico ou não — e meu traseiro ia cuspir um coágulo de muco salvador, ia mostrar ao mundo uma esmeralda cinza-esverdeada com veias ensanguentadas, a pedra preciosa da disenteria.

Essa foi a minha entrada no paraíso onde eu nunca estivera em trinta e oito anos de minha vida.

Fui indicado para o hospital, incluído nas listas intermináveis por meio de algum buraquinho de um cartão perfura-

---

[10] O passaporte mencionado no conto é um documento de identidade válido apenas no território russo. (N. do T.)

[11] Famoso jipe produzido pela companhia norte-americana Willys-Overland Motors, bastante empregado na Segunda Guerra Mundial. (N. do T.)

do, incluído, inserido na roda da salvação, da salvação. No entanto, na ocasião eu pensava em salvação menos do que tudo, e absolutamente não sabia o que era o hospital, apenas submetia-me à lei perpétua do automatismo de um detento: alvorada — revista — café da manhã — almoço — trabalho — jantar, sono ou uma chamada do encarregado.

Eu ressuscitei muitas vezes e "nadei até o fundo" novamente, vagando do hospital à galeria da mina por muitos anos; nem dias, nem meses, mas anos, os anos de Kolimá. Fui medicado até eu mesmo começar a medicar, e por aquela mesma roda automática da vida fui atirado à Terra Grande.

Eu, um *dokhodiaga*, esperava um comboio de prisioneiros, mas não o do ouro,[12] onde tinham acabado de aumentar em dez anos a minha pena. Para o ouro eu estava esgotado demais. Os serviços da "missão vitamínica"[13] tornaram-se o meu destino.

Eu esperava um comboio no OLP[14] do comando, em Iágodnoie;[15] as regras de deslocamento eram conhecidas: todos os *dokhodiagas* eram mandados para o trabalho com cães, com escolta. Havendo escolta, havia trabalho. O trabalho deles não era registrado em lugar nenhum; eles eram mandados à força, até antes do almoço — faça um buraco

---

[12] Em 1928 foram encontradas jazidas de ouro em Kolimá. Posteriormente, as autoridades soviéticas decidiram empregar a força de trabalho dos condenados para a exploração dessas jazidas. (N. do T.)

[13] Colheita na floresta de folhas de coníferas, utilizadas no fabrico de um extrato amargo distribuído aos prisioneiros como "vitamina". (N. do T.)

[14] Sigla de *Otdiêlni Láguerni Punkt* (Posto Destacado do Campo), repartição de base de um campo de trabalhos forçados criada para controlar melhor a produção. (N. do T.)

[15] Vilarejo do distrito de Iágodninski, em Magadan. (N. do T.)

na terra congelada com um pé de cabra ou puxe os troncos para a lenha do campo, ou então serre os tocos em pilhas, a dez quilômetros do vilarejo. Recusa? Solitária, trezentos gramas de pão e uma tigela de água. Ato lavrado. Mas em 1938, depois de três recusas consecutivas, fuzilaram todos em Serpantinka, na prisão de inquérito do Norte. Conhecendo bem essa prática, para onde quer que nos levassem eu nem pensava em me esquivar ou recusar.

Em uma das viagens nos levaram para uma fábrica de confecções. Por trás da cerca ficava um barracão onde se teciam luvas a partir de calças velhas e também solas de pedaços de algodão.

Luvas novas de lona com revestimento de pele resistiam ao trabalho de perfuração com pé de cabra — e eu perfurava um bocado manualmente — por cerca de meia hora. E as de algodão, por uns cinco minutos. A diferença de qualidade não era grande demais para que se pudesse contar com o fornecimento de roupas de trabalho da Terra Grande.

Na fábrica de confecções de Iágodnoie as luvas eram tecidas por umas sessenta pessoas. Ali havia um forno e também uma cerca de proteção contra o vento; eu queria muito arranjar um trabalho nessa fábrica. Infelizmente, os dedos de um mineiro da galeria da mina de ouro, encurvados pelo cabo da pá e pela empunhadura da picareta, não podiam segurar as agulhas na posição correta, e até para consertar luvas eram escolhidas pessoas mais fortes do que eu. O mestre, que observava como eu tentava controlar a agulha, fez um gesto negativo com a mão. Eu não passei na prova para alfaiate, e me preparei para um longo caminho. Contudo, longe ou perto, para mim dava absolutamente na mesma. A nova pena recebida não me assustou nem um pouco. Calcular a vida para além do dia seguinte não fazia nenhum sentido. É pouco provável que o próprio conceito de "sentido" fosse admissível em nosso mundo fantástico. Essa conclusão, o cálculo de um dia, foi encontrada não pelo cérebro, mas por alguma sensação animalesca de detento, uma sensação dos músculos, um axioma encontrado e que está fora de qualquer dúvida. Parecia que tinham sido percorridos os caminhos mais longos, as estradas mais escuras e mais ermas, que tinham se iluminado os cantinhos mais profundos do cérebro, que foram testados os limites da humilhação, os espancamentos, as bofetadas, os tapas e as surras diárias. Tudo isso eu experimentei muito bem. Tudo o que é importante me foi sugerido pelo corpo.

Ao primeiro golpe de um guarda de escolta, de um chefe de brigada, de um supervisor, de um *blatar*[16] ou de um comandante qualquer, eu desabava; e isso não era fingimento. Ora essa! Kolimá testou reiteradamente meu aparelho vestibular, testou não apenas a minha síndrome de Ménière, mas também a minha falta de peso em sentido absoluto, ou seja, carcerário.

Nas centrífugas de gelo de Kolimá, fui testado como um astronauta para um voo aos céus.

Eu me valia de uma vaga noção: me bateram, derrubaram, pisotearam; os lábios cortados e o sangue escorrendo dos dentes escorbúticos. Eu precisava me encolher, deitar, grudar na terra, na úmida mãe terra. Mas a terra era neve, gelo, e na época do verão, pedra, e não terra úmida. Bateram-me muitas vezes. Por tudo. Por eu ser trotskista e por ser um "zé-ninguém".[17] Eu respondia com minhas ancas por todos os pecados do mundo, fui entregue à vingança oficialmente permitida. E mesmo assim não vinha o último golpe, a última dor.

[16] Bandido ou criminoso profissional que segue o "código de conduta" da bandidagem. (N. do T.)

[17] No original, "Ivan Ivánitch". (N. do T.)

Eu não pensava então no hospital. "Dor" e "hospital"[18] são conceitos diferentes, sobretudo em Kolimá.

Inesperado demais foi o golpe do doutor Mokhnatch, diretor do posto médico da zona especial de Djelgala,[19] onde me julgaram alguns meses antes. Todos os dias eu ia a uma consulta no ambulatório onde trabalhava o doutor Vladímir Óssipovitch Mokhnatch, tentando obter, pelo menos por um dia, uma dispensa de trabalho.

Quando me prenderam em maio de 1943, eu requeri tanto um exame médico quanto um atestado do meu tratamento no ambulatório.

O juiz de instrução anotou meu pedido, e naquela mesma noite escancararam-se as portas da minha solitária, onde eu ficava no escuro, com uma caneca de água e trezentos gramas de pão para a semana inteira, deitado no chão de terra — pois na solitária não havia nem leito, nem móveis —, e daí surgiu na soleira um homem de jaleco branco. Era o doutor Mokhnatch. Sem se aproximar, ele olhou para mim, que estava sendo retirado, empurrado da solitária, e iluminou meu rosto com um lampião; depois sentou-se à mesa para escrever algo, sem demora, num papelzinho. E saiu. Eu vi esse papelzinho no dia 23 de junho de 1943, no tribunal revolucionário, durante o meu julgamento. Ele constava como um documento oficial. Eu me lembro daquele texto de cor; no papelzinho estava literalmente: "Atestado. O detento Chalámov não esteve no ambulatório nº 1 da zona especial de Djelgala. Mokhnatch, diretor do posto médico".

[18] Em russo as palavras "dor" (*bol*) e "hospital" (*bolnítsa*) têm a mesma raiz. (N. do T.)

[19] Um dos campos de mineração nos quais era empregada a força de trabalho dos condenados. Na língua iacuta, "Djelgala" significa "Vale da Morte". (N. do T.)

A luva

Esse atestado foi lido em voz alta no meu julgamento, para a glória plena do delegado Fiódorov, que conduzia meu caso. Tudo era mentira no meu processo: a acusação, as testemunhas, a perícia. De verdadeiro, apenas a vileza humana. Nem tive tempo de me alegrar naquele junho de 1943, pois a pena de dez anos era um presente de aniversário. "É um presente — assim me diziam os peritos em semelhantes situações —, pois você não foi fuzilado. Não lhe deram a pena mais pesada, de sete gramas de chumbo."[20]

Tudo isso parecia uma bobagem diante da realidade da agulha que eu não conseguia segurar como um alfaiate.

Mas também isso era bobagem.

Em algum lugar — em cima ou embaixo, nunca descobri em toda a minha vida — giravam as rodas dentadas que movimentam o barco a vapor do destino, o pêndulo que balança da vida até a morte, expressando-se numa grande calmaria.

Em algum lugar escreviam-se circulares, estrepitavam os telefones de comunicação interna. Em algum lugar alguém respondia por algo. E, como resultado insignificante da resistência médica formal à morte, perante a espada punitiva do Estado, nasciam instruções, ordens e respostas evasivas do comando superior. Ondas de um mar de papéis derramando-se nas margens de um destino que nada tinha de papel. Não era por causa de sua verdadeira doença que os *dokhodiagas*, os distrofiados de Kolimá, tinham direito à assistência médica, ao hospital. Até no necrotério o patologista falseava a verdade, mentia mesmo depois da morte, mostrando outro diagnóstico. O diagnóstico verdadeiro de distrofia alimentar apareceu nos documentos médicos dos campos de trabalho

---

[20] Metáfora para "tiros". (N. do T.)

somente depois do cerco de Leningrado; na época da guerra foi permitido chamar a fome de "fome", mas até então os *dokhodiagas* eram deixados para morrer com o diagnóstico de avitaminose, pneumonia gripal e, em raros casos, de EFA — esgotamento físico agudo.

Até o escorbuto tinha números de controle, os quais não era recomendável que os médicos ultrapassassem no tempo de internação, ou nos grupos "B" ou "C". Um tempo de internação prolongado, um chamado do comandante superior, e o médico deixava de ser médico.

Disenteria — era com isso que se permitia hospitalizar os detentos. O fluxo de doentes de disenteria varria todas as barreiras oficiais. Um *dokhodiaga* percebe delicadamente um ponto fraco — por onde, por qual portão é dada a passagem para um descanso, para uma trégua, seja de uma hora, seja de um dia. O estômago, o corpo de um detento, não é um aneroide. O estômago não adverte. Porém, o instinto de autopreservação obriga o *dokhodiaga* a olhar para a porta do ambulatório, que pode levar à morte, mas também à vida.

"Mil vezes doente" — o termo do qual riem todos os doentes e a direção médica é profundo, legítimo, exato e sério.

Um *dokhodiaga* arrancará do destino ao menos um dia de descanso, para novamente retornar aos seus caminhos terrenos, bem parecidos com os caminhos celestiais.

O principal era a ficha de controle, o plano. Entrar naquele plano era uma tarefa difícil; a torrente de diarreicos era tamanha que as portas do hospital ficaram estreitas.

O complexo vitamínico,[21] onde eu vivia, tinha no total duas vagas para disenteria no hospital do distrito, dois bilhe-

---

[21] No original, *vitaminni kombinat* (conjunto vitamínico). A palavra *kombinat* designa geralmente um grupo de empresas combinadas, que atuam em conjunto. (N. do T.)

tes preciosos, e mesmo assim conquistados na marra para os da "vitamínica", pois a disenteria da mina de ouro, ou da mina de estanho, ou da construção de estradas custava mais caro que a do nosso complexo.

O que chamavam de complexo vitamínico era simplesmente um galpão onde se cozinhava extrato de *stlánik*,[22] uma mistura venenosa, ruim e amarguíssima, de cor marrom, condensada após cozida numa fervura de muitos dias. Essa mistura era preparada com os espinhos das folhas de coníferas, que eram "beliscadas" em toda a Kolimá pelos detentos, pelos *dokhodiagas* que se esgotavam na galeria da mina de ouro. Os que se livravam da área de extração de ouro eram obrigados a morrer criando um produto vitamínico: o extrato de folhas de coníferas. A amarguíssima ironia estava no próprio nome do complexo. De acordo com o raciocínio do comandante e a experiência secular de grandes viagens ao Norte, as folhas de coníferas eram o único recurso local contra a doença dos *poliárnikes*[23] e das prisões: o escorbuto.

Esse extrato era colocado no equipamento oficial de toda a medicina do Norte dos campos de trabalho como o único recurso de salvação; se o *stlánik* não ajudar, quer dizer que nada ajudará.

Davam-nos essa mistura nauseante três vezes ao dia; sem ela, não davam comida no refeitório. Por mais que o estômago de um detento esperasse ansiosamente o caldinho de farinha[24] que glorificava qualquer comida, a administração estragava irremediavelmente esse momento importante, que ocorria três vezes ao dia, obrigando-o a degustar um gole pre-

---

[22] Espécie de pinheiro (*Pinus pumila*). (N. do T.)

[23] Exploradores de regiões polares. (N. do T.)

[24] No original, *íuchka iz múki* (caldo de farinha). Trata-se de um caldo feito à base de cogumelo moído. (N. do T.)

ventivo do extrato de folhas de coníferas. Por causa dessa mistura amarguíssima, o estômago soluça e estremece alguns minutos, e o apetite se estraga irremediavelmente. Nesse *stlánik* havia também alguma coisa de castigo, de punição.

Baionetas guardavam a passagem estreita para o refeitório, para a mesa onde, com um balde e uma minúscula conchinha de lata, feita de embalagem de conservas, ficava sentado o *lepilo* do campo de trabalho, o *lepkom*,[25] despejando uma dose salutar do veneno na boca de cada um.

A peculiaridade desse suplício de muitos anos com *stlánik*, do castigo com a conchinha, que era praticado por toda a União, estava no fato de que nesse extrato cozido em sete caldeirões não havia nenhuma vitamina C, a qual poderia salvar do escorbuto. A vitamina C é muito fraca; ela some depois de quinze minutos de fervura.

No entanto, era feita uma estatística médica, totalmente fidedigna, na qual se demonstrava de modo convincente, "com os números nas mãos", que a mina estava dando mais ouro e que o período de internação vinha sendo reduzido. Que as pessoas, mais precisamente, os *dokhodiagas*, que morriam de escorbuto, morriam apenas porque tinham cuspido a mistura salvadora. Chegaram a lavrar atos contra os cuspidores, metendo-os na solitária e nas RURs.[26] E essas tabelas não eram poucas.

---

[25] Os detentos empregavam a palavra *lepilo* (ou *lepila*) para designar o enfermeiro do campo de trabalhos forçados. Na linguagem dos criminosos, essa palavra também significa "médico", sendo que em alguns casos refere-se a um médico junto ao qual pode-se obter algum tipo de narcótico. Acredita-se que *lepilo* seja uma variação de *lepkom*, acrônimo de *lekárski pomóshnik* (auxiliar médico). (N. do T.)

[26] Acrônimo de *Rota Ussílennogo Rejima* (Companhia de Regime Intensivo). (N. do T.)

A luva

Toda a luta contra o escorbuto era uma farsa trágica, sangrenta, absolutamente idêntica ao realismo fantástico de nossa vida de então.

Logo depois da guerra, quando as coisas se esclareceram no mais alto nível no que concerne a esse tema sangrento, o *stlánik* foi proibido por completo em toda parte. Depois da guerra começaram a levar para o Norte, em grande quantidade, frutos de roseira silvestre, que contém vitamina C verdadeira.

Há muitos tipos de roseira silvestre em Kolimá: montanhesa, pequena, com bagas de polpa lilás. Mas nós, na nossa época, éramos proibidos de nos aproximar de uma roseira silvestre na hora do trabalho; até atiravam e matavam aqueles que queriam comer essa baga, esse fruto, ainda que sem saber de sua essência salutar. A escolta protegia a roseira contra os detentos.

A roseira silvestre apodrecia, secava, perdia-se sob a neve para novamente surgir na primavera, para despontar por baixo do gelo na forma de um chamariz dulcíssimo e meiguíssimo, seduzindo a língua apenas com o sabor, com uma fé misteriosa, e não com o saber, não com a ciência inclusa nas circulares, onde se recomendava somente o *stlánik*, o *kedratch*,[27] o extrato do complexo vitamínico. Um *dokhodiaga* enfeitiçado pela roseira silvestre atravessava a zona, o círculo mágico contornado por belvederes, e recebia uma bala na nuca.

Para conquistar um bilhete de disenteria, era necessário mostrar uma "evacuada", um coágulo de muco do ânus. Um detento *dokhodiaga*, sob a alimentação normal de um campo de trabalhos, tem uma "evacuada" a cada cinco dias, não menos. Um milagre regular da medicina. Cada migalha é ab-

---

[27] Sinônimo de *stlánik*, cuja denominação completa em russo é *kedróvi stlánik*. (N. do T.)

sorvida por qualquer célula do corpo, e não apenas, ao que parece, pelo intestino e pelo estômago. A pele também queria, estava pronta para absorver comida. O intestino devolvia, expelia algo difícil de entender; é difícil até explicar do que se tratava.

Um detento nem sempre pode obrigar seu reto a ejetar na mão do médico um coágulo de muco documental e salvador. Não se tratava de embaraço, vergonha, pois nem havia conversa. Sentir vergonha era uma noção humana demais para o campo.

Mas eis que surge uma chance de se salvar, e o intestino não funciona, não expele esse coágulo de muco.

O médico fica ali esperando pacientemente. Se não houver coágulo, não vai haver hospital. O ingresso vai ser aproveitado por outro, e esses outros não eram poucos. É você o felizardo, só que a sua bunda, o seu reto, não consegue dar uma arrancada, uma escarrada, uma impulsionada para a eternidade.

Finalmente alguma coisa escapa, espremida dos labirintos do intestino, daqueles doze metros de tubos, cujos movimentos peristálticos de repente cessaram de funcionar.

Eu estava atrás da cerca, comprimindo minha barriga com todas as forças, implorando ao reto para espremer, para soltar uma quantidade simbólica de muco.

O médico permanecia sentado pacientemente, fumando seu cigarro de *makhorka*.[28] O vento agitava o precioso ingresso sobre a mesa, preso por uma *benzinka-"kolimtchanka"*.[29] Apenas o médico podia assinar esses ingressos, e sob responsabilidade pessoal pelos diagnóstico.

---

[28] Tabaco muito forte e de baixa qualidade. (N. do T.)

[29] Lamparina artesanal de vapor de benzina. Em russo, *benzinka* e *kolimka* são sinônimos; em vez desta última, o autor emprega nessa pas-

Eu pedi ajuda a toda minha raiva. E meu intestino funcionou. O reto expeliu uma escarrada, um respingo — se a palavra "respingos"[30] tiver singular —, um coágulo de muco de cor verde-acinzentada com um precioso fio vermelho, um pequeno veio de valor extraordinário.

A quantidade de fezes coube no meio de uma folhinha de amieiro, e inicialmente pareceu-me que não havia nenhum sangue no meu muco.

Mas o médico era mais experiente do que eu. Ele aproximou dos olhos a escarrada do meu reto, cheirou o muco, jogou fora a folhinha de amieiro e, sem lavar as mãos, assinou o bilhete.

Naquela mesma noite branca[31] do Norte, fui levado para o hospital do distrito, o Biélitchie. O hospital Biélitchie era conhecido pelo clichê: "Hospital Distrital Central da Administração de Minas do Norte"; essa combinação de palavras era empregada tanto nas conversas, no cotidiano, quanto na correspondência oficial. O que surgiu primeiro — se o cotidiano legitimou aquele arabesco burocrático, ou se a fórmula apenas exprimiu a alma do burocrata —, eu não sei. "Se não acredita, faça de conta que é uma fábula", diz um provérbio da bandidagem. Na verdade, semelhante a outros distritos de Kolimá — do Oeste, do Sudoeste, do Sul —, o Biélitchie atendia apenas o Distrito do Norte, era um hospital distrital. O Hospital Central para os detentos era, na realidade, um hospital enorme, com mil leitos, que se erguia perto de Magadan, no quilômetro 23 da rodovia Magadan-Sus-

sagem a forma *kolimtchanka*, que denomina a mulher natural do território de Kolimá. (N. do T.)

[30] No original, *brizgui*. Em russo emprega-se apenas a forma no plural. (N. do T.)

[31] Em algumas regiões próximas aos círculos polares o sol não se põe completamente durante o verão. (N. do T.)

suman-Niéra,[32] posteriormente transferido para a Margem Esquerda do rio Kolimá.

Um hospital enorme, com empresas auxiliares, pesqueiro e *sovkhoz*,[33] com mil leitos, para mil mortes de *dokhodiagas* de Kolimá por dia nos meses de "pico". Ali, no quilômetro 23, ocorria a dispensa,[34] a última etapa antes do mar e também da liberdade ou da morte em algum lugar do campo de inválidos nos arredores de Komsomólsk. No quilômetro 23, a bocarra do dragão, que se abria pela última vez, punha em "liberdade" os sobreviventes — entenda-se, eventuais — das batalhas e do frio de Kolimá.

O Biélitchie ficava mesmo no quilômetro 501 dessa rodovia, perto de Iágodnoie, a apenas seis quilômetros do centro norte, que há muito se transformara numa cidade; em 1937 eu mesmo atravessava um riozinho a vau, quando um combatente nosso atirou num grande tetraz, diretamente, sem olhar para o lado e sem nem mesmo fazer o comboio de prisioneiros se abaixar.

Em Iágodnoie também haviam me julgado seis meses antes.

O Biélitchie era um hospital com cerca de cem leitos para detentos, com um modesto quadro efetivo de servidores: quatro médicos, quatro enfermeiros e quatro auxiliares de enfermagem, todos detentos. Contratada era somente a mé-

---

[32] Rodovia que ligava a região de Magadan à Iacútia. Parte dessa estrada foi construída com mão de obra de prisioneiros. (N. do T.)

[33] Unidade agrícola gerida pelo Estado, voltada para a produção de alimentos em larga escala. Já os *kolkhozes* eram unidades agrícolas geridas pelos camponeses. (N. do T.)

[34] No original, *aktiróvka*. Esse termo designa geralmente uma suspensão de atividades escolares quando as condições climáticas são severas demais. No meio carcerário, refere-se a uma libertação antecipada de detentos por motivo de doença grave. (N. do T.)

A luva

dica-chefe, Nina Vladímirovna Savóieva, uma osseta que era membro do Partido e tinha o apelido de "Mãe Negra".

Além desse quadro, o hospital podia manter todo tipo de OP e OK,[35] — já não era mais o ano de 38, quando não havia nem OP nem OK perto do hospital da lavra Partizan, na época dos fuzilamentos de Garánin.[36]

A redução, a diminuição de pessoal naquela época era facilmente compensada pelo continente, e no carrossel da morte eram lançados novos e novos comboios de prisioneiros. Em 1938, iam para Iágodnoie inclusive comboios que percorriam o caminho a pé. De uma colônia de trezentas pessoas, chegavam oito a Iágodnoie; as demais eram assentadas no caminho, ficavam com as pernas congeladas, morriam. Não havia nenhum centro de restabelecimento para os inimigos do povo.

Durante a guerra era outra coisa. Moscou não tinha condições de repor os suprimentos de pessoal. Ordenaram à direção do campo de trabalho que conservasse aquele grupo já enviado e assegurado. Assim, à medicina também foram concedidos alguns direitos. Nessa época, na lavra Spokóini,[37] eu me deparei com um número impressionante. De um grupo de três mil pessoas, no primeiro turno de trabalho havia 98. As demais estavam em clínicas integrais ou semi-integrais, em hospitais ou em licença ambulatorial.

[35] Siglas de *Ozdorovítelni Punkt* (Posto de Restabelecimento da Saúde) e *Ozdorovítelnaia Komanda* (Grupo de Restabelecimento da Saúde). (N. do T.)

[36] Também conhecido como *Garáninschina*, foi um período de repressão gratuita e extremamente violenta perpetrada em Kolimá, nos anos 1937-1938, pelo coronel Stiepan Nikoláievitch Garánin (1898-1950), comandante do Sevvostlag. (N. do T.)

[37] A palavra *spokóini* significa "tranquilo". (N. do T.)

Então, o Biélitchie tinha o direito de manter um corpo de doentes em vias de recuperação. Um OK ou um OP, um grupo ou um posto de restabelecimento.

Nos hospitais estava também concentrada uma grande quantidade de força de trabalho gratuita de detentos que, em troca de ração ou da permanência por um dia a mais no hospital, estavam dispostos a remover montanhas inteiras de qualquer espécie, exceto o solo pedregoso da galeria da mina de ouro.

Os convalescentes do Biélitchie tanto podiam, como sabiam e até já tinham removido montanhas de ouro — o rastro do trabalho deles eram as áreas de extração das minas do Norte —, mas não venceram a drenagem do Biélitchie, o sonho dourado da médica-chefe, da "Mãe Negra". Não conseguiam preencher o pântano ao redor do hospital. O Biélitchie ficava em um morrinho, a um quilômetro da rodovia central Magadan-Sussuman. Esse quilômetro no inverno não constitui um problema, nem a pé, nem a cavalo, nem de automóvel. A "estrada de gelo" é a força principal das estradas de Kolimá. Mas no verão o pântano mastiga e chapinha; a escolta conduzia um de cada vez, obrigando-os a saltar de montículo em montículo, de pedrinha em pedrinha, de vereda em vereda, embora durante o inverno a vereda seja perfeitamente traçada e aberta no *permafrost*[38] pela mão experiente de um engenheiro, um dos doentes.

Mas no verão o *permafrost* começa a recuar, e não se conhecem os limites, as últimas fronteiras até onde ele irá recuar. Um metro? Mil metros? Ninguém sabe. Nem um hidrógrafo vindo de Moscou em um "Douglas",[39] nem um iacuto

---

[38] No original, *viétchnaia merzlotá*, camada subterrânea do solo permanentemente congelada. (N. do T.)

[39] Avião da norte-americana Douglas Aircraft Company. Entre 1939

A luva   25

cujos pais e avós tenham nascido ali mesmo, naquela terra pantanosa.

As valas ficam cheias de pedras. Montanhas de calcário são armazenadas ali mesmo, ao lado; abalos sísmicos, desmoronamentos e deslizamentos que ameaçam vidas; tudo isso sob um céu vivo e ofuscante: em Kolimá não chove; chuvas e nevoeiro somente na costa.

O melhoramento da terra é feito pelo próprio sol, que não se põe.

Nessa estrada pantanosa, um quilômetro do Biélitchie até a rodovia, foram cravadas quarenta mil jornadas de trabalho, milhões de horas (de trabalho) dos convalescentes. Todos deviam jogar pedras no fundo do pântano intransitável. Todo dia no verão o pessoal de serviço jogava pedras no pântano. O pântano mastigava e engolia as oferendas.

Os pântanos de Kolimá são túmulos mais austeros do que algumas das colinas de sepultamento eslavas ou o istmo que foi soterrado pelo exército de Xerxes.

Cada doente que recebia alta do Biélitchie, antes de partir, devia jogar pedras no pântano do hospital, pedras de um grande bloco de calcário, já quebrado por outros doentes ou por servidores da época dos *udárnikes*.[40] Milhares de pessoas jogavam pedras no pântano. O pântano mastigava e engolia o bloco.

Em três anos de trabalho enérgico não foi obtido nenhum resultado. Outra vez surgia a estrada de gelo, e a luta inglória contra a natureza era suspensa até a primavera. Na

e 1953, foram produzidas na URSS duas versões licenciadas do modelo DC-3, as quais receberam os nomes de PS-84 e Li-2. (N. do T.)

[40] Palavra formada a partir da locução *udarni trud* (trabalho de vanguarda, de choque). O termo referia-se originalmente a trabalhadores de alta produtividade da época dos primeiros planos quinquenais da URSS. Em Kolimá, era também o nome dos "sábados comunistas", trabalho voluntário realizado nos dias livres em prol da comunidade. (N. do T.)

primavera tudo recomeçava do início. Mas em três verões não se conseguiu fazer nenhuma estrada para o hospital pela qual um automóvel pudesse passar. Tal como antes, era preciso levar aos saltos, de montículo em montículo, aqueles que recebiam alta. E trazê-los para o tratamento pelos mesmos montículos.

Depois de três anos ininterruptos de esforços gerais foi esboçado apenas um pontilhado, um caminho qualquer, ziguezagueante e precário, da rodovia até o Biélitchie, um caminho pelo qual não se podia correr, ir a pé ou de veículo, apenas saltar de bloco em bloco, como há mil anos, de montículo em montículo.

Esse duelo inglório com a natureza exasperou a "Mãe Negra", a médica-chefe.

O pântano triunfava.

Eu ia para o hospital aos saltos. O motorista, um rapaz experiente, ficava com o carro na rodovia para que os passantes não levassem o caminhão, nem arrancassem o motor. Na noite branca ladrões apareciam não se sabe de onde, e os motoristas não deixavam os carros nem por uma hora. Era um costume.

Um guarda da escolta me obrigou a saltar pelas lajes brancas até o hospital e, depois de me deixar sentado no chão perto do terraço da entrada, carregou minha sacola para uma pequena isbá.

Um pouco além dos dois barracões de madeira estendiam-se fileiras de enormes barracas de lona, cinzentas como a própria taiga. Entre as barracas fora colocado um tablado de varas, uma calçada de salgueiro erguida expressivamente acima de uma pedra. O Biélitchie ficava na foz de um riacho e temia as inundações, os temporais com trovoada, as enchentes de Kolimá.

As barracas de lona não só lembravam a fragilidade do mundo, mas também, pelo tom mais severo, repetiam para você, um *dokhodiaga*, que a sua presença ali era indesejável, embora não acidental. Ali terão pouca consideração por sua vida. No Biélitchie não se tinha nenhum conforto; era só para emergências.

O céu de lona das barracas do Biélitchie não se diferenciava em nada do céu de lona das barracas da lavra Partizan, de 1937, esfarrapado e varrido por todos os ventos. Não se diferenciava nem dos abrigos subterrâneos do complexo vitamínico, de tarimbas duplas, aquecidos e revestidos de turfa, que protegiam só do vento, não do frio. Mas para um *dokhodiaga*, a proteção contra o vento já é uma grande coisa.

E as estrelas, que eram vistas através dos buraquinhos do teto de lona, eram as mesmas em toda a parte: um desenho torto do firmamento do Extremo Norte.

Estrelas ou esperanças, não havia diferença, mas também não havia necessidade nem de estrelas, nem de esperanças.

No Biélitchie o vento passeava por todas as barracas, denominadas seções do Hospital Distrital Central, abrindo as portas para os doentes e fechando bruscamente as dos consultórios.

Isso pouco me perturbava. A mim não foi permitido chegar ao conforto de uma parede de madeira e compará-la com a lona. Eram de lona as minhas paredes, era de lona o céu. Os pernoites ocasionais em abrigos de madeira nas *tranzitkas*[41] não ficaram na minha memória nem como felicidade, nem como esperança de uma possibilidade a ser alcançada.

A mina de carvão de Arkagala.[42] Lá havia madeira mais do que tudo. Mas lá havia também muitos tormentos, e foi

---

[41] Locais de detenção dos prisioneiros que aguardavam transferência para os campos ou que estavam voltando para o continente. (N. do T.)

[42] Vilarejo localizado na região de Magadan. (N. do T.)

justamente de lá que eu fui para Djelgala receber minha pena: em Arkagala eu já era uma vítima marcada, já estava nas listas e nas mãos habilidosas dos provocadores da zona especial.

A lona hospitalar era uma decepção para o corpo, mas não para a alma. Meu corpo tremia com qualquer sopro de vento; eu me contorcia, não conseguia conter o tremor de toda a minha pele, dos dedos dos pés até a nuca.

Na barraca escura não havia nem forno. Em algum lugar no meio de um grande número de tarimbas de madeira recém-cortada estava também o meu lugar desse dia e do seguinte: uma tarimba com cabeceira de madeira, sem colchão nem travesseiro; só a tarimba, a cabeceira, um cobertor gasto, imprestável, no qual era possível enrolar-se como numa toga romana ou numa gabardina de saduceu. Através do cobertor gasto você poderia ver as estrelas da Roma Antiga. Mas as estrelas de Kolimá não eram estrelas romanas. O desenho do céu estrelado do Extremo Norte não é como nas passagens do Evangelho.

Comecei a me enrolar firmemente no cobertor como no céu, aquecendo a cabeça da única maneira possível e que eu bem conhecia.

Alguém me pegou pelos ombros e me levou para algum lugar por uma estradinha de terra. Eu tropeçava com os pés descalços e me machuquei em alguma coisa. Meus dedos, que não cicatrizavam desde 1938, apodreciam por causa do congelamento.

Antes de deitar na tarimba, eu devia ser lavado. E quem ia me lavar era um tal Aleksandr Ivánovitch, um homem com dois jalecos por cima da *telogreika*,[43] auxiliar de enfermagem

---

[43] Literalmente, "esquentador de corpo". Agasalho acolchoado, confeccionado para proteger contra o clima rigoroso do inverno russo, com temperaturas bem abaixo de zero. (N. do T.)

do hospital, detento e ainda por cima *líternik*,[44] ou seja, do artigo 58;[45] isto significava "do prontuário médico", e não do quadro efetivo, pois só um *bitóvik*[46] podia ser efetivo.

Um balde de madeira, um barril com água, uma concha, um armário com roupa de baixo: tudo isso estava enfiado num cantinho do barracão, onde ficava a tarimba de Aleksandr Ivánovitch.

Aleksandr Ivánovitch despejou-me um balde de água do barril, porém eu estava há muitos anos acostumado com esses banhos simbólicos, com esse gasto superatencioso de água, que no verão é obtida dos riachos e, no inverno, da neve derretida. Eu podia e sabia me lavar com qualquer quantidade de água, desde uma colher de chá até uma cisterna. Embora com uma colher de água eu lavasse os olhos e só. Mas ali não era uma colher, e sim um balde inteiro.

Não era preciso cortar meu cabelo; ele já fora devidamente cortado à máquina pelo ex-coronel-geral do Estado-Maior, o barbeiro Rudenko.

A água, a água simbólica do hospital, estava fria, obviamente. Mas não gelada como toda a água de Kolimá no inverno e no verão. Porém, isso nem era importante. Nem água fervente aqueceria o meu corpo. Ah, nem que jogassem sobre minha pele uma concha de resina fervente, o calor infernal não aqueceria minhas entranhas. Em queimaduras eu não pensava nem lá no inferno, quando apertava a barriga pelada contra um cano de caldeira quente na área de extração de ouro da lavra Partizan. Isso foi no inverno de 1938, mil anos

---

[44] *Líternik*, prisioneiro condenado pelo item "KRTD" do artigo 58 do Código Penal Soviético de 1922; ou seja, aquele que foi preso por "atividades trotskistas contrarrevolucionárias". (N. do T.)

[45] Artigo do Código Penal Soviético de 1922 relativo a crimes políticos por atividades contrarrevolucionárias. (N. do T.)

[46] Preso condenado por crimes comuns. (N. do T.)

atrás. Depois da Partizan, fiquei resistente à resina infernal. Mas no Biélitchie não usavam a resina infernal. Aos olhos ou, mais precisamente, ao tato, ou segundo o dedo de Aleksandr Ivánovitch, o balde de água também não podia estar quente ou morno. Nem gelado; e isso era o suficiente, segundo Aleksandr Ivánovitch. Mas, para mim, tudo isso era absolutamente indiferente, segundo meu próprio corpo — e o corpo é mais sério e excêntrico do que a alma humana, o corpo tem mais valores morais, direitos e deveres.

Antes de me lavar, Aleksandr Ivánovitch raspou meu púbis com a própria mão, com uma navalha perigosa, passou-a perto das axilas e depois me levou ao gabinete do médico em uma roupa de baixo hospitalar velha e remendada, porém limpa; o gabinete ficava isolado naquelas mesmas paredes de lona da barraca.

A cortina de lona se abriu, e no limiar surgiu um anjo de jaleco branco. Por baixo do jaleco estava usando uma *telogreika*. O anjo usava calças de algodão, e por cima do jaleco estava jogada uma peliça curta de segunda mão, velha, porém de boa qualidade.

As noites de junho não brincavam nem com os "livres", nem com os detentos, nem com os "panacas",[47] nem com os *rabotiagas*. Sobre os *dokhodiagas* nem há o que dizer. Os *dokhodiagas* simplesmente cruzaram a fronteira do bem e do mal, do calor e do frio.

Era o médico de plantão, o doutor Liébedev. Liébedev não era médico, nem doutor, aliás nem enfermeiro, mas simplesmente professor de história no ensino médio — uma especialidade, como se sabe, explosiva.

Ex-doente, ele começara a trabalhar como enfermeiro praticante. O tratamento de "doutor" há tempos deixara de

---

[47] No original, *pridurki*. O termo referia-se aos detentos que tinham a possibilidade de se esquivar dos trabalhos comuns. (N. do T.)

A luva

embaraçá-lo. Aliás, ele não era uma pessoa ruim e fazia denúncias moderadamente, talvez nem fizesse. Em todo caso, das intrigas que despedaçavam qualquer instituição hospitalar — e o Biélitchie não era exceção — o doutor Liébedev não participava, entendendo que qualquer exaltação podia lhe custar não só a carreira médica, mas também a vida.

Ele me recebeu com indiferença, preencheu meu "prontuário médico" sem nenhum interesse. Eu já estava estupefacto. Anotaram meu sobrenome com letra bonita num verdadeiro questionário de prontuário médico; apesar de não ser impresso nem tipografado, fora pautado de forma apurada pela mão habilidosa de alguém.

O questionário era mais autêntico do que a fantasmagoria, a fantastiquice da noite branca de Kolimá e a barraca de lona para duzentas tarimbas de detentos. A barraca de onde, através da lona, vinha o barulho noturno do barracão de detentos de Kolimá, tão conhecido por mim.

O homem de jaleco branco anotava, estalando furiosamente a caneta escolar no tinteiro,[48] sem recorrer ao belo conjunto de tinta que estava diante dele, no meio da mesa, trabalho rústico de um detento do hospital: um ramo entalhado, uma bifurcação de lariço de três ou de três mil anos, coetâneo de algum Ramsés ou Assaradão[49] — não me era dado saber o tempo de pena, tampouco calcular os círculos anuais do talhe. A mão habilidosa do artífice apanhara a sinuosidade natural, única e singular da árvore, que lutou, contorcendo-se, contra o frio do Extremo Norte. A sinuosidade foi apanhada, o raminho foi fixado e entalhado pela mão do mestre, e a essência da madeira, desnudada. Sob a casca de-

---

[48] No original, *tchernílnitsa-neprolivaika*. É um tinteiro especial, bem trabalhado, cujo gargalo em forma de cone fica voltado para o interior da peça, o que evita o derramamento acidental da tinta. (N. do T.)

[49] Rei da Assíria de 681 a 669 a.C. (N. do T.)

purada revelou-se o padrão dos padrões, um artigo perfeitamente comercializável: uma cabeça de Mefistófeles inclinando-se acima de uma barrica, de onde logo logo devia jorrar vinho. Vinho, e não água. O milagre em Caná[50] ou o da taverna de Fausto só não aconteceram em Kolimá porque lá podia até jorrar sangue humano, mas não álcool — não existe vinho em Kolimá —, não um gêiser de água quente subterrânea, a fonte medicinal do balneário iacuto de Tálaia.[51]

Eis aí um perigo: saque uma rolha, e correrá não água, mas sangue, um milagre digno de Mefistófeles ou Cristo — tanto faz.

Liébedev, o médico de plantão, também temia essa surpresa e preferia usar o tinteiro. Meu bilhete vitamínico estava apuradamente grudado no novo questionário. Em vez de cola, Liébedev serviu-se daquele mesmo extrato de *stlánik*, do qual havia um barril inteiro perto da mesa. O *stlánik* prendia mortalmente o pobre papelzinho.

Aleksandr Ivánovitch me levou ao meu lugar, dando-me, por alguma razão, explicações gestuais; era óbvio que oficialmente já era noite, embora estivesse claro como de dia, e convinha falar baixo segundo a tradição ou recomendação médica, embora não se pudesse acordar os kolimanos, os *dokhodiagas* adormecidos, nem com um tiro de canhão bem perto do ouvido de doente, pois qualquer um daqueles meus duzentos novos vizinhos se considerava um futuro defunto, e nada mais.

A língua de gestos de Aleksandr Ivánovitch resumia-se a alguns conselhos: se eu quisesse me recuperar, que Deus me livrasse de correr para a privada de algum banheiro, ou para um "furinho" aberto nas tábuas num canto da barra-

---

[50] Referência às núpcias de Caná, passagem bíblica narrada em Jó 2, 1-11. (N. do T.)

[51] Vila da região de Magadan. (N. do T.)

A luva

ca. Eu devia primeiro me apresentar, me consultar com Aleksandr Ivánovitch e, obrigatoriamente, na sua presença, mostrar o resultado de minha ida à privada.

Aleksandr Ivánovitch, segurando uma vara com a própria mão, devia empurrar o resultado para o mar fedorento e marulhante de fezes humanas do hospital de disentéricos, um mar que, diferentemente dos blocos brancos, não era absorvido por nenhum *permafrost* de Kolimá, mas ficava aguardando a retirada para algum outro lugar do hospital.

Aleksandr Ivánovitch não usava cal clorada, nem fenol, nem o grande e universal permanganato, e nem tinha nada parecido por perto. Mas o que me importavam todos aqueles problemas excessivamente humanos? Nosso destino também não precisava de desinfecção?

Eu corri para a "evacuada" algumas vezes, e Aleksandr Ivánovitch anotava o resultado do trabalho de meu intestino, que trabalhava de modo bem excêntrico e voluntarioso, como atrás da cerca do complexo vitamínico; Aleksandr Ivánovitch inclinava-se para perto das minhas fezes e colocava uns sinais misteriosos numa prancheta de compensado que segurava nas mãos.

O papel de Aleksandr Ivánovitch na seção era muito relevante. A prancheta de compensado da seção de disenteria refletia no mais alto grau um quadro exato, diário, constante do desenvolvimento da doença de cada um dos diarreicos...

Aleksandr Ivánovitch valorizava a prancheta, enfiava-a embaixo do colchão naquelas poucas horas em que, esgotado pela vigília de seu plantão de vinte e quatro horas, caía no sono, o sono de um detento de Kolimá, sem tirar a *telogreika*, nem os seus dois jalecos cinzas, simplesmente encostando-se na parede de lona do seu ser e perdendo num instante a consciência, para daí a uma hora, no máximo duas, levantar-se e arrastar-se de novo para a mesinha do plantão e acender a lanterna apelidada de "morcego".

No passado, Aleksandr Ivánovitch fora secretário do comitê regional de uma das repúblicas da Geórgia; por causa do artigo 58, chegou a Kolimá com uma pena astronômica. Aleksandr Ivánovitch não tinha formação médica, não era contador, embora fosse um "assistente contábil" na terminologia de Kalembet.[52] Aleksandr Ivánovitch passou pela galeria da mina, "nadou até o fundo" e foi parar no hospital pelo caminho comum de um *dokhodiaga*. Ele era um carreirista, uma alma fiel a qualquer comandante.

Aleksandr Ivánovitch era mantido no "prontuário médico" à custa de verdades e inverdades não porque fosse um especialista refinado em cirurgia ou agrologia. Aleksandr Ivánovitch era um camponês carreirista. Ele servia fielmente a qualquer comando e removeria montanhas por ordem do comando supremo. Nem foi ele quem atinou com a prancheta de compensado, mas Kalembet, o chefe da seção. A prancheta devia ficar em mãos fiéis, e essas mãos Kalembet achou na pessoa de Aleksandr Ivánovitch. Os favores eram recíprocos. Kalembet mantinha Aleksandr Ivánovitch no "prontuário médico", e Aleksandr Ivánovitch garantia um registro exato e ainda dinâmico.

Auxiliar de enfermagem efetivo, Aleksandr Ivánovitch não podia ser; isso eu adivinhei logo. Qual auxiliar de enfermagem efetivo lavaria pessoalmente os doentes? Um auxiliar de enfermagem efetivo era um deus, obrigatoriamente um *bitóvik*, o terror de todos os condenados pelo artigo 58, um olho vigilante da seção distrital. Um auxiliar de enfermagem efetivo tinha muitos ajudantes entre os voluntários interessados em uma "sopinha". Um auxiliar de enfermagem efetivo *bitóvik* talvez até fosse pessoalmente receber comida na cozinha, mas seria com uma comitiva de dez escravos, de dife-

---

[52] Piotr Semiónovitch Kalembet, um dos médicos do hospital Biélitchie. (N. do T.)

A luva

rentes graus de intimidade com o semideus, o distribuidor de comida, senhor da vida e da morte dos *dokhodiagas*. Eu sempre fiquei pasmo com o velho costume russo de ter obrigatoriamente um escravo serviçal. Assim, o plantonista dos *bitóvikes*, que plantonista não era, e sim um deus, contratava um *rabotiaga* do artigo 58 por cigarros, *makhorka*, um pedaço de pão. E um *rabotiaga* do artigo 58 não vacilava. E daí, no fim das contas, o contratado arranjava escravos. O *rabotiaga* metia no bolso metade da *makhorka*, dividia o pão ou a sopa e levava para a limpeza, para os *bitóvikes*, para os seus camaradas, mineiros do ouro cambaleantes de cansaço e fome depois de catorze horas de trabalho na mina. Eu mesmo fui um *rabotiaga* assim, um escravo de escravos, e sei o preço de tudo isso.

Por isso logo entendi por que Aleksandr Ivánovitch corria para fazer tudo com as próprias mãos: dar banho, lavar roupa, distribuir comida e medir a temperatura.

A versatilidade devia com certeza fazer de Aleksandr Ivánovitch um homem valioso para Kalembet, para qualquer chefe de seção saído dos detentos. Mas a questão ali era só o questionário, o pecado original. O primeiro médico saído dos *bitóvikes*, não tão necessitado do trabalho de Aleksandr Ivánovitch como Kalembet, inscreveu-o na mina, onde ele morreu, pois o XX Congresso[53] ainda estava longe. Ele morreu, decerto, como um justo.

E era isso que constituía o principal perigo para os *dokhodiagas* moribundos: a integridade de Aleksandr Ivánovitch, sua dependência do próprio prontuário médico. Des-

---

[53] XX Congresso do Partido Comunista da URSS, realizado entre os dias 14 e 25 de fevereiro de 1956. Ficou famoso sobretudo pela denúncia dos crimes de Stálin feita pelo então secretário-geral do Partido, Nikita Khruschov (1894-1971). Após esse Congresso, todos os campos de trabalhos forçados foram desativados. (N. do T.)

de o primeiro dia, como sempre e em todo lugar, Aleksandr Ivánovitch contava com o comando, com a exatidão, com a honestidade na sua principal atividade, na caça às fezes humanas dos doentes de disenteria. Aleksandr Ivánovitch era o esteio do serviço médico da seção de disenteria. E isso todos entendiam.

A prancheta de registro era dividida em quadros de acordo com a quantidade de diarreicos que necessitavam de fiscalização. Nenhum *blatar* que chegasse ao hospital naquela onda de disenteria poderia subornar Aleksandr Ivánovitch. Aleksandr Ivánovitch reportaria imediatamente ao comando. Não obedeceria à voz do medo. Aleksandr Ivánovitch tinha seus negócios com os *blatares* desde os trabalhos na mina, nas galerias. Porém, os *blatares* compravam médicos, e não auxiliares de enfermagem. Ameaçavam médicos, e não auxiliares de enfermagem, e menos ainda auxiliares de enfermagem saídos dos doentes, que estavam no "prontuário".

Aleksandr Ivánovitch se esforçava para justificar a confiança dos médicos e do Estado. A vigilância de Aleksandr Ivánovitch não dizia respeito a materiais políticos. Aleksandr Ivánovitch realizava tudo o que dizia respeito à fiscalização de excrementos humanos.

Na torrente de simuladores de disenteria (seriam mesmo simuladores?), era de extrema importância fiscalizar a "evacuada" diária do doente. E o que mais? O cansaço desmedido? O esgotamento agudo? Tudo isso estava fora da vigilância não só do auxiliar de enfermagem, mas também do chefe da seção. Apenas o médico era obrigado a fiscalizar a "evacuada" do doente. Qualquer anotação "segundo palavras de" era duvidosa em Kolimá. E já que o centro vital de um doente de disenteria é o intestino, era extremamente importante saber a verdade, senão pessoalmente, então através de alguém confiável, através de um representante legal no mundo fantástico dos subterrâneos dos detentos de

Kolimá, no universo deformado de janelas de vidro de garrafa; chegar à verdade ainda que em sua forma grosseira, aproximada.

As escalas de compreensão, de avaliação em Kolimá são confusas, mas por vezes ficam totalmente de pernas para o ar. Aleksandr Ivánovitch era chamado para fiscalizar não a convalescença, mas o embuste, o roubo de leitos ao Estado-Benfeitor. Aleksandr Ivánovitch considerava uma felicidade fazer o inventário das defecações do barracão da disenteria, e o doutor Kalembet — um médico de verdade, não um "doutor" simbólico como Liébedev — consideraria uma felicidade conferir a merda, em vez de empurrar um carrinho de mão, como tinham de fazer ele e todos os intelectuais, todos os "zé-ninguém", todos os "assistentes contábeis", sem exceção.

Piotr Semiónovitch Kalembet, mesmo sendo médico profissional e até professor da Academia Militar de Medicina, considerava uma felicidade, em 1943, registrar uma "evacuada" no prontuário médico, e não soltar na privada a sua própria "evacuada" para cálculo e análise.

A milagrosa prancheta de compensado, o documento básico de diagnóstico e clínica na seção de disenteria do Biélitchie, continha uma lista de diarreicos que mudava sem cessar.

Havia uma regra: aliviar-se durante o dia, somente na presença do auxiliar de enfermagem. O auxiliar de enfermagem, mais exatamente, o cumpridor da função de auxiliar de enfermagem, era surpreendentemente o doutor com cara de anjo Liébedev. Nessa hora, Aleksandr Ivánovitch cochilava para despertar de repente numa pose marcial, pronto para a batalha noturna com os diarreicos.

Vejam que grande utilidade para o Estado podia ter uma simples prancheta nas mãos virtuosas de Aleksandr Ivánovitch!

Infelizmente, ele não viveu até o XX Congresso. E também não viveu até lá Piotr Semiónovitch Kalembet. Depois de cumprir dez anos e ser libertado, depois de ocupar o cargo de chefe do setor médico de uma seção, Kalembet percebeu que nada mudara em seu destino, exceto a denominação de sua função; a falta de direitos dos ex-detentos saltava aos olhos. Esperança, tal como todos os kolimanos honestos, Kalembet não tinha nenhuma. A condição não mudou nem mesmo após o término da guerra. Kalembet suicidou-se em 1948 em Elguen,[54] onde era chefe do setor sanitário; ele injetou na veia uma solução de morfina e deixou um bilhete de conteúdo estranho, porém totalmente kalembetista: "Os idiotas não me deixam viver".

E Aleksandr Ivánovitch morreu como um *dokhodiaga*, sem concluir sua pena de vinte anos.

A prancheta de compensado era dividida em colunas verticais: número, sobrenome. Ali não havia as colunas apocalípticas de artigo e de tempo de pena, o que me surpreendeu um pouco quando eu toquei pela primeira vez na prancheta preciosa, limada por uma faca, raspada por um vidro quebrado; a coluna seguinte à do sobrenome chamava-se "cor". Mas ali não se tratava de galinhas, nem cachorros.

A coluna seguinte não tinha nome, embora nome houvesse. Talvez ele tenha parecido difícil para Aleksandr Ivánovitch e fora esquecido há tempos, ou então era um termo absolutamente desconhecido, da duvidosa culinária latina; a palavra era "consistência", mas os lábios de Aleksandr Ivánovitch não conseguiam repeti-la corretamente para transferir o termo importante à nova prancheta. Aleksandr Ivánovitch simplesmente a deixava passar, guardava-a "na lembrança"

---

[54] Na vila de Elguen, na região de Magadan, havia uma subunidade do campo de trabalho administrado pelo Dalstroi. (N. do T.)

A luva

e entendia perfeitamente o sentido da resposta que ele devia dar nessa coluna.

A "evacuada" podia ser líquida, dura, semilíquida e semidura, regular e irregular, em forma de papa... — todas essas poucas respostas Aleksandr Ivánovitch guardava na lembrança.

Ainda mais importante era a última coluna, que se chamava "frequência". Os autores de listas de frequência de palavras poderiam lembrar a prioridade de Aleksandr Ivánovitch e do doutor Kalembet.

A "frequência" era precisamente um dicionário de frequência da bunda — era isso aquela prancheta de compensado.

Nessa coluna Aleksandr Ivánovitch deixava também um risquinho feito com um toco de lápis-tinta,[55] como numa máquina cibernética, assinalando a cifra de emissão fecal.

O doutor Kalembet se orgulhava muito dessa sua invenção engenhosa, que permitia matematizar a biologia e a fisiologia, inundar de matemática o processo intestinal.

Ele inclusive demonstrou e comprovou em uma conferência a utilidade de seu método, e confirmou a sua prioridade; é possível que tenha sido uma diversão, um escárnio sobre o próprio destino por parte do professor da Academia Militar de Medicina; mas também é possível que tudo isso fosse um deslocamento mental causado pelo Norte, algo absolutamente grave, um trauma que acomete não apenas os *dokhodiagas*.

Aleksandr Ivánovitch me levou até minha tarimba, e eu adormeci. Dormi perdido em sonhos e, pela primeira vez na

---

[55] No original, *khimítcheski karandach* (lápis químico). Trata-se de um lápis com grafite especial, semelhante à tinta, cuja escrita não pode ser apagada. (N. do T.)

terra de Kolimá, não em um barracão de trabalho, não na solitária, não em uma RUR.

Quase instantaneamente — ou talvez tivessem passado muitas horas, anos, séculos — eu despertei por casa da luz do "morcego", o lampião que me iluminava diretamente no rosto, apesar de ser uma noite branca e tudo estar bem visível.

Alguém de jaleco branco, com uma peliça sobre os ombros por cima do jaleco — Kolimá é a mesma para todos —, iluminou meu rosto. Liébedev, o doutor com cara de anjo, também se erguia ali, sem peliça sobre os ombros.

A voz de alguém ressoou acima de mim num tom interrogativo:

— Assistente contábil?

— Assistente contábil, Piotr Semiónovitch — disse afirmativamente Liébedev, o doutor com cara de anjo, o mesmo que anotava os meus "dados" no prontuário médico.

O chefe da seção chamava de assistentes contábeis todos os intelectuais que tinham ido parar naquela tempestade de extermínio da Kolimá de 1937.

O próprio Kalembet era um assistente contábil.

Assistente contábil era também Lesniák, o auxiliar de enfermagem da seção cirúrgica, estudante do primeiro ano da faculdade de medicina da MGU,[56] meu conterrâneo moscovita e camarada da instituição superior de ensino, que desempenhou um grande papel no meu destino em Kolimá. Ele não trabalhava na seção de Kalembet. Ele trabalhava com Traut, na seção cirúrgica, na barraca cirúrgica vizinha, como assistente de operações.

Ele ainda não tinha entrado no meu destino; nós ainda não nos conhecíamos.

---

[56] Sigla de *Moskóvski Gossudárstvieni Universitiét* (Universidade Estatal de Moscou). (N. do T.)

A luva

Assistente contábil era também Andrei Maksímovitch Pantiukhov, que me enviaria aos cursos de enfermagem para detentos, o que definiu meu destino em 1946. A conclusão desses cursos de enfermagem, o diploma que dava direito de medicar imediatamente, era uma resposta a todos os meus problemas de então. Porém, o ano de 1946 ainda estava longe, três anos inteiros — uma eternidade, em termos de Kolimá.

Assistente contábil era também Valentin Nikoláievitch Traut, um cirurgião de Sarátov que, por ser de origem alemã, sofria mais do que os outros; e mesmo a conclusão da pena não resolveu os seus problemas. Somente o XX Congresso salvou Traut, dando confiança e sossego a suas mãos talentosas de cirurgião.

Enquanto indivíduo em Kolimá, Traut foi completamente arrasado, assustava-se com qualquer comando, caluniava quem o comando ordenasse, não defendia ninguém que o comando perseguisse. Mas a alma e as mãos de cirurgião ele preservou.

E o mais importante: assistente contábil era também Nina Vladímirovna Savóieva, a osseta contratada, membro do Partido e médica-chefe do Biélitchie, uma mulher jovem, de uns trinta anos.

Ela podia fazer muita bondade. E muita maldade. O importante era direcionar para o lado certo a sua incrível e heroica energia de célebre administradora, de um tipo puramente masculino.

Nina Vladímirovna estava muito longe das questões elevadas. Mas o que ela entendia, entendia profundamente, e se empenhava em provar por atos, ou simplesmente pela força, que tinha razão. A força dos contatos, da proteção, da influência e da mentira pode ser empregada também para uma coisa boa.

Sendo uma pessoa muito cheia de amor-próprio, que

não suportava objeções, Nina Vladímirovna confrontou os vis privilégios de todos aqueles comandantes da alta oficialidade de então em Kolimá; ela mesma inaugurou a luta contra a vileza usando de tais meios.

Administradora extraordinariamente capaz, Nina Vladímirovna sentia falta de uma coisa: que ela pudesse passar os olhos em toda a sua propriedade, berrar diretamente para todos os *rabotiagas*.

Sua promoção para a função de chefe do setor médico do distrito não trouxe êxito. Ela não sabia comandar nem dirigir através de papéis.

Uma série de conflitos com o comando superior, e Savóieva já estava nas listas negras.

Em Kolimá, todo o comando se autoabastecia. Nina Vladímirovna não era exceção. Mas ela não fazia delações nem contra outros comandantes, e sofreu por isso.

Começaram a fazer delações contra ela, provocavam, interrogavam, aconselhavam — no estreito círculo partidário da administração.

E quando foi embora o seu conterrâneo e padrinho Gagkáiev, ainda que para um posto em Moscou, começaram a perseguir Nina Vladímirovna.

Seu concubinato com o enfermeiro Lesniák resultou na sua exclusão do Partido. Eis aí o momento em que eu conheci a célebre "Mãe Negra". Ela ainda está em Magadan. Boris Lesniák também está em Magadan, e os filhos deles também estão em Magadan. Após a libertação de Boris Lesniák, Nina Vladímirovna não se casou imediatamente com ele, mas isso não mudou o seu destino.

Nina Vladímirovna sempre pertencera a algum grupo ou ela mesma chefiava esse grupo, e gastava uma energia sobre-humana para conseguir a demissão de algum canalha. E gastava o mesmo tanto de energia sobre-humana para vencer alguma figura de fama impecável.

A luva

Boris Lesniák inseriu na vida dela objetivos diferentes, morais, inseriu na vida dela a cultura do nível em que ele mesmo fora educado. Boris era um "assistente contábil" hereditário; a mãe cumprira prisão, exílio. Sua mãe era judia. O pai, operário da KVJD,[57] alfandegário.

Boris encontrou forças em si mesmo para dar sua contribuição em questões de integridade pessoal, fez alguns juramentos e os cumpriu.

Nina Vladímirovna o seguia, vivia segundo os valores dele, e se referia com ódio a todos os seus colegas contratados.

Sou grato à boa vontade de Lesniák e Savóieva na época mais difícil para mim.

Não posso esquecer como toda noite, literalmente toda noite, Lesniák trazia para mim, no barracão, um pouco de pão ou um punhado de *makhorka*, coisas preciosas na minha então semi-existência de completo *dokhodiaga* de Kolimá.

Toda noite eu esperava aquela hora, aquele pedaço de pão, aquela pitada de *makhorka*, e temia que Lesniák não viesse, que tudo aquilo fosse invenção minha, um sonho, uma miragem faminta de Kolimá.

Mas Lesniák vinha, surgia no limiar.

Na época eu absolutamente não sabia que Nina Vladímirovna, a médica-chefe, tinha alguma amizade com meu benfeitor. Eu aceitava esses presentes como um milagre. Toda a bondade que Lesniák podia fazer para mim, ele fazia: trabalho, comida, descanso. Ele conhecia bem Kolimá. Mas ele só podia fazer pelas mãos de Nina Vladímirovna, a médica-chefe, e ela era uma pessoa forte, que crescera em meio a toda sorte de brigas, intrigas, embustes. Lesniák mostrou--lhe outro mundo.

Eu não tinha disenteria.

---

[57] Sigla de *Kitáisko-Vostotchnaia Jeliésnaia Doroga* (Ferrovia da China Oriental). (N. do T.)

O que eu tinha chamava-se pelagra, distrofia alimentar, escorbuto, avitaminose extrema, mas não disenteria.

Depois de um tratamento de, sei lá, duas semanas e um descanso ilegal de dois dias, eu recebi alta do hospital e logo vesti meus trapos, com total indiferença aliás, junto à saída da barraca de lona; mas ainda lá dentro, bem no último momento, fui chamado ao gabinete do doutor Kalembet, àquele cômodo com o tabique e o Mefistófeles, onde Liébedev me atendia.

Se ele mesmo puxara aquela conversa, ou se Lesniák havia aconselhado, isso eu não sei. Kalembet não tinha amizade com Lesniák, nem com Savóieva.

Se Kalembet enxergara em meus olhos famintos algum brilho especial, que lhe incutiu esperança, isso eu não sei. Mas, na época da hospitalização, algumas vezes aproximaram o meu leito de vizinhos diferentes, dos mais famintos, dos mais desesperados "assistentes contábeis". Assim, minha tarimba foi colocada em companhia de Roman Krivitski, secretário-chefe do *Izviéstia*,[58] que tinha o mesmo sobrenome, mas não era parente, do renomado adjunto do ministro das Forças Armadas, fuzilado por Rukhímov.

Roman Krivitski ficou contente com a companhia, contou algo sobre si, mas o inchaço, a turgidez de sua pele branca assustava Kalembet. Roman Krivitski morreu ao meu lado. Todo seu interesse se concentrava, obviamente, na comida, assim como o de todos nós. Mas, sendo o *dokhodiaga* mais antigo, Roman trocava as sopas por mingau, o mingau por pão, o pão por tabaco; tudo isso em grãos, em pitadas, em gramas. No entanto, foram perdas mortais. Roman morreu de distrofia. O leito de meu vizinho ficou livre. Não era

---

[58] Jornal russo de grande circulação, fundado em 1917. A palavra *izviéstia* significa "notícias", "comunicados". (N. do T.)

A luva

uma tarimba comum, de varas. O leito de Krivitski era de molas, com uma rede autêntica e bordas circulares pintadas; um leito de hospital autêntico no meio de duzentas tarimbas. Aquilo também era um capricho do distrófico grave, e Kalembet o realizara.

E então Kalembet disse: "É o seguinte, Chalámov, disenteria você não tem, mas está esgotado. Você pode trabalhar na enfermagem por duas semanas; vai medir temperatura, acompanhar doentes, lavar o chão. Numa palavra: tudo aquilo que faz Makéiev, o auxiliar de enfermagem atual. Ele anda largado, não sabe o que quer e vai ter alta hoje. Decida. Não tenha medo de tomar o lugar de alguém. Não lhe prometo muito, mas duas semanas no 'prontuário médico' eu seguro".

Eu concordei, e em vez de mim teve alta Makéiev, o protegido de um enfermeiro assalariado, de sobrenome Mikhnó.

Ali havia uma luta, uma guerra séria por influência, e Mikhnó, um enfermeiro contratado e *komsomóliets*,[59] escolheu um quadro efetivo para a luta contra o próprio Kalembet. A essência do currículo de Kalembet era mais do que vulnerável; um grupo de informantes encabeçado por Mikhnó tencionava dominar o chefe da seção. Mas Kalembet desferiu seu golpe e mandou para a mina o homem de confiança de Mikhnó, o *bitóvik* Makéiev.

Tudo isso eu entendi mais tarde, mas naquele momento eu me empenhei arduamente na enfermagem. Porém faltava-me a força não só de Makéiev, mas qualquer outra. Eu não era suficientemente habilidoso, suficientemente respeitoso com os superiores. Numa palavra, fui expulso no dia seguinte à transferência de Kalembet para algum lugar. Mas duran-

---

[59] Membro do Komsomol, a Juventude Comunista da União Soviética. (N. do T.)

te esse tempo, durante aquele mês, eu pude conhecer Lesniák. E foi justamente Lesniák que me deu uma série inteira de conselhos importantes. Lesniák dizia: "Você, arranje um bilhete. Se tiver um bilhete, não vão mandá-lo de volta, não vão negar uma internação". Com seus bons conselhos, Boris não entendia que eu já era um *dokhodiaga* antigo e que nenhum trabalho, mesmo o mais simbólico que pudesse existir, como o de copista, ou o mais saudável, como a colheita de bagas e cogumelos, ou o armazenamento de lenha, ou a pesca sem qualquer norma e ao ar livre, poderia me ajudar.

No entanto, Boris fazia tudo isso junto com Nina Vladímirovna, admirando o quanto minhas forças se restabeleciam. Eu não tinha tuberculose ou nefrite para estar seguro, e enfiar-me pela porta do hospital com esgotamento, com distrofia alimentar, era arriscado; eu poderia errar o alvo e ir parar não no hospital, e sim no necrotério. Com muito custo consegui entrar no hospital uma segunda vez, mas tudo deu certo. O enfermeiro do posto de vitaminas — esqueci seu sobrenome — batia em mim e deixava que a escolta batesse diariamente durante as revistas, como se eu fosse um vagabundo, um vadio, um agiota ou recusador,[60] e negava categoricamente a internação. Eu consegui enganar o enfermeiro: durante a noite, acrescentaram meu sobrenome à guia de outro — todo o OLP odiava o auxiliar de enfermagem, e ficaram felizes de me dar apoio ao estilo de Kolimá —, e eu me arrastei para o Biélitchie. Arrastei-me literalmente por seis quilômetros, mas consegui chegar à sala de triagem. As barracas de disenteria estavam vazias, e me colocaram no bloco principal, onde o médico era Pantiukhov. Derrubamos por cima de nós, daquele quarteto de novos doentes, todos os colchões

[60] No original, *otkáztchik*, nome dados aos detentos que se recusavam a trabalhar. (N. do T.)

A luva

e cobertores; deitamos juntos, e juntos batemos os dentes até amanhecer — não acendiam a estufa em todas as barracas. No dia seguinte me transferiram para uma barraca com estufa, e lá eu fiquei de pé perto da estufa até me chamarem para agulhadas ou exames, entendendo com dificuldade o que se passava comigo e apenas sentindo fome, fome, fome.

Minha doença chamava-se pelagra.

E daí, nessa minha segunda internação, eu conheci tanto Lesniák quanto a médica-chefe, Nina Vladímirovna Savóieva, Traut e Pantiukhov, todos médicos do Biélitchie.

O meu estado era tal que não se podia fazer nada de bom para mim. Se me faziam o bem ou o mal, para mim era indiferente. Colocar no meu corpo pelagroso de *dokhodiaga* de Kolimá mesmo uma gota de bondade era uma ação inútil. O calor, para mim, era mais importante que a bondade. Mas tentaram me tratar com injeções quentes; os *blatares* compravam injeção PP[61] por uma cota de pão, e os pelagrosos vendiam a injeção quente por pão, a ração do almoço de trezentos gramas, e daí, na sala de medicação, entrava um *urkatch*[62] em vez de um *dokhodiaga*. E ele recebia a injeção. A minha PP eu não vendia a ninguém e recebia todas na própria veia, e não *per os*,[63] feito pão.

Quem estava certo, quem era culpado, não me cabe julgar. Eu não julgo ninguém, nem os *dokhodiagas* que vendiam, nem os *blatares* que compravam.

Nada mudava. O desejo de viver não vinha. Tudo que eu comia era como se fosse imaginário, e engolia qualquer alimento sem apetite.

---

[61] Uma das denominações do ácido nicotínico, componente do complexo B utilizado para tratamento de pelagra. (N. do T.)

[62] *Urka, urkagán, urkatch.* Bandido proeminente no mundo do crime; de modo geral equivale ao termo *blatar*. (N. do T.)

[63] "Pela boca", em latim. (N. do T.)

Nessa segunda internação eu senti minha pele se descascando de modo incontido; a pele do corpo todo coçava e se desprendia em casca, e até em camadas. Eu era um pelagroso de padrão diagnóstico clássico, um cavaleiro de três Dês: demência, disenteria e distrofia.

Não memorizei muita coisa dessa segunda internação no Biélitchie. Uns novos conhecidos, uns rostos, umas colheres lambidas, um riozinho congelado, uma caminhada atrás de cogumelos, onde eu, por causa de uma cheia do rio, vaguei uma noite inteira pelas montanhas, recuando diante do rio. Vi como os cogumelos, agáricos gigantes e boletos ásperos, cresciam a olhos vistos, transformando-se em um cogumelo de um *pud*[64] que não caberia num balde. Isso não era um sinal de demência, mas um espetáculo absolutamente real. A que milagres pode levar a hidropônica: os cogumelos se transformavam em Gullivers diante dos olhos, literalmente! As bagas, que eu colhia ao estilo de Kolimá, com esforço: batendo o balde nas moitas de mirtilo... Mas tudo isso foi depois da descamação.

Na época a pele caía de mim como uma casca. Para completar as minhas chagas escorbúticas, os dedos supuravam depois da osteomielite consequente do congelamento dos membros. Dentes escorbúticos que se afrouxavam, chagas piodermíticas cujas marcas tenho até hoje nas pernas. Lembro-me do desejo ardente e constante de comer, que não era saciado com nada, e o que coroava tudo isso: a pele se desprendendo em camadas.

Disenteria eu não tinha mesmo, mas tinha pelagra; aquele coágulo de muco, que me levara para caminhos terrenos e ermos, era um coágulo expelido do intestino de um pelagroso. Minhas fezes eram fezes pelagrosas.

---

[64] Medida antiga equivalente a 16,38 kg. (N. do T)

A luva

Isso era ainda mais ameaçador, mas naquela época eu nem me importava. Eu não era o único pelagroso no Biélitchie, porém era o mais grave, o mais evidente.

Eu já compunha versos: "O sonho de um avitaminósico" — não ousava me chamar de pelagroso nem nos versos. Aliás, eu nem sabia direito o que é pelagra. Apenas sentia que meus dedos estavam escrevendo, com e sem rimas, e que eles ainda não haviam dito sua última palavra.

Naquele momento eu senti que minha luva estava se separando, caindo da mão. Era interessante, e não terrível, ver a própria pele se desprendendo do corpo em camadas, as folhinhas caindo dos ombros, da barriga, das mãos.

Eu era um pelagroso tão evidente, tão clássico, que de mim podia-se arrancar inteiramente as luvas de ambas as mãos e as meias-polainas[65] de ambos os pés.

Começaram a me mostrar para as autoridades médicas que estavam de passagem, mas aquelas luvas não surpreenderam ninguém.

Veio o dia em que minha pele toda se revigorou, mas a alma não.

Estava claro que era preciso tirar de minhas mãos as luvas pelagrosas, e das pernas, as meias-polainas pelagrosas.

Essas luvas e meias-polainas foram tiradas de mim por Lesniák e Savóieva, por Pantiukhov e Traut, e então anexadas ao "prontuário médico". Foram enviadas a Magadan juntamente com meu prontuário médico, como uma peça viva para o museu de história regional, pelo menos da história da saúde pública regional.

Lesniák não despachou todos os meus restos mortais com o prontuário médico. Enviaram apenas as meias-polai-

---

[65] No original, *nogovítsi*, espécie de meias sem os pés, feitas de lã ou feltro, que envolvem as panturrilhas e os joelhos. (N. do T.)

nas e uma luva; a outra eu guardei comigo, junto com minha prosa de então, bastante acanhada, e versos inseguros.

Com a luva morta não era possível escrever bons versos ou prosa. A própria luva era uma prosa, uma acusação, um documento, um protocolo.

Mas a luva pereceu em Kolimá; e por isso foi escrito este conto. O autor garante que o desenho datiloscópico em ambas as luvas é um só.

Eu precisava ter escrito sobre Boris Lesniák e Nina Vladímirovna Savóieva há muito tempo. Sou grato justamente a Lesniák e Savóieva, e também a Pantiukhov, pela ajuda real nos meus dias e noites mais difíceis em Kolimá. Sou grato pela vida. Se tomarmos a vida por um bem — do que tenho dúvidas —, sou grato pela ajuda real, não pela compaixão, mas pela ajuda real daquelas três pessoas reais de 1943. É preciso saber que elas entraram na minha vida depois de oito anos de errância, da área de extração da mina de ouro ao complexo e à prisão de fuzilamentos de Kolimá, para a vida de um *dokhodiaga* da área de extração de ouro dos anos 1937-38, de um *dokhodiaga* que mudou sua opinião sobre a vida como um bem. Em relação àquele tempo, eu invejo apenas as pessoas que encontraram coragem para se suicidar na época de preparação do nosso comboio para Kolimá, em julho de 1937, no bloco de escolta da prisão de Butirka.[66] Aquelas pessoas eu realmente invejo; elas não viram o que eu vi nos dezessete anos posteriores.

Minha imagem da vida como um bem, como uma felicidade, mudou. Kolimá me ensinou outra bem diferente.

O princípio da minha época, da minha existência, de toda a minha vida, a conclusão de minha experiência pessoal,

---

[66] A Prisão de Inquérito de Butirka, ou Butírskaia, em Moscou, é uma das mais antigas e conhecidas prisões da Rússia. (N. do T.)

a regra assimilada por essa experiência, pode ser expressa em poucas palavras. Primeiro é preciso devolver as bofetadas, e só numa segunda etapa, as esmolas. Lembrar do mal antes do bem. Lembrar de todo o bem recebido por cem anos, e de todo o mal, por duzentos. Nisso eu me diferencio de todos os humanistas russos dos séculos XIX e XX.

(1972)

GALINA PÁVLOVNA ZIBALOVA

No primeiro ano da guerra, o pavio fumegante do lampião da vigilância estava um pouco baixo. O arame farpado do barracão do artigo 58 fora retirado, e os inimigos do povo foram admitidos na execução de tarefas importantes, como os cargos de foguista, plantonista e vigia, os quais, segundo a constituição do campo, só podiam ser ocupados por um *bitóvik*; em último caso, por um criminoso reincidente.

O doutor Lúnin, nosso chefe do serviço de saúde, saído dos detentos, um realista e pragmático, decidiu de modo justo que era preciso aproveitar o momento, malhar o ferro enquanto estava quente. O plantonista do laboratório de química do Distrito Carbonífero de Arkagala fora apanhado roubando glicerina do Estado (um manjar! cinquenta rublos o vidro!), e o novo vigia de plantão, logo na primeira noite, roubou duas vezes mais; a situação ficou engraçada. Em toda a minha errância no campo, eu observei que todo detento, quando chegava ao novo trabalho, antes de mais nada olhava ao redor: o que haveria ali para roubar? Isso era com todos: dos plantonistas aos chefes da administração. Há certo princípio místico nessa atração do homem russo pelo roubo. Em todo caso, nas condições do campo, nas condições do Norte, nas condições de Kolimá...

Todos esses momentos, essas reviravoltas que acontecem regularmente, são aproveitados pelos inimigos do povo. Depois do fiasco da carreira de mais um plantonista-*bitóvik*, Lúnin me recomendou logo em seguida para os plantões do laboratório de química — vejam, ele não vai roubar tesouros químicos, e ainda vai acender o forno de barril,[67] e com carvão de pedra! Todo detento do artigo 58, naqueles anos de Kolimá, podia e sabia fazer isso melhor do que qualquer foguista. A lavagem dos pisos ao estilo dos marinheiros, com um trapo amarrado, eu conheci bem no ano de 1939, por ocasião do meu envio a Magadan. No fim das contas, eu, um célebre lavador de chão de Magadan, tendo praticado essa atividade por toda a primavera de 1939, aprendi-a para a vida toda.

Eu trabalhava então em uma mina de carvão, completava a "porcentagem"; o carvão não tinha a ver com a mina de ouro, mas, claro, eu nem sonhava com o fabuloso trabalho de plantonista do laboratório de química.

Ganhei a possibilidade de descansar, lavar o rosto e as mãos; o escarro impregnado de poeira de carvão só se tornaria claro depois de muitos meses de plantão, talvez anos. Não tinha mais que pensar na cor do escarro.

O laboratório, que ocupava um barracão inteiro no vilarejo e tinha um grande quadro efetivo — dois engenheiros químicos, dois técnicos, três laboratoristas —, era dirigido por uma jovem *komsomolka*[68] da capital, Galina Pávlovna Zibalova, contratada assim como seu marido, Piotr Iákovlevitch Podossiónov, um engenheiro automotivo, chefe de garagem do Distrito Carbonífero de Arkagala.

Os detentos assistiam a vida dos "livres" como a um filme: ora um drama, ora uma película cômica ou documental, conforme a clássica divisão pré-revolucionária dos gêneros para fins de distribuição. Raramente os heróis de uma fita (fi-

---

[67] No original, *piétchka-bótchka*, estufa ou forno feito de um barril de metal. (N. do T.)

[68] Feminino de *komsomóliets*, membro do Komsomol. (N. do T.)

A luva, ou KR-2

ta, e não filme, como agora) saem da tela para a plateia de um eletroteatro (antes o cinema era chamado assim).

Os detentos assistiam a vida dos "livres" como a um filme. Aquela era uma distração de tipo especial. Não era preciso resolver nada. Não se devia intervir naquela vida. Aquela coexistência de mundos diferentes não colocava nenhum problema real para os detentos. Era simplesmente um outro mundo.

Então, eu acendia os fornos. Era preciso saber manejar o carvão de pedra, mas não era uma atividade complicada. Lavava os pisos. E o principal: tratava dos meus dedos dos pés; a osteomielite cicatrizou-se apenas no continente, depois de 1938, quase pela altura do XX Congresso do Partido. E talvez ainda nem estivesse cicatrizada.

Enrolando trapinhos limpos, trocando o curativo dos dedos de ambos os pés que gotejavam pus, eu me deleitava diante do forno aceso, sentindo uma dor agudíssima, a dor cansada daqueles dedos feridos pela mina, estropiados pelo ouro. O deleite pleno exige uma gotinha de dor; disso falam também a literatura e a história social.

A cabeça me doía surdamente; eu me esquecera dos dedos doloridos, a sensação era substituída por outra, mais intensa, vitalmente mais importante.

Ainda não me lembrara de nada, não resolvera nada, não encontrara nada, mas todo o meu cérebro, suas células mirradas, retesou-se em alerta. A memória inútil de kolimano — realmente, de que serve a um prisioneiro uma memória tão inútil, tão frágil, tão tenaz, tão onipotente? — devia me sugerir uma solução. Ah, que memória eu tivera um dia, quatro anos antes! Minha memória era como um tiro; se eu não me lembrava de algo imediatamente, eu adoecia, não conseguia me ocupar com nada enquanto não lembrasse o que queria. Esses casos de atraso da resposta aconteceram muito pouco em minha vida, um número contado de vezes.

Galina Pávlovna Zibalova

A própria lembrança de tal atraso fustigava de algum modo, acelerava o passo já rápido da memória.

Mas o meu cérebro doloridíssimo de Arkagala, extenuado pela Kolimá de 1938, extenuado pelos quatro anos de errâncias do hospital à galeria da mina, guardava algum segredo e não queria de jeito nenhum submeter-se a ordens, pedidos, súplicas, preces, queixas.

Eu suplicava ao meu cérebro, como se suplica a um ser supremo, que respondesse, que me abrisse um tapume, que iluminasse uma fresta escura onde se escondia aquilo de que eu precisava.

E o cérebro se apiedou, atendeu ao pedido, aquiesceu à minha súplica.

E que pedido era esse?

Eu repetia sem parar o sobrenome de minha chefe de laboratório: Galina Pávlovna Zibalova! Zibalova, Pávlovna! Zibalova!

Eu ouvira esse sobrenome em algum lugar. Conhecia uma pessoa com esse sobrenome. Zibalov não é Ivanov, não é Petrov, não é Smirnov. É um sobrenome da capital. E de repente, suado pelo esforço, eu me lembrei. Eu conhecera alguém com esse nome, mas não foi em Moscou, Leningrado ou Kíev.

Em 1929, durante minha primeira pena, trabalhando nos Urais do Norte em Berezniki,[69] na Indústria de Sódio, eu conhecera Zibalov, Pável Pávlovitch, se não me engano, um economista, chefe da seção de planejamento e degredado. Zibalov fora membro do TsK[70] dos mencheviques e era mostrado de longe a outros degredados, da soleira da sala no escritório da indústria de sódio, onde ele trabalhava. Logo Berezniki foi inundada por uma torrente de detentos de diver-

---

[69] Cidade do território de Perm. (N. do T.)

[70] Acrônimo de *Tsentrálni Komitiét* (Comitê Central). (N. do T.)

sos tipos — degredados, prisioneiros, migrantes de *kolkhozes* — por causa dos famosos processos que se iniciavam, e o sobrenome Zibalov sumiu um pouquinho nas sombras, entre os novos heróis. Zibalov deixou de ser uma curiosidade de Berezniki.

A própria indústria de sódio, a antiga "Salve", tornou-se parte do Complexo Químico de Berezniki, incorporando-se em uma das construções gigantes dos primeiros planos quinquenais, o *Bereznikkhimstroi*, que absorveu centenas de operários, engenheiros e técnicos, nacionais e estrangeiros. Em Berezniki havia um vilarejo de estrangeiros, degredados comuns, migrantes especializados e prisioneiros. Só de prisioneiros, saíam para cada turno até dez mil pessoas. A construção era de uma instabilidade inacreditável, na qual, por mês, eram admitidos três mil "livres" contratados e recrutados, e fugiam quatro mil sem acertar as contas. Aquela construção ainda aguarda sua descrição. As esperanças depositadas em Paustóvski não se confirmaram. Ali Paustóvski escrevia, e concluiu *Kará-Bugaz* escondendo-se da multidão agitada, fervorosa, em um hotel de Berezniki, sem botar o nariz para fora.[71]

O economista Zibalov passou do serviço na indústria de sódio para o *Bereznikkhimstroi*; lá havia um pouco mais de dinheiro e um pouco mais de envergadura, mas o racionamento também se fazia sentir.

No Complexo Químico de Berezniki era oferecido um curso de estudos econômicos para voluntários. Um curso gratuito para todos que desejassem. O curso era um trabalho social de Pável Pávlovitch Zibalov, e ele ensinava no escritório principal do Complexo Químico. Foi através deste curso que eu pude fazer várias aulas com Zibalov.

---

[71] Referência ao escritor soviético Konstantin G. Paustóvski (1882-1968) e seu romance *Kará-Bugaz*, publicado em 1932. (N. do T.)

Zibalov, um professor da capital degredado, ministrava as aulas com vontade e leveza. Ele tinha saudade das aulas, do trabalho docente. Não sei se em sua vida ele deu onze mil aulas, como fez um conhecido meu do campo, mas que a quantidade era contada em milhares, isso era certeza.

A esposa de Zibalov, o degredado para Berezniki, havia morrido; restava sua filha, uma menina de uns dez anos, que às vezes ia visitar o pai na hora de nossas aulas.

Eu era bem conhecido em Berezniki. Recusei-me a ir com Bérzin[72] para Kolimá, na inauguração do Dalstroi, e tentei me estabelecer em Berezniki.

Em que trabalho? De jurista? Eu tinha uma formação jurídica incompleta. Zibalov em pessoa me aconselhou a aceitar o cargo de chefe do Bureau de Economia do Trabalho (BET) da Central Termoelétrica (CTE) de Berezniki. Chefe do BET da CTE, esses achados linguísticos notáveis que estavam nascendo bem ali, junto a nós, na construção dos primeiros planos quinquenais. O diretor da CTE era um sabotador, o engenheiro Kapeller, um indivíduo que passara pelos processos de Chakhti[73] ou de outras listas. A CTE era um projeto de exploração, e não de construção; o período de funcionamento demorava descaradamente, mas esse descara-

---

[72] Eduard Petróvitch Bérzin (1894-1938), um dos organizadores e dirigentes dos campos de trabalho do período stalinista. Foi o primeiro diretor do Dalstroi. Acusado de espionagem e organizador de atividades contrarrevolucionárias, Bérzin foi fuzilado em 1938, quando estava de férias nas proximidades de Moscou. Foi reabilitado em 1956. (N. do T.)

[73] Também conhecido como o Caso da Contrarrevolução Econômica da Bacia do Doniéts, o Caso Chakhti ocorreu em 1928, no antigo distrito de Chakhti, território que hoje integra a Ucrânia. Um grupo de dirigentes e especialistas foi acusado de sabotagem e formação de núcleos antissoviéticos dentro e fora da Rússia. Foram presas centenas de pessoas, das quais a maioria foi libertada. Dos que foram a julgamento, cinco acabaram fuzilados, enquanto os demais foram condenados a penas de detenção. (N. do T.)

mento era elevado à condição de lei. Kapeller, um condenado a dez ou até quinze anos, não podia de jeito nenhum entrar no ritmo de toda aquela construção barulhenta, onde diariamente trocavam-se operários, técnicos, enfim, onde prendiam e fuzilavam chefes e descarregavam comboios de degredados, depois da coletivização. Kapeller foi condenado lá onde trabalhava, em Kízel,[74] por erros bem menores que as hediondezas de produção, que cresciam numa avalanche poderosa. Ao lado de seu gabinete ainda batiam martelinhos, e para a caldeira, que a firma Hanomag[75] montava, foram chamados médicos do exterior por telegramas moscovitas.

Kapeller me aceitou no trabalho, e me aceitou com extrema indiferença; ele estava ocupado com questões técnicas, tragédias técnicas, que não eram menores do que as econômicas e corriqueiras.

Para ajudar Kapeller, na função de auxiliar do diretor nas reuniões de produção, a organização do Partido recomendou Timofiei Ivánovitch Ratchóv, um homem pouco instruído, porém enérgico, que estabelecera como principal exigência "não deixar postergar". O bureau de economia do trabalho estava subordinado a Ratchóv, e eu guardei por muito tempo um papel com uma resolução dele. Os foguistas apresentaram um requerimento fundamentado e enorme sobre pagamentos incompletos e recálculos; ficaram muito tempo atrás de Ratchóv por causa dessa questão. Sem reler o requerimento deles, Ratchóv escreveu: "Ao ch. do BET, camarada Chalámov. Peço que compreenda e recuse o quanto possível".

Eu, um jurista com formação incompleta, fui parar nesse trabalho justamente por sugestão de Zibalov:

[74] Cidade do território de Perm. (N. do T.)

[75] Acrônimo da empresa alemã Hannoversche Maschinenbau AG, produtora de máquinas, tratores, caminhões e locomotivas. (N. do T.)

— Coragem, ande! Mãos à obra! Mesmo que o expulsem daqui a duas semanas — não demitirão antes por causa da convenção coletiva —, nessas duas semanas você vai ganhar alguma experiência. Depois entre de novo. Cinco demissões assim, e você será um economista pronto. Não tenha medo. Se topar com algo complicado, me procure. Eu vou ajudá-lo. Não vou sumir. Não estou sujeito às leis da instabilidade.

Eu aceitei aquela função remunerada.

Nessa mesma época, Zibalov organizava um curso técnico noturno de economia. Pável Pávlovitch (parece que era Pávlovitch) era o professor principal desse curso. Lá também me arranjaram uma vaga de professor de "higiene e fisiologia do trabalho".

Eu já havia entregado um requerimento naquele novo colégio, já andava pensando no plano da primeira aula, mas de repente recebi uma carta de Moscou. Meus pais estavam vivos, meus camaradas de universidade também estavam vivos, e ficar em Berezniki era semelhante à morte. Eu fui embora da CTE sem receber as contas, e Zibalov ficou em Berezniki.

Eu me lembrei de tudo isso ainda em Arkagala, no laboratório de química do Distrito Carbonífero de Arkagala, na antecâmara dos mistérios dos ácidos húmicos.

O papel do acaso é muito grande na nossa vida, e embora as regras ordinárias do mundo castiguem pelo uso do acaso nossos objetivos pessoais, às vezes o castigo não vem. Aquela questão de Zibalov precisava ser levada até o fim. Ou talvez não. Naquela época eu já não estava tão necessitado de um pedaço de pão. Carvão não é ouro, as minas são diferentes. Talvez não valesse a pena construir esse castelo de cartas; o vento iria derrubar a construção, espalhá-la pelos quatro cantos do mundo.

A prisão pelo "caso dos juristas", três anos antes, me

ensinou mesmo uma lei importante do campo: nunca se dirigir com um pedido a pessoas que você conhecera pessoalmente em liberdade; o mundo é pequeno, esses encontros acontecem. Em Kolimá, um pedido assim é quase sempre desagradável, às vezes irrealizável, às vezes leva o solicitante à morte.

Em Kolimá, e no campo todo, esse perigo existe. Eu tive um encontro com Tchekánov, meu colega de cela na prisão de Butirka. Tchekánov não só me reconheceu na multidão de *rabotiagas* quando assumiu nosso setor na função de capataz, como também me arrancava diariamente do serviço pela mão, me batia e me escalava para os trabalhos mais pesados, onde eu, obviamente, não podia completar a cota. Todo dia Tchekánov informava o chefe do setor sobre a minha conduta, assegurando que exterminaria aquela peste, que não negava o conhecimento pessoal, mas provaria sua fidelidade, faria jus à confiança. Tchekánov fora julgado pelo mesmo artigo que eu. No fim das contas, Tchekánov me enxotou para o posto disciplinar, e eu fiquei vivo.

Eu conhecia igualmente o coronel Uchakóv, chefe da Seção de Inquérito e, depois, da Seção Fluvial de Kolimá; conhecia-o desde quando Uchakóv era um simples agente do MUR,[76] julgado por algum crime de serviço.

Eu nunca tentei fazer o coronel Uchakóv lembrar de mim. Eu teria sido morto em pouco tempo.

Afinal, eu conhecia todo o alto comando de Kolimá, a começar pelo próprio Bérzin: Vaskov, Maissuradze, Filíppov, Iegórov, Tsvirko.

Familiarizado com a tradição do campo, eu nunca saí da fila de detentos para fazer um pedido a qualquer chefe que conhecesse pessoalmente, e evitava chamar atenção.

---

[76] Sigla de *Moskóvski Ugolóvni Rózisk* (Serviço Criminalístico de Moscou). (N. do T.)

Galina Pávlovna Zibalova

Durante o "caso dos juristas" apenas por sorte eu escapei de uma bala, em fins de 1938, na lavra Partizan, na época dos fuzilamentos de Kolimá. No "caso dos juristas" toda a provocação ia contra Vinográdov, presidente do Dalkraisud.[77] Ele era acusado de dar pão e empregar seu colega da faculdade de direito soviético Dmitri Serguêievtch Parfiéntiev, ex-promotor de Tcheliábinsk[78] e promotor da Karélia.[79]

Depois de visitar a lavra Partizan, Vinográdov, o presidente do Dalkraisud, não considerou necessário esconder sua amizade com um mineiro, o professor Parfiéntiev, e pediu ao comandante da mina, L. M. Aníssimov, para colocar Parfiéntiev em um trabalho mais leve.

A ordem foi cumprida imediatamente, e Parfiéntiev foi nomeado martelador; não foi encontrado um trabalho mais leve na mina, mas ao menos ali não tinha vento sob sessenta graus negativos numa área aberta, nem pé de cabra, nem pá, nem picareta. É verdade que era uma forja com uma porta semiaberta que batia, com janelas abertas, porém lá havia o fogo da fornalha, lá era possível se proteger, se não do frio, pelo menos do vento. Mas o trotskista Parfiéntiev, o inimigo do povo Parfiéntiev, teve um pulmão operado por causa da tuberculose.

O comandante da lavra Partizan, Leonid Mikháilovitch Aníssimov, realizou o desejo de Vinográdov, mas levou imediatamente um relatório a todas as instâncias possíveis e necessárias. Estava iniciado o "caso dos juristas". O capitão Stolbóv, comandante da SPO[80] de Magadan, prendeu todos

[77] Acrônimo de *Dalnevostótchni Kraievói Sud* (Tribunal Regional do Extremo Leste). (N. do T.)

[78] Região próxima aos Montes Urais. (N. do T.)

[79] República que integra a Federação Russa, localizada na fronteira com a Finlândia. (N. do T.)

[80] Sigla soviética da Seção Política Secreta, criada em 1931. Cuida-

os juristas de Kolimá, verificando suas relações, pressionando, apertando, puxando o laço da provocação.

Na lavra Partizan fomos presos Parfiéntiev e eu; fomos levados a Magadan e colocados na prisão de Magadan.

Mas em vinte e quatro horas o próprio capitão Stolbóv foi preso, e todos os detentos, libertados, por ordens assinadas pelo capitão Stolbóv.

Eu relatei isso detalhadamente no memorial "A trama dos juristas",[81] onde está documentada cada letra.

Fui posto não em liberdade (em Kolimá, por "liberdade" entende-se a permanência no próprio campo), e sim num barracão coletivo, com direitos coletivos. Em Kolimá não há liberdade.

Fui despachado juntamente com Parfiéntiev, para a *tranzitka* nº 30.000, despachado com uma marca especial lilás na ficha pessoal: "Veio da prisão de Magadan". Essa marca me condenou a ficar uma quantidade infinita de anos sob o lampião da vigilância, sob a atenção do comando, até a marca lilás ser substituída pela capa limpa de uma nova ficha pessoal, de uma nova condenação. Ainda bem que essa nova condenação não foi dada "em peso", em balas de sete gramas. Aliás, seria bom: uma pena dada "em peso" me livraria de tormentos futuros, de muitos anos, dos quais ninguém precisava, nem mesmo eu, para enriquecer minha experiência moral ou espiritual e meu vigor físico.

De qualquer modo, ao recordar todas as minha errâncias depois da prisão pelo "caso dos juristas" na lavra Partizan, eu adotei uma regra: nunca me dirigir a um conhecido

---

va tanto da repressão política, quanto do controle da informação e das artes. (N. do T.)

[81] Texto reproduzido em *Contos de Kolimá*, vol. 1, São Paulo, Editora 34, 2015, pp. 243-66. (N. do T.)

por iniciativa própria, nem evocar para Kolimá as sombras do continente.

Mas, no caso de Zibalova, por alguma razão me pareceu que eu não causaria mal à dona desse sobrenome. Ela era uma boa pessoa, e se distinguia um "livre" de um detento, então não se posicionava como inimiga ativa dos detentos — como ensinam a todos os contratados, em todos as seções políticas do Dalstroi, ainda na assinatura dos contratos. Um detento sempre percebe uma nuance em um "livre": se nos contratos há algo além de instruções burocráticas ou não. Ali há muitas nuances, tanto quanto pessoas. Mas há o limite, a passagem, a fronteira do bem e do mal, uma fronteira moral que é percebida de imediato.

Galina Pávlovna, tal como seu marido, Piotr Iákovlevitch, não adotava a posição extrema de inimigo ativo de qualquer detento apenas porque ele era um detento, embora Galina Pávlovna tenha sido secretária de organização do Komsomol do Distrito Carbonífero de Arkagala. Piotr Iákovlevitch era apartidário.

À noite Galina Pávlovna sempre se demorava no laboratório, um barracão familiar onde eles viviam; é duvidoso que fosse o mais confortável gabinete do laboratório de química.

Eu perguntei a Galina Pávlovna se ela não tinha morado em Berezniki, nos Urais, no final dos anos 1920, início dos anos 1930.

— Morei!

— E seu pai era Pável Pávlovitch Zibalov?

— Pável Óssipovitch.

— Absolutamente certo. Pável Óssipovitch. E a senhora era uma menina de uns dez anos, não é?

— Catorze.

— E usava um casaco bordô.

— Uma peliça cor de cereja.

— Certo, uma peliça. A senhora levava o café da manhã para Pável Óssipovitch.

— Levava. Minha mãe morreu lá, em Tchurtan.[82]

Piotr Iákovlevitch estava sentado ali perto.

— Veja só, Piétia, Varlam Tíkhonovitch conhece o papai.

— Eu fiz o curso dele.

— E Piétia nasceu em Berezniki. Ele é um nativo. Seus pais têm uma casa em Veriétie.[83]

Podossiónov citou alguns sobrenomes famosos de Berezniki, Ussólie, Solikamsk, Veriétie, Tchurtan e Dediúkhin,[84] tais como Sobiánikov, Kítchin, mas eu, em razão de minha biografia, não tive a possibilidade de lembrar e conhecer os nativos locais.

Para mim, todos aqueles nomes soavam como "Quiché" e "Comanche", como versos numa língua estranha, mas Piotr Iákovlevitch lia-os como orações, entusiasmando-se cada vez mais.

— Agora tudo isso está coberto de areia — disse Podossiónov. — É o Complexo Químico.

— E o papai está em Donbass[85] — disse Galina Pávlovna, e eu entendi que o pai dela estava no degredo habitual.

E tudo terminou por aí. Eu experimentei um prazer verdadeiro, uma festa, por meu cérebro ter trabalhado tão bem. Um prazer puramente acadêmico.

---

[82] Vila da cidade de Berezniki. (N. do T.)

[83] A vila de Veriétie, localizada às margens do rio Ziriánka, no território de Perm, deixou de existir no início da década de 1970, quando seus habitantes foram transferidos para a cidade de Berezniki. (N. do T.)

[84] Cidades e vilas do território de Perm. (N. do T.)

[85] Acrônimo de *Doniétski Kamiennoúgolni Bassiéin* (Bacia de Carvão de Pedra de Doniéts), área que abrange o extremo leste da Ucrânia e parte da região russa de Rostóv. (N. do T.)

Passados uns dois meses, não mais, Galina Pávlovna me chamou ao seu gabinete quando chegou para trabalhar.

— Eu recebi uma carta do papai. Veja.

Eu li as linhas caprichadas de letra graúda, absolutamente desconhecida para mim.

"Não conheço, nem me lembro de Chalámov. Ministrei esses cursos durante vinte anos de degredo onde quer que eu me encontrasse. E ainda ministro. Mas a questão não é essa. O que foi a carta que me escreveu? O que é esse controle? E de quem? De Chalámov? De você? De mim? No tocante a mim", Pável Óssipovitch escreveu com letra graúda, "minha resposta é esta: proceda com Chalámov como você procederia comigo se me encontrasse em Kolimá. Mas para saber minha resposta, você não precisava me escrever uma carta".

— Está vendo o que aconteceu... — disse Galina Pávlovna, magoada. — Você não conhece o papai. Ele nunca vai esquecer esse meu erro.

— Eu não lhe disse nada de mais.

— E eu não escrevi nada de mais ao papai. Mas você percebe como o papai vê essas coisas? Agora você não pode mais trabalhar de plantonista — refletia tristemente Galina Pávlovna. — Outra vez em busca de um novo plantonista. Mas vou admiti-lo como técnico; temos uma vaga no quadro efetivo para assalariados. Como Svishóv, o chefe do Distrito Carbonífero, vai embora, ele será substituído pelo engenheiro-chefe, Iuri Ivánovitch Kotchura. Por meio dele eu vou admitir você.

Ninguém foi demitido do laboratório, eu não tive de tomar o lugar de alguém, e com orientação e ajuda dos engenheiros Sokolóv e Oleg Boríssovitch Maksímov, hoje saudável membro da Academia de Ciências do Extremo Leste, comecei a carreira de laboratorista e técnico.

Para o marido de Galina Pávlovna, Piotr Iákovlevitch Podossiónov, escrevi a seu pedido um grande trabalho de estudos literários: compus de memória um dicionário de palavras da bandidagem, suas origens, mudanças, comentários. No dicionário havia quase seiscentas palavras, não como aquela literatura especial, editada pelo serviço de criminalística para seus funcionários, mas sim num outro plano, mais amplo, e numa forma mais mordaz. O dicionário dado a Podossiónov é meu único trabalho em prosa escrito em Kolimá.

Minha felicidade límpida não se perturbou quando Galina Pávlovna deixou o marido; o romance de cinema continuava um romance de cinema. Eu era apenas um espectador, e a um espectador nem mesmo o grande plano da vida alheia, do drama alheio, da tragédia alheia dava ilusões de vida.

E não era Kolimá — um país com um extraordinário agravamento de todos os aspectos do problema feminino e familiar, um agravamento monstruoso, que deslocava toda e qualquer proporção — a causa da desagregação daquela família.

Galina Pávlovna era inteligente, uma beldade de tipo ligeiramente mongol, engenheira-química, uma representante feminina dessa nova profissão então na moda, e filha única de um degredado político russo.

Piotr Iákovlevitch era um permiano tímido, que cedia em tudo à esposa: no desenvolvimento, nos interesses, nas exigências. Que os cônjuges não eram um casal, isso saltava aos olhos, e embora não existam leis para a felicidade familiar, parece que nesse caso a família estava condenada a se desagregar; como qualquer família, aliás.

Kolimá acelerou, catalisou o processo de desintegração.

Galina Pávlovna teve um romance com o engenheiro--chefe do distrito carbonífero, Iuri Ivánovitch Kotchura; mais precisamente não um romance, e sim um segundo amor. Mas Kotchura tinha filhos, família. Eu também fui apresentado a Kotchura antes de assumir a função de técnico.

— Aqui está o homem, Iuri Ivánovitch.

Galina Pávlovna Zibalova

— Está bem — disse Iuri Ivánovitch, sem olhar para mim, nem para Galina Ivánovna, mas diretamente para o chão à sua frente. — Apresente um relatório sobre a efetivação.

No entanto, tudo nesse drama ainda estava por vir. A esposa de Kotchura apresentou um requerimento ao departamento político do Dalstroi; iniciaram-se as visitas de comissões, os interrogatórios de testemunhas, a coleta de assinaturas. O poder estatal, com todo seu aparato, levantou-se em defesa da primeira família, assinando um acordo com o Dalstroi em Moscou.

As instâncias superiores de Magadan, seguindo o conselho de Moscou de que a separação mataria seguramente o amor e devolveria Iuri Ivánovitch à esposa, tiraram Galina Pávlovna do trabalho e a transferiram para outro lugar.

É obvio que tais transferências nunca deram em nada e nem podiam dar. Contudo, a separação da amada era o único caminho aprovado pelo Estado para consertar a situação. Outras alternativas, além daquela indicada em *Romeu e Julieta*, não existiam. Era uma tradição da sociedade primitiva, e a civilização não trouxe nada de novo para esse problema.

Depois da resposta do pai, minhas relações com Galina Pávlovna ficaram mais confidenciais.

— Veja só o Póstnikov, Varlam Tíkhonovitch, o das mãos.

Como se eu quisesse ver Póstnikov, "o das mãos"!

Alguns meses antes, quando eu ainda dava um duro em Kadiktchan[86] e a transferência para Arkagala, ainda que pa-

---

[86] Antiga vila do distrito de Sussuman, da região de Magadan. Tratava-se de uma vila operária, cuja existência estava atrelada à extração de carvão. Após um grave acidente no final dos anos 1990, a mina de carvão foi fechada e a vila foi abandonada gradativamente, até tornar-se uma espécie de cidade fantasma. (N. do T.)

ra a mina de carvão e não para o laboratório, parecia um milagre irrealizável, um fugitivo entrou justamente no nosso barracão, isto é, na barraca de lona, aquecida para os sessenta graus negativos apenas por uma camada de papel alcatroado ou betumado, não me lembro, e vinte centímetros de ar, o isolamento de ar recomendado por Magadan e Moscou.

Por Arkagala, pela taiga de Arkagala, seus riachos, montes e ravinas, passa um caminho curtíssimo do continente até a terra firme, através de Iacútia, Aldan, Kolimá, Indigurka.

Caminho migratório dos fugitivos, cujo mapa misterioso eles guardavam no peito: as pessoas seguem adivinhando a direção com um faro interior. E essa direção está correta como o voo de gansos e cegonhas. Mas Tchukotka não é uma ilha, e sim uma península; a Terra Grande é chamada de continente por causa de milhares de analogias: o longo caminho pelo mar, a partida dos portos, perto da ilha Sacalina — local dos trabalhos forçados do tsarismo.

O comando também conhecia tudo isso. Por isso no verão, justamente ao redor de Arkagala, havia postos, tropas volantes e reuniões-relâmpago, tanto de civis quanto de militares.

Poucos meses antes, o tenente Póstnikov apanhou um fugitivo; ele não queria levá-lo para Kadiktchan, a dez, quinze quilômetros, e deu-lhe um tiro ali mesmo.

O que é preciso mostrar na seção de registro durante um inquérito em quase todo o mundo? Como identificar uma pessoa? Esse documento existe e é muito preciso: a impressão datiloscópica dos dez dedos. Essa impressão está guardada na ficha pessoal de cada detento, em Moscou, no Fichário Central, e em Magadan, na administração local.

Sem se dar o trabalho de enviar o detento capturado para Arkagala, o tenente Póstnikov cortou ambas as mãos do fugitivo com um machado, colocou-as numa bolsa e enviou um relatório sobre a captura do detento.

Galina Pávlovna Zibalova

Mas o fugitivo se levantou e chegou de madrugada ao nosso barracão, pálido, tendo perdido muito sangue, sem poder falar e apenas estendendo os braços. Nosso chefe de brigada correu atrás da escolta, e o fugitivo foi levado para a taiga.

Mandaram o fugitivo vivo para Arkagala, ou simplesmente levaram para as moitas e terminaram de matar — essa seria a saída mais simples tanto para o fugitivo, quanto para a escolta e para o tenente Póstnikov.

Póstnikov não recebeu nenhuma sanção. E essa sanção ninguém esperava mesmo. Mas havia muita conversa sobre Póstnikov até naquele mundo forçado e faminto onde então eu vivia; o caso era recente.

Por isso, depois de agarrar dois pedaços de carvão para abastecer e remexer o forno, eu entrei no gabinete da chefe.

Póstnikov era um loiro claro, mas não da raça de albinos, e sim do tipo *pomóri*,[87] nortista, de olhos azuis e estatura pouco mais que mediana. Uma pessoa mais do que comum.

Lembro-me de que eu perscrutava avidamente à procura de um traço, mesmo que insignificante, do tipo Lavater[88] ou Lombroso[89] no rosto assustado do tenente Póstnikov...[90]

---

[87] Grupo étnico que habita a região do Mar Branco, no norte da Rússia. (N. do T.)

[88] Johann Kaspar Lavater (1741-1801), pastor, poeta, filósofo e teólogo suíço, considerado o fundador da fisiognomia, arte de conhecer o caráter do indivíduo a partir de suas feições. (N. do T.)

[89] Cesare Lomboso (1835-1909), psiquiatra, cirurgião, higienista, criminologista, antropólogo e cientista italiano, cujos estudos sobre crimes deram origem à antropologia criminal. (N. do T.)

[90] Em uma primeira versão deste conto, Chalámov havia escrito: "Ele estava terrivelmente preocupado. Havia perdido duas aulas inteiras de estudos políticos, e Zibalova, a secretária de uma organização do Komsomol, passou um sermão no tenente, como ele merecia. Depois de implo-

Nós estávamos sentados à noite, perto do forno, e Galina Pávlovna disse:

— Eu queria me aconselhar com você.

— Sobre o quê?

— Sobre minha vida.

— Desde que me tornei adulto, Galina Pávlovna, eu vivo segundo um importante mandamento: "Não ensinai o próximo". À maneira do Evangelho. Qualquer destino é único. Toda receita é falsa.

— Mas eu achava que os escritores...

— A desgraça da literatura russa, Galina Pávlovna, é que ela se mete nas coisas alheias, orienta destinos alheios, manifesta-se em questões das quais não entende nada, sem ter nenhum direito de se intrometer em problemas morais, de julgar sem saber, e nem ao menos querer saber.

— Está bem. Então vou lhe contar uma fábula, e você vai avaliá-la como uma obra literária. Toda a responsabilidade pelo convencionalismo ou pelo realismo, o que me parece a mesma coisa, eu assumo.

— Perfeito. Vamos tentar com a fábula.

Galina Pávlovna traçou rapidamente um dos mais banais esquemas de triângulo amoroso, e eu a aconselhei a não deixar o marido.

Por mil razões. A primeira: conhecer, estar habituado a pessoa, é algo pequeno, mas excepcional, enquanto que com

---

rar com muito esforço à sua chefe de Komsomol para que não anotassem nada na ficha pessoal dele, de Póstnikov, o tenente retirou-se, ruborizado, desculpando-se e quase enfiando-se nas mangas de seu capote novinho. Quando fazia uma visita importante, o tenente usava um uniforme militar novo, e em sua gandola balançava uma medalha dourada novinha, novinha de 'excelência no serviço'. Eu não pude esclarecer se Póstnikov recebera aquela medalha por causa das mãos do fugitivo de Arkagala, ou se fora concedida ao tenente anteriormente, por um feito do mesmo tipo". (N. do T.)

o outro era imprevisível, uma caixa de surpresas. Claro, também podia-se abandoná-lo depois.

A segunda razão: Piotr Iákovlevitch Podossiónov era claramente uma boa pessoa. Eu estivera em sua terra natal e, com uma simpatia verdadeira, escrevi para ele um trabalho sobre os *blatares*; já Kotchura eu não conhecia.

Finalmente, a terceira e mais importante: não gosto de mudanças. Eu sempre durmo em casa, na casa onde moro; não gosto de nada novo, nem mesmo na mobília; é custoso me acostumar a móveis novos.

Mudanças tempestuosas aconteceram em minha vida sempre contra a minha vontade, segundo uma vontade alheia e claramente maléfica, pois eu nunca procurei mudanças, nunca procurei o melhor em detrimento do bom.

Havia ainda uma razão que atenuava o pecado mortal do conselheiro. Nas coisas próprias do coração os conselhos aceitos são apenas aqueles que não contradizem a vontade interior da pessoa; todo o resto é rejeitado ou reduzido a menos que nada.

Como qualquer oráculo, eu arriscava pouco. Meu bom nome eu nem arriscava.

Eu preveni Galina Pávlovna que o meu conselho era puramente literário e não ocultava nenhum compromisso moral.

Mas antes que Galina Pávlovna tomasse uma decisão, forças superiores intrometeram-se no caso, de pleno acordo com as tradições da natureza, que se apressaram em ajudar Arkagala.

Piotr Iákovlevitch Podossiónov, o marido de Galina Pávlovna, foi morto. Uma composição digna de Ésquilo. Com uma trama bem estudada. Podossiónov foi atingido por um carro que passava na escuridão do inverno e morreu no hospital. Tais acidentes automobilísticos acontecem muito em Kolimá, e não se falou nada sobre a possibilidade de suicídio. E também, ele não daria cabo de si mesmo. Era um pouco fatalista: se não é o destino, então não é o destino. Acontece que era sim o destino, e como era. Podossiónov nem precisava ser morto. Acaso mata-se alguém por ter bom caráter? É claro que em Kolimá o bem é pecado, e o mal também é pecado. Essa morte não resolveu nada, não desatou nem rompeu nenhum nó; tudo ficou como antes. Apenas via-se que forças superiores ficaram interessadas naquela pequena e insignificante tragédia de Kolimá, ficaram interessadas no destino de uma mulher.

Para o posto de Galina Pávlovna chegou um novo químico, um novo chefe. Logo na primeira ordem ele me tirou do trabalho; isso eu já esperava. Em relação aos detentos, e parecia que também aos livres, o comando de Kolimá não precisava formular razões, e eu nem esperava nenhuma explicação. Aquilo seria literário demais, excessivamente ao gosto dos clássicos russos. Na revista matinal para o trabalho, o supervisor do campo simplesmente gritou meu sobrenome, seguindo uma lista de detentos a serem enviados à mina de carvão; eu entrei nas fileiras, ajustei as luvas; a escolta nos contou, deu o comando, e eu fui pela estrada bem conhecida.

Nunca mais na vida eu vi Galina Pávlovna.

(1970-1971)

LIÓCHA TCHEKÁNOV,
OU COMPANHEIROS DE PENA EM KOLIMÁ

Liócha Tchekánov, lavrador de origem, técnico formado em edificações, foi meu vizinho de tarimba na cela 69 da prisão de Butirka durante a primavera e o verão de 1937.

Assim como a muitos outros, eu, sendo o monitor, prestei os primeiros socorros a Liócha Tchekánov: dei-lhe a primeira agulhada, uma injeção de ânimo, esperança, sangue frio, raiva e amor-próprio, um composto medicinal complexo, indispensável a um homem na prisão, sobretudo um novato. Os criminosos expressam esse mesmo sentimento — eles não podem negar a experiência secular — em três mandamentos conhecidos: não creia, não tema e não peça.

O espírito de Liócha Tchekánov se fortaleceu, e em julho ele partiu para os pontos extremos de Kolimá. Liócha fora condenado no mesmo dia que eu, condenado pelo mesmo artigo a uma pena idêntica. Fomos levados para Kolimá no mesmo comboio.

Nós avaliamos mal a astúcia do comando: de paraíso terreno Kolimá devia transformar-se, antes da nossa chegada, num inferno terreno.

Fomos levados para morrer em Kolimá, e a partir de dezembro de 1937, abandonados aos fuzilamentos de Garánin, aos espancamentos, à fome. As listas de fuzilados eram lidas dia e noite.

Todos os que não morreram na Serpantínnaia, a prisão de inquérito da Administração de Minas onde fuzilaram dezenas de milhares sob o ruído de tratores em 1938, foram fuzilados de acordo com as listas que eram lidas diariamente, sob orquestra, sob fanfarra, duas vezes ao dia durante as revistas, nos turnos do dia e da noite.

Depois de sobreviver por acaso a esses acontecimentos sangrentos, eu não escapei do destino a mim reservado ainda em Moscou: recebi uma nova pena de dez anos em 1943.

Eu "nadei até o fundo" uma dezena de vezes, vagando da área de extração ao hospital e vice-versa, e perto de dezembro de 1943 caí num pequenino serviço, que construiu uma nova lavra, a Spokóini.

Os capatazes, ou encarregados, como são chamados em Kolimá, eram para mim pessoas da mais alta classe, com uma missão especial, um destino especial, cujas linhas da vida não podiam se cruzar com as minhas.

Nosso capataz foi transferido para algum lugar. Cada detento tem um destino que se entrelaça com as lutas de forças superiores. O homem-detento ou o detento-homem, sem saber disso, torna-se arma de uma luta que lhe é estranha e perece sabendo de quê, mas não por quê. Ou então sabe por quê, mas não sabe de quê.

Então, conforme as leis desse destino misterioso, nosso capataz foi retirado e transferido para algum lugar. Eu não sei, e também não precisava saber, nem o sobrenome do capataz, nem a sua nova função.

Para a nossa brigada, onde havia ao todo dez *dokhodiagas*, foi designado um novo capataz.

Kolimá, mas não apenas Kolimá, é diferente pelo fato de que lá todos são chefes, todos. Até uma pequena brigada de dois homens tem o superior e o subordinado; apesar da universalidade do sistema binário, um grupo de pessoas não se divide em partes iguais, nem mesmo duas pessoas se dividem em partes iguais. Num grupo de cinco pessoas destaca-se um chefe de brigada permanente, que não está livre do trabalho, claro, pois é igualmente um *rabotiaga*. E numa brigada de cinco homens sempre aparece um chefe livre, isto é, com uma vara.

Você vive, pois, sem esperanças, e a roda do destino é incompreensível.

Uma arma da política estatal, um meio de extermínio físico dos inimigos políticos do Estado: eis aí o papel principal do chefe de brigada na produção, e mais ainda daquele que serve os campos de extermínio.

Ali o chefe de brigada não pode defender ninguém, ele mesmo é um condenado, porém vai escalar, agarrar-se a todas as palhinhas que o comando lhe atirar e, em nome dessa salvação ilusória, destruir pessoas.

Para o comando, a seleção dos chefes de brigadas é uma tarefa prioritária.

O chefe é como que um arrimo e sustentáculo da brigada, porém dentro daqueles limites que lhe foram concedidos de cima. Ele mesmo está sob um controle severo; com dados distorcidos você não vai longe: o técnico de minas irá desmascarar numa medição de rotina os metros cúbicos falsos, aumentados, e então será o fim do chefe de brigada.

Por isso o chefe de brigada vai por um caminho já verificado, seguro: arrancar esses metros cúbicos dos *rabotiagas-dokhodiagas*, arrancar num sentido real e físico, de picareta nas costas; e logo que fica sem nada para arrancar, parece que ele próprio deve se tornar um *rabotiaga*, compartilhando o mesmo destino das pessoas mortas por ele.

Mas não acontece assim. O chefe é transferido para uma nova brigada, para que a experiência não se perca. O chefe acaba com a nova brigada. O chefe fica vivo, e sua brigada, embaixo da terra.

Além do próprio chefe, na brigada há ainda o seu adjunto, do quadro efetivo, um plantonista, um auxiliar de assassino que protege-o no sono contra um ataque.

76   A luva, ou KR-2

Na caçada aos chefes de brigada durante os anos de guerra, na lavra Spokóini, foi necessário explodir com amonita um canto inteiro de um barracão, onde dormia um deles. Aquilo era seguro. Morreram um chefe de brigada, um plantonista e os amigos próximos, que dormiam ao lado do chefe para que a mão de um vingador com uma faca não o atingisse.

Os crimes dos chefes de brigada em Kolimá são incalculáveis; foram eles os executores físicos da grande política de Moscou dos anos de Stálin.

Mas nem o chefe de brigada estava fora de controle. Ele era vigiado em sua rotina por inspetores no OLP, naquelas poucas horas em que o detento se distrai do trabalho e cai numa modorra.

O chefe do OLP vigiava, e o juiz de instrução encarregado também vigiava.

Todos em Kolimá espionavam uns aos outros e informavam diariamente a quem fosse necessário.

Os informantes delatores tinham pouca dúvida: era preciso informar sobre tudo, e depois o comando separaria o que era verdade do que era mentira. Verdade e mentira são categorias absolutamente inadequadas para um informante.

Mas isso era a vigilância de dentro da zona, de dentro da alma do campo. Durante o trabalho, o chefe de brigada era vigiado de modo extremamente cuidadoso, em caráter oficial, por sua chefia de produção, pelo capataz, que em Kolimá é chamado de encarregado, ao estilo de Sacalina. O encarregado era vigiado por um encarregado superior, e este, pelo mestre de obras do setor, e o mestre, pelo comandante do setor, e o comandante, pelo engenheiro-chefe e pelo comandante da mina. Não quero levar essa hierarquia mais para cima; ela era extraordinariamente ramificada, variada, dava margem a qualquer fantasia ou inspiração, poética ou dogmática.

Liócha Tchekánov, ou companheiros de pena em Kolimá

É importante sublinhar que o chefe de brigada era justamente o ponto de contato entre o céu e a terra na vida do campo.

Era entre os melhores chefes, os que demonstravam um ardor de assassinos, que se recrutavam os encarregados, os capatazes, uma categoria já mais alta que a de chefe de brigada. Um capataz já tinha passado pelo caminho sangrento de um chefe de brigada. Para os *rabotiagas*, o poder de um capataz era ilimitado.

Na luz vacilante de uma *benzinka* de Kolimá, uma lata de conservas com quatro tubinhos com pavios de farrapos ardentes — a única luz, além das velas e do sol, para os *rabotiagas* e *dokhodiagas* de Kolimá —, eu divisei algo de familiar na figura do novo capataz, do novo dono de nossas vidas e mortes.

Uma alegre esperança aqueceu meus músculos. Na aparência do novo encarregado havia algo de familiar. Algo muito antigo, mas real, sempre vivo, como a memória do homem.

É difícil revirar a memória num cérebro ressequido e faminto; o esforço para lembrar é acompanhado de uma dor cortante, uma dor puramente física.

Os cantinhos da memória varreram há tempos todo o lixo inútil, como os poemas. Uma ideia mais importante, mais permanente que a arte se retesava, retinia, mas não conseguia de nenhum modo fugir para o meu dicionário de então, para os poucos cantinhos do cérebro que a cabeça de um *dokhodiaga* ainda utilizava. Dedos de ferro apertavam a memória, como se fosse um tubinho de cola estragada, espremendo, espirrando uma gota, uma gotinha que ainda guardava traços de humanidade.

Esse processo de recordação, do qual participava todo o corpo para me ajudar a acelerá-lo — um suor frio que cobria a pele ressequida, mas nem era suor de verdade —, esse processo acabou em vitória... E no cérebro surgiu um sobrenome: Tchekánov!

Sim, era ele, Liócha Tchekánov, meu vizinho na prisão de Butirka, aquele que eu livrara do medo diante do juiz de instrução. A salvação aparecia no meu barracão frio e faminto — passaram-se oito anos desde então, oito séculos, o século XII tivera início havia muito tempo, os citas selaram cavalos nas pedras de Kolimá, os citas sepultaram reis em mausoléus,[91] e milhões de *rabotiagas* anônimos pereceram espremidos nas valas comuns de Kolimá.

Sim, era ele, Liócha Tchekánov, o companheiro da minha juventude radiante, das ilusões radiantes da primeira metade de 1937, que ainda não sabiam do destino a elas reservado.

A salvação aparecia em meu barracão frio e faminto na imagem de Liócha Tchekánov, o técnico especializado em edificações, o nosso novo capataz.

Aquilo era uma maravilha! Aquilo era um acontecimento milagroso, pelo que valia a pena ter esperado oito anos!

Doplyvánie, "nadar até o fundo" — permito-me anunciar a primazia desse neologismo, pelo menos na forma aqui empregada. O *dokhodiaga*, aquele que "nadou até o fundo", não faz isso em um dia. Acumulam-se certas perdas, primeiro físicas, depois morais; os restos daqueles nervos, vasinhos e tecidos já não bastam para conter os velhos sentimentos.

Chegam novos para substituí-los: sentimentos substitutos, esperanças substitutas.

---

[91] Os citas foram um povo que na Antiguidade habitou a Cítia, região que ocupava parte do sudeste da Europa e sudoeste da Ásia, estendendo-se desde o norte do Mar Negro até o Mar de Aral. Segundo pesquisadores, os citas estiveram também na região de Magadan e na Iacútia. As histórias sobre os sepultamentos de reis citas chegaram através dos evenkis, povo que habita a Sibéria e o extremo leste da Rússia. (N. do T.)

No processo de "nadar até o fundo" há um certo limite, em que se perdem os últimos pilares, aquela linha depois da qual tudo está para além do bem e do mal, e o próprio processo de nadar se acelera numa avalanche. Uma reação em cadeia, para usar a linguagem moderna.

Nós não sabíamos então sobre a bomba atômica, Hiroshima e Fermi.[92] Porém, a insustentabilidade, a irreversibilidade da "natação" era muito bem conhecida por nós.

Para aquela reação em cadeia há uma epifania genial na linguagem dos criminosos; a expressão que entrou no dicionário, "voar morro abaixo", é absolutamente precisa, criada sem os cálculos de Fermi.

É por isso que esta fórmula precisa, obtida historicamente, foi assinalada em estatísticas pouco numerosas e em numerosas memórias: "Um homem pode nadar até o fundo em duas semanas". É a norma até para um Hércules, se ele for mantido no frio de cinquenta, sessenta graus de Kolimá por catorze horas, num trabalho pesado, apanhando, alimentado apenas com a ração do campo e sem poder dormir.

Além disso, a aclimatização no Extremo Norte é uma coisa bem complicada.

É por isso que os filhos de Medviédev não conseguem entender por que o pai deles, um homem saudável, de uns quarenta anos, morreu tão depressa; pois ele mandou a primeira carta de Magadan de um barco a vapor, e a segunda, do hospital Seimtchan; e essa do hospital foi a última. Por isso também o general Gorbátov,[93] depois de cair na lavra Mal-

---

[92] Enrico Fermi (1901-1954), físico nascido na Itália e naturalizado norte-americano. Foi o ganhador do Prêmio Nobel em 1938 e participante do Projeto Manhattan. (N. do T.)

[93] Aleksandr Vassílievitch Gorbátov (1891-1973), oficial do Exército que participou das duas Guerras Mundiais, da Guerra Civil Russa e da guerra contra a Polônia (1920). Foi preso em 1938, acusado de ter liga-

diák, tornou-se um completo inválido em duas semanas, e somente um envio casual para a pesca em Ola,[94] na costa, salvou-lhe a vida. E também por isso Orlóv, o consultor de Kírov, antes mesmo de seu fuzilamento na Partizan, no inverno de 1938, já era um *dokhodiaga* que de qualquer modo não encontraria lugar no mundo.

Duas semanas: esse era o prazo que transformava um homem saudável num *dokhodiaga*.

Eu sabia de tudo isso, entendia que no trabalho não havia salvação, e por oito anos vagueei do hospital à área de extração e vice-versa. E a salvação finalmente havia chegado. No momento mais necessário a mão da providência levou Liócha Tchekánov para o nosso barracão.

Eu adormeci tranquilamente, num sono profundo e feliz, com a vaga sensação de que um acontecimento alegre logo, logo começaria.

No dia seguinte, durante a revista — assim é chamado o procedimento de revista para os trabalhos, que em Kolimá era feito tanto para os capatazes, quanto para milhões de pessoas na mesma hora do dia, ao tinido dos trilhos, como o grito de um muezim, como o tinido de um sino do campanário de Ivan, o Grande[95] — e na língua russa Terrível e Grande são sinônimos —, eu me convenci de minha razão milagrosa, de minha esperança milagrosa.

O novo capataz era realmente Liócha Tchekánov.

ções com grupos antissoviéticos. Condenado em 1939 a quinze anos de detenção, foi enviado para o campo de Kolimá, onde contraiu escorbuto. Após uma revisão de seu processo, em 1941, foi libertado e reintegrado ao Exército. (N. do T.)

[94] Vila da região de Magadan. (N. do T.)

[95] Ivan III (1440-01505), grão-príncipe de Moscou. O campanário de Ivan, o Grande, foi inaugurado em 1600 e integra o conjunto de catedrais do Kremlin de Moscou. (N. do T.)

Mas apenas reconhecer alguém nessa situação não é o bastante; é preciso também que você seja reconhecido nessa irradiação mútua, bilateral.

Pelo rosto de Liócha Tchekánov, via-se claramente que ele tinha me reconhecido e, obviamente, ia me ajudar. Liócha Tchekánov sorriu de forma calorosa.

Ele já havia se informado junto ao chefe de brigada sobre o meu comportamento no trabalho. As referências dadas foram negativas.

— Mas que droga! — disse bem alto Liócha, olhando-me diretamente nos olhos. — Acha que só porque somos da mesma prisão você não precisa trabalhar? Eu não ajudo vadios. Conquiste com trabalho. Com trabalho honesto.

A partir desse dia, passaram a me perseguir com mais diligência. Daí a alguns dias, Liócha Tchekánov anunciou durante a revista:

— Eu não quero bater em você por causa do seu trabalho; vou simplesmente enviá-lo para um setor, para uma zona. Droga, lá também tem lugar para você. Vai para a brigada de Polupan. Ele vai ensiná-lo a viver! Pois, veja, é um conhecido! De boa vontade! Um amigo! Foram vocês, seus desgraçados, que acabaram conosco. Eu penei ali oito anos por causa desses calhordas, os eruditos!

Naquela mesma noite, o chefe de brigada me levou para um setor com uma sacola. No setor central da administração da lavra Spokóini, fui colocado no barracão onde vivia a brigada de Polupan.

Conheci o próprio chefe de brigada na manhã seguinte, durante a revista.

O chefe de brigada Serguei Polupan era um rapaz jovem, de uns vinte e cinco anos, com rosto franco e topete loiro imitando um *blatar*. Mas *blatar* Serguei Polupan não era. Ele era um rapaz de origem camponesa. Polupan fora varrido com a vassoura de ferro em 1937, recebeu uma pena pelo artigo

58 e propôs ao comando redimir sua culpa fazendo os inimigos entrarem na linha.

A proposta foi aceita, e da brigada de Polupan foi feita uma espécie de companhia disciplinar, com efetivo variável, mutável. Um posto disciplinar no próprio posto disciplinar, uma prisão na prisão da própria mina disciplinar que ainda não existia. Fomos nós que construímos para ele a zona e o vilarejo.

O barracão era de troncos verdes de lariço, troncos úmidos dessa árvore que, tal como as pessoas no Extremo Norte, luta por sua vida; por ser anguloso e nodoso, seu tronco é retorcido. Aqueles barracões úmidos não eram aquecidos por estufas. Nenhuma lenha seria o bastante para drenar aqueles corpos tricentenários crescidos no pântano. O barracão era secado com as pessoas, com os corpos dos construtores.

E ali começou um dos meus horrores.

Todo dia, aos olhos de toda a brigada, Serguei Polupan me batia: com os pés, os punhos, com uma acha de madeira, um cabo de picareta, uma pá. Tinha raiva por eu ser letrado.

As pancadas se repetiam diariamente. O chefe de brigada Polupan usava uma japona de novilho, uma japona rosada de pele de novilho, um presente ou suborno de alguém para fugir dos socos, para obter um descanso mesmo que só por um dia.

Conheço muitos casos assim. Eu mesmo não tinha uma japona, e se tivesse, não daria a Polupan; só os *blatares* a arrancariam de minhas mãos, a tirariam de meus ombros.

Depois de se aquecer, Polupan tirava a japona e ficava de *telogreika*, terminando o serviço com o pé de cabra e a picareta, de modo mais livre.

Polupan me quebrou alguns dentes, fraturou uma costela.

Tudo isso era feito aos olhos de toda a brigada. Na brigada de Polupan havia uns vinte homens. A brigada tinha um efetivo variável, mutável, uma brigada de correção.

Os espancamentos matinais duraram o tempo que eu passei naquela lavra, a Spokóini...

Com base num relatório do chefe de brigada Polupan, ratificado pelo comandante da mina e pela chefia do OLP, eu fui enviado para a Administração Central do Norte, para o vilarejo Iágodnoie, como um vagabundo calunioso, para a moção de um processo criminal e uma nova pena.

Fiquei na solitária em Iágodnoie sob inquérito; o processo foi instaurado, ocorreram interrogatórios. A iniciativa de Liócha Tchekánov tornou-se bastante clara.

Era a primavera de 1944, a primavera brilhante, belicosa de Kolimá.

Na solitária os indiciados eram enxotados para os trabalhos, buscando tirar ao menos uma hora de trabalho do dia de transferência, e os indiciados não gostavam dessa tradição enraizada nos campos e nas *tranzitkas*.

Mas eu, obviamente, ia para o trabalho não para tentar cumprir alguma cota num fosso de pedra, e sim para simplesmente respirar o ar, para pedir, se permitissem, uma tigela a mais de sopa.

Na cidade, mesmo na cidade do campo de trabalhos, que era o vilarejo Iágodnoie, era melhor do que na solitária, onde cada tronco exalava um suor mortífero.

A cada saída para o trabalho, servia-se sopa e pão, ou pão e mingau, ou sopa e arenque. Ainda hei de escrever um hino ao arenque de Kolimá, à única proteína de um detento, pois em Kolimá decerto não é a carne que garante o equilíbrio de proteína. Era o arenque que lançava as últimas achas na fornalha energética do *dokhodiaga*. E se um *dokhodiaga* conservou a vida, foi justamente porque ele comia arenque, salgado é claro, e bebia — a água, nesse equilíbrio, nem conta.

E o mais importante: podia-se arranjar tabaco à vontade, fumar ou, se não chegasse a tanto, cheirar enquanto um camarada fumava. Nenhum detento acreditaria que a nicotina é nociva, nem que o tabaco é cancerígeno. E, no entanto, a coisa podia ser explicada com a ínfima rarefação de uma gota de nicotina, capaz de matar um cavalo.

"Inspirar" já é dar uma tragada; seja como for, há nisso pouco veneno e muito devaneio, muito contentamento.

O tabaco é a alegria suprema do detento, a continuação da vida. Repito que não sei se a vida é um bem ou não.

Confiando apenas no faro animal, eu me movia pelas ruas de Iágodnoie. Trabalhava, fazia buracos com o pé de cabra, cavava com a pá, colaborando na fixação dos postes do vilarejo que eu conhecia tão bem. Ali tinham me julgado apenas um ano antes: deram-me dez anos, me confirmaram oficialmente como um "inimigo do povo". Essa sentença de dez anos, uma nova pena, que tinha começado há tão pouco tempo, também interrompeu, claro, a formalização de um novo processo por recusa ao trabalho. Podia-se aumentar a pena por causa das recusas, da vadiagem, mas era difícil quando uma nova pena tinha acabado de começar.

Éramos levados para o trabalho sob grande escolta — afinal éramos gente indiciada, se é que ainda éramos gente...

Eu ocupava meu lugar no fosso de pedra e tentava observar os passantes; nós trabalhávamos exatamente na estrada, mas no inverno não são abertas novas veredas em Kolimá, nem em Magadan, nem no Indiguirka.[96]

A cadeia de buracos estendia-se ao longo da rua; nossa escolta, por maior que fosse, era esticada para além do limite estabelecido pelo regulamento.

Ao nosso encontro, ao longo dos nossos buracos, era conduzida uma grande brigada ou um grupo de pessoas ain-

---

[96] Rio localizado no nordeste da Sibéria. (N. do T.)

da não incorporadas à brigada. Para isso, era preciso separar as pessoas em grupos, em número não inferior a três, e dar-lhes uma escolta com fuzis. Essas pessoas tinham acabado de desembarcar dos veículos. Os veículos permaneciam ali mesmo.

Um praça da guarda, que havia trazido as pessoas para o nosso OLP de Iágodnoie, perguntou algo ao nosso guarda de escolta.

E de repente eu ouvi uma voz, o grito alegre de um possesso:

— Chalámov! Chalámov!

Era Rodiónov, da brigada de Polupan, um *rabotiaga* e *dokhodiaga* como eu, do posto disciplinar da Spokóini.

— Chalámov! Acertei o tal de Polupan. Com um machado, no refeitório. Fui indiciado por esse motivo. Foi de morte! — Rodiónov dançava delirante. — No refeitório, com um machado.

Por causa dessa notícia alegre, eu experimentei realmente um sentimento caloroso.

Os guardas da escolta nos mandaram para lados diferentes.

Meu inquérito não deu em nada, não enredaram uma nova pena para mim. Algum superior julgou que o Estado não tiraria nenhum proveito ao me acrescentar uma nova pena.

Fui liberado da prisão de inquérito e enviado para uma das missões vitamínicas.

Não sei no que deu o inquérito sobre o assassinato de Polupan. Na época rachavam bastante as cabeças de chefes de brigada, mas na nossa missão vitamínica os *blatares* serraram a cabeça de um chefe odiado com um traçador.[97]

---

[97] Serra grande manejada por duas pessoas, geralmente utilizada para cortar toras de madeira. (N. do T.)

Com Liócha Tchekánov, meu conhecido da prisão de Butirka, não voltei a me encontrar.

(1970-1971)

TRIANGULAÇÃO DE TERCEIRA CLASSE

No verão de 1939, atirado por uma onda tempestuosa para as margens pantanosas de Tchórnoie Ózero,[98] para a exploração de carvão, na condição de inválido, incapacitado para o trabalho após a galeria de ouro de 1938 da lavra Partizan, candidato ao fuzilamento não fuzilado, eu não ficava pensando durante a noite sobre como ou o que havia acontecido comigo. Ou por quê? Não se colocava essa pergunta na relação entre homem e Estado.

Mas, com minha vontade fraca, eu queria que alguém me contasse o segredo da minha própria vida.

Passara na taiga a primavera e o verão de 1939 e ainda não conseguia entender quem eu era, não conseguia entender que a minha vida continuava. Era como se tivesse morrido nas galerias de ouro da Partizan, em 1938.

Antes de tudo, era preciso saber se aquele fora mesmo o ano de 1938. Ou se aquele ano fora um delírio, tanto faz de quem: meu, seu, da história.

Meus vizinhos, aqueles cinco homens que chegaram comigo de Magadan alguns meses antes, não podiam contar nada: seus lábios estavam fechados para sempre; suas línguas, atadas para sempre. Eu não esperava mesmo nada deles — o comandante Vassilienko, o *rabotiaga* Frizorguer, o cético Na-

---

[98] Vila do distrito de Khassín, na região de Magadan. (N. do T.)

guíbin. Entre eles estava até o delator Gordéiev. Todos eles juntos eram a Rússia.

Não era deles que eu esperava a confirmação de minhas suspeitas, a verificação de meus sentimentos e pensamentos; não era deles. E nem dos comandantes, é claro.

O comandante da exploração, Paramónov, quando recebia em Magadan o "pessoal" para o seu distrito, escolhia convictamente os inválidos. O ex-chefe da Maldiák[99] sabia bem como morriam e como se agarravam à vida. E como se esqueciam rapidamente.

Depois de um certo prazo — talvez de muitos meses, talvez de um instante — Paramónov achou que o descanso era suficiente, por isso deixaram de considerar inválidos os inválidos. Mas Filíppovski era maquinista de locomotivas; Frizorguer, marceneiro; Piétchnik, estufeiro; Vassilienko, capataz de minas. Apenas eu, um literato da Rússia, era apto para o trabalho braçal.

Logo me levaram para esse trabalho braçal. O capataz Bistróv lançou um olhar enojado para o meu corpo sujo, piolhento, para as feridas purulentas das pernas arranhadas por causa dos piolhos, para o brilho faminto dos olhos, e proferiu com deleite sua piada favorita: "Qual trabalho você quer? Intelectual? Ou braçal? Não temos trabalho intelectual. Só temos trabalho braçal".

Então me tornei esquentador de água. Mas há tempos fora construída uma casa de banhos, e a água era fervida ali mesmo, então precisavam me enviar para algum outro lugar.

Um homem alto, num traje azul de liberto, novo e barato, estava de pé num toquinho diante da barraca.

Bistróv era o capataz de construção, um *volniachka*,[100]

---

[99] Mina do distrito de Sussuman, na região de Magadan. (N. do T.)

[100] Termo derivado de *volni*, "livre"; era empregado para designar

um ex-*zeka*[101] que fora a Tchórnoie Ózero ganhar dinheiro para voltar ao continente. "Irá de cartola para a Terra Grande", como caçoava o comandante Paramónov. Bistróv me odiava. Bistróv via nas pessoas instruídas o mal maior da vida. Ele via em mim a encarnação de todas as suas desgraças. Odiava e vingava-se de forma cega e maldosa.

Bistróv passara pela mina de ouro em 1938 como capataz, ou encarregado. Sonhava economizar tanto quanto economizara antes. Mas seu sonho foi destruído por aquela mesma onda que varreu tudo e todos, a onda de 1937.

Ele vivia então sem um copeque naquela maldita Kolimá, onde os inimigos do povo não queriam trabalhar.

E a mim, que tinha atravessado o mesmo inferno, só que por baixo, pela galeria, pelo carrinho de mão e pela picareta — e Bistróv sabia e via isso, pois nossa história era escrita de forma completamente aberta nos rostos, nos corpos —, a mim ele gostaria de espancar, mas não tinha o poder.

A pergunta sobre o trabalho braçal ou intelectual — a única caçoada de que dispunha — Bistróv já me fizera uma vez, e eu já tinha respondido a ele, na primavera. Mas Bistróv se esquecera. Ou talvez não tivesse esquecido e repetiu de propósito, deleitando-se com a possibilidade de fazer aquela pergunta. Quem sabe a quantos, e quantas vezes, ele a fizera antes?

Mas talvez eu tivesse imaginado tudo aquilo, e para Bistróv desse na mesma o que me perguntar e que resposta receber.

---

os detentos que já tinham cumprido sua pena, mas que continuavam no campo na condição de assalariados. (N. do T.)

[101] *Zeka*, *zek*, ou simplesmente *ZK*, acrônimos de *zakliutchóni kanaloarmiéiets* (soldado detento do canal). Assim eram chamados os prisioneiros que trabalharam na construção do Belomorkanal (Canal Mar Branco-Báltico), no início da década de 1930. (N. do T.)

Talvez o próprio Bistróv fosse apenas o meu cérebro inflamado, que não queria perdoar nada.

Resumindo, eu recebi um novo trabalho: auxiliar de topógrafo, mais precisamente, anotador.

Ao Distrito Carbonífero de Tchórnoie Ózero chegara um novo topógrafo livre. O *komsomóliets*, jornalista da gazeta de Ichím, Ivan Nikoláievitch Bossíkh, meu coetâneo; fora condenado pelo artigo 58, parágrafo 10,[102] a três anos, e não a cinco, como eu. Fora julgado muito antes de mim, ainda em 1936, e levado no mesmo ano para Kolimá. O ano de 1938 ele passou, tal como eu, nas galerias, no hospital, "nadando até o fundo"; porém, para seu próprio espanto, ficou vivo e até recebeu documentos de partida. Ele estava ali, então, para um trabalho de curta duração: fazer uma "ligação" topográfica do Distrito de Tchórnoie Ózero para Magadan.

Eu me tornaria seu operário, carregaria uma ripa, um teodolito. Se precisasse, teríamos dois anotadores, pegaríamos mais um peão. Mas faríamos em dupla tudo o que fosse possível.

Por causa da minha fraqueza, eu não podia carregar o teodolito, então o próprio Ivan Nikoláievitch Bossíkh o carregava. Eu carregava só a ripa, mas para mim até a ripa era pesada, até eu me acostumar.

Nessa época, a fome severa, a fome da mina de ouro já tinha passado, mas a gulodice era a mesma de antes, e eu, como antes, devorava tudo o que via e podia apanhar.

Quando saímos para o trabalho pela primeira vez e sentamos na taiga para descansar, Ivan Nikoláievitch desembru-

---

[102] Parágrafo do artigo 58 que tratava dos crimes de agitação e propaganda que visassem à derrubada ou ao enfraquecimento do poder soviético, bem como da produção, divulgação e posse de literatura com semelhantes objetivos. (N. do T.)

lhou um pacote de comida — para mim. Ainda que eu não tivesse fome, não fiquei constrangido e belisquei o biscoito, a manteiga e o pão. Ivan Nikoláievitch ficou admirado com a minha modéstia, mas eu expliquei do que se tratava.

Siberiano nativo, embora tivesse um nome russo clássico, Ivan Nikoláievitch Bossíkh tentava encontrar em mim a resposta para perguntas insolúveis.

Estava claro que o topógrafo não era um delator. O ano de 1938 não necessitou de delatores — tudo era feito sem a participação deles, por força das leis supremas da sociedade humana.

— Você procurou os médicos quando adoeceu?

— Não, eu tinha medo do enfermeiro da lavra Partizan, o Legkodukh. Ele não salvava os que "tinham nadado até o fundo".

— Pois o senhor do meu destino em Utínaia era o doutor Beridze.

Com os médicos de Kolimá podiam ocorrer dois tipos de crime: o crime de ação, quando o médico encaminhava um preso para a zona penal, o equivalente a um tiro na testa — pois juridicamente, sem a sanção dos médicos não passava nenhuma ata de recusa ao trabalho. Esse era um dos tipos de crime dos médicos de Kolimá.

Outro tipo de crime médico era o crime de inação. No caso de Beridze foi um crime de inação. Ele não fez nada para me ajudar, ouviu minhas queixas com indiferença. Eu me transformei num *dokhodiaga*, mas não consegui morrer. "Sabe por que você e eu sobrevivemos?", perguntou Ivan Nikoláievitch, "porque somos jornalistas." Existe razão nessa explicação. Nós sabemos nos agarrar à vida até o fim.

— Parece-me que isso é mais característico nos animais, e não nos jornalistas.

— Não, não. Os animais são mais fracos que o homem na luta pela vida.

Eu não discuti. Eu mesmo sabia tudo isso. Que no Norte o cavalo morre sem suportar uma temporada nas galerias da mina de ouro, que o cachorro sucumbe com a ração humana.

Na outra vez Ivan Nikoláievitch levantou problemas familiares.

— Sou solteiro. Meu pai morreu na Guerra Civil. Minha mãe morreu quando eu estava encarcerado. Não tenho a quem transmitir nem o meu ódio, nem o meu amor, nem os meus conhecimentos. Mas tenho um irmão, um irmão caçula. Ele acredita em mim como em Deus. Então eu vivo para poder alcançar a Terra Grande, a cidade de Ichím, entrar no nosso apartamento na rua Voróntsov, nº 2, olhar nos olhos do meu irmão e revelar-lhe toda a verdade. Entendeu?

— Sim — disse eu. — Esse é um objetivo que vale a pena.

Todo dia — e foram muitos dias, mais de um mês — Ivan Nikoláievitch me trazia sua comida; ela em nada se diferenciava da nossa ração polar, e eu, para não ofender o topógrafo, comia junto com ele o pão e a manteiga.

Até o seu álcool — davam álcool para os livres — Bossíkh me trazia.

— Eu... não bebo.

Eu bebia. Mas aquele álcool ficava com um teor tão baixo depois de passar por vários depósitos e vários comandantes, que Bossíkh não teria corrido nenhum risco. Era quase água.

No verão de 1937, ainda na época de Bérzin, Bossíkh estivera na Partizan por alguns dias e presenciara a prisão da célebre brigada de Guerássimov. É um caso secreto, sobre o qual pouco se sabe. Quando me levaram para a Partizan, em 14 de agosto de 1937, e me instalaram numa barraca de lona, defronte a ela havia um barracão baixo, semienterrado, de troncos de madeira, onde as portas estavam afixadas numa só dobradiça. As dobradiças em Kolimá não são de ferro, e sim de pedaços de pneu de automóvel. Os mais antigos me explicaram que nesse barracão ficava a brigada de Guerássimov — setenta e cinco trotskistas que não trabalhavam por nada.

Ainda em 1936 a brigada passara por uma série de greves de fome e obtivera de Moscou autorizações para não trabalhar, recebendo ração "produtiva", e não penal. Os alimentos tinham então quatro "categorias" — o campo empregava terminologia filosófica nos lugares mais impróprios: a *stakhanovista*,[103] para o cumprimento da meta em 130% ou acima, era de 1.000 gramas de pão; a "de choque", de 110% a 130%, 800 gramas de pão; a produtiva, de 90% a 100%, 600 gramas de pão; e a penal, 300 gramas de pão. Na minha época, os recusadores eram transferidos para a ração penal, a pão e água. Mas nem sempre foi assim.

A luta seguiu nos anos de 1935 e 1936, e com as greves de fome os trotskistas da lavra Partizan conquistaram a legitimação da ração de 600 gramas.

Foram privados de tendas, dispensas, mas não os obrigaram a trabalhar. O principal foi a questão do aquecimento; são dez meses de inverno em Kolimá. Permitiam que fossem atrás de lenha para si e para todo o campo. Foi nessas condições que a brigada de Guerássimov viveu na lavra Partizan.

Se alguém, a qualquer hora do dia, de qualquer época do ano, anunciava o desejo de passar para uma brigada "nor-

[103] Termo empregado na URSS para designar os adeptos do stakhanovismo, movimento que defendia o aumento da produção pela força de vontade dos trabalhadores. Dele participavam trabalhadores urbanos e rurais. A palavra é derivada do sobrenome do iniciador do movimento, Aleksei Grigórievitch Stakhánov (1906-1977), mineiro de Donbass que, em agosto de 1935, extraiu uma quantidade de carvão muito acima da meta estabelecida. (N. do T.)

mal", era transferido de imediato. E por outro lado, qualquer recusador de trabalho podia ir diretamente da revista não só para uma RUR, ou para uma companhia penal, ou para a solitária, mas também para a brigada de Guerássimov. Na primavera de 1937 viviam setenta e cinco homens naquele barracão. Numa das noites daquela primavera todos eles foram levados para Serpantínnaia, para a então prisão de inquérito da Administração de Minas do Norte.

Ninguém mais viu nenhum deles em lugar nenhum. Ivan Nikoláievitch Bossíkh tinha visto aqueles homens; eu vi apenas a porta do barracão deles aberta pelo vento.

Ivan Nikoláievitch me explicava o segredo do trabalho de topografia: como, daquele tripé ali, depois de termos espalhado uma série de estaquinhas no desfiladeiro, apontando o teodolito, era possível determinar o "cruzamento dos fios".

— É um troço legal a topografia. Melhor que a medicina.

Nós abríamos clareiras, anotávamos números nas entalhas dos troncos, que soltavam uma resina amarela. Os números eram escritos com lápis preto simples; só o grafite preto, irmão do diamante, era seguro; qualquer tinta de composição química — azul, verde — não servia para medição do solo.

Pouco a pouco nossa missão cercava-se de suaves linhas imaginárias através das clareiras, pelas quais o olho do teodolito fixava o número sobre o tronco seguinte.

Riachos e córregos já endureciam em forma de um gelo fino, branco. Folhas finas e escarlates cobriam nossos caminhos, e Ivan Nikoláievitch apressou-se:

— Preciso voltar para Magadan, entregar rapidamente meu trabalho à administração, receber o pagamento e partir. Os barcos a vapor ainda estão navegando. Estão me pagando bem, mas tenho de me apressar. Eis aqui os dois motivos da minha pressa. Primeiro: quero ir para a Terra Grande, três anos em Kolimá são o bastante para o aprendizado da vida.

Triangulação de terceira classe

Mesmo que digam que a Terra Grande ainda é um nevoeiro para viajantes tais como você e eu... Mas sou forçado a ser corajoso pelo segundo motivo.

— E qual é o segundo?

— O segundo é que eu não sou topógrafo. Sou jornalista, periodista. Estudei topografia aqui mesmo, em Kolimá, na lavra Razviédtchik, onde eu era anotador de um topógrafo. Adquiri esse conhecimento sem contar com o doutor Beridze. Foi meu comandante que me aconselhou a pegar esse trabalho de ligar Tchórnoie Ózero aos lugares correspondentes. Mas eu confundi algo, deixei passar algo. E não tenho tempo de começar todo o trabalho de delineamento do início.

— Veja só...

— Esse trabalho que estou fazendo com você é um trabalho braçal de topografia. Ele se chama triangulação de terceira classe. Mas há categorias mais altas, de segunda e de primeira classe. Neles eu nem me atrevo a pensar, pois duvido que vá me ocupar disso na vida.

Nós nos despedimos, e Ivan Nikoláievitch partiu para Magadan.

Logo no ano seguinte, no verão de 1940, embora há tempos eu estivesse trabalhando com pá e picareta na exploração, tive sorte outra vez: o novo topógrafo de Magadan começou novamente o "trabalho de delineação". Fui escalado como um anotador experiente, mas, entenda-se: eu não disse uma palavra sobre as dúvidas de Ivan Nikoláievitch. Ao novo topógrafo perguntei apenas sobre o destino de Ivan Bossíkh.

— Está há tempos no continente, aquele safado. E nós aqui consertando o trabalho dele — disse sombriamente o novo topógrafo.

(1973)

O CARRINHO DE MÃO I

A temporada do ouro é curta. O ouro é muito, mas como extraí-lo? A febre do ouro de Klondike,[104] vizinha ultramarina de Tchukotka,[105] poderia trazer à vida um moribundo, e muito rapidamente. Mas seria possível deter essa febre do ouro, tornar a pulsação do garimpeiro, do obtentor do ouro, menos febril e mais lenta, batendo de leve, fazendo a vida apenas cintilar naqueles moribundos? E o resultado foi um pouco mais vívido que o de Klondike. Um resultado que não será conhecido por quem segura a bateia, o carrinho de mão, por quem o extraiu. Quem o extraiu era só um mineiro, só um escavador, só um canteiro. Ele não se interessa pelo ouro no carrinho de mão. E não é porque "não deve", mas por causa da fome, do frio, do esgotamento físico e espiritual.

Levar um milhão de pessoas para Kolimá e lhes dar trabalho para o verão é difícil, mas possível. Mas o que essas pessoas têm para fazer no inverno? Embriagar-se em Dawson?[106] Ou em Magadan? Com que vão se ocupar cem mil, um milhão de pessoas no inverno? Em Kolimá o clima é intensamente continental; o frio no inverno é de até sessenta graus negativos, mas a cinquenta e cinco ainda se trabalha.

[104] Região localizada no território de Yukon, no Canadá, famosa por ter sido palco de uma Corrida do Ouro entre 1897 e 1899. (N. do T.)

[105] Península localizada no extremo leste da Rússia. (N. do T.)

[106] Cidade do território de Yukon, Canadá. (N. do T.)

E lavraram atas durante todo o inverno de 1938, e os detentos só ficavam no barracão quando a temperatura era de menos cinquenta e seis graus; entenda-se, a partir de cinquenta e seis graus Celsius, não Fahrenheit.

Em 1940 esse limite subiu para cinquenta e dois!

Como colonizar o território?

Em 1936, a solução foi encontrada.

O acarretamento e a preparação do solo, a detonação, os golpes de picaretas e o carregamento estavam fortemente ligados entre si. Foi calculado pelos engenheiros o melhor movimento do carrinho de mão, seu tempo de retorno, o tempo de carregamento com pás e picaretas e, às vezes, o tempo para o pé de cabra separar uma rocha que contém ouro.

Não era cada um por si; assim se fazia apenas entre os garimpeiros livres. O Estado organizava o trabalho dos prisioneiros de outro modo.

Enquanto o acarretador enchia um carrinho, seus camaradas ou camarada tinham de conseguir carregar um novo carrinho.

Vejam esse cálculo: quantas pessoas era preciso colocar no carregamento, no acarretamento? Bastavam duas pessoas no grupo ou eram necessárias três?

Naquela galeria de ouro o carrinho era sempre de revezamento. Uma singular linha de produção de trabalho contínuo.

Se fosse preciso trabalhar com transporte em carroções,[107] com cavalos, isso era empregado geralmente na "ganga",[108] na extração de turfa no verão.

Ressaltemos logo: a turfa de mina de ouro é uma cama-

---

[107] No original, *grabarka*, carroça para transporte de terra no trabalho rural. (N. do T.)

[108] Parte não aproveitável de uma jazida, filão ou veeiro. (N. do T.)

da de rocha na qual não há ouro. Mas a areia é uma camada que contém ouro.

Então esse trabalho de verão com carroção, com cavalo, era para retirada de turfa, para denudação de areia. A areia denudada era carregada por outra brigada, não por nós. Mas para nós dava na mesma.

O carroção também era de revezamento: nós desengatávamos a carretinha vazia do condutor[109] e engatávamos uma carregada, já pronta. A linha de produção de Kolimá funcionava.

A temporada do ouro é curta. Da segunda metade de maio até meados de setembro; três meses ao todo.

Por isso, para extrair a cota, eram examinadas todas as fórmulas técnicas e supratécnicas.

A linha de produção da galeria operava com o mínimo, mas era justamente o carrinho de mão que nos tirava as forças, aniquilava, nos transformava em *dokhodiagas*.

Não havia nenhum mecanismo além do teleférico na grua interminável. A linha de produção da mina era contribuição de Bérzin. Tão logo se verificou que todas as minas seriam abastecidas de força de trabalho a qualquer custo e em qualquer quantidade — a companhia de navegação do Dalstroi levaria ao menos cem barcos por dia —, as pessoas pararam de lamentar. E começaram a extrair a cota literalmente. Com plena anuência, compreensão e apoio de cima, de Moscou.

Mas e o ouro? Que em Kolimá havia ouro, sabia-se há trezentos anos. Em Kolimá, pouco antes do início das atividades do Dalstroi, havia muitas organizações: incapazes, semioficiais, que temiam ultrapassar um certo limite na rela-

---

[109] No original, *konogón*, operário encarregado de conduzir os cavalos em uma mina. (N. do T.)

O carrinho de mão I

ção com seus *rabotiagas* contratados. Em Kolimá havia também escritórios da Tsvietmetzóloto[110] e bases culturais;[111] todos eles trabalhavam com pessoas livres, contratadas em Vladivostok.

Bérzin trouxe os prisioneiros.

Bérzin se pôs não a procurar caminhos, mas a construir uma estrada, a rodovia de Kolimá, através do pântano, da montanha, a partir do mar...

---

[110] Acrônimo de *Vsiesoiúznoie Obediniénie po Dobítche, Obrabótke i Realizatsi Tsvetníkh Metállov, Zólota i Platíni* (Associação para Extração, Preparação e Comercialização de Metais Não Ferrosos, Ouro e Platina da URSS). (N. do T.)

[111] Em russo, *kultbaza*. Uma das formas de edificação cultural na URSS. Em razão das difíceis condições climáticas e geográficas do Extremo Norte do país, foram criadas bases culturais nas regiões mais ermas. Essas bases continham escolas em regime de internato, hospitais, clubes e salas de cinema. (N. do T.)

O CARRINHO DE MÃO II

O carrinho de mão, o carrinho dos detentos, é o símbolo, o emblema de uma época.

A máquina da OSO —
Dois cabos, uma roda só.[112]

OSO é uma comissão especial presidida por um ministro, o *narkom*[113] da OGPU,[114] por cuja assinatura, sem ação judicial, eram enviados milhões de pessoas para encontrar a morte no Extremo Oriente. Em cada ficha individual, numa pastinha de papelão fininha e novinha, eram inseridos dois documentos — uma cópia da decisão da OSO e umas instruções especiais determinando que o prisioneiro fulano devia ser empregado apenas em trabalhos físicos pesados, e que de-

---

[112] Piada dos campos de trabalhos forçados sobre a chamada Comissão Especial (em russo, *Osóboie Sovieschánie*), um julgamento administrativo à revelia dos órgãos de segurança do Estado e que tinha tanto em comum com a legalidade quanto um carrinho de mão tinha com a mecanização. (N. do T.)

[113] Acrônimo de *naródni komissar* (comissário do povo), nome dado aos ministros de Estado no período soviético. (N. do T.)

[114] Acrônimo de *Obediniónoie Gossudárstviennoie Polititcheskoie Upravliénie* (Administração Política Estatal Unificada), órgão criado em 1923 que tinha a missão de combater os contrarrevolucionários. Em 1934 foi incorporado pelo NKVD. (N. do T.)

via ser privado da possibilidade de utilizar o serviço postal-telegráfico, sem direito a correspondência. E que o comando do campo devia informar Moscou sobre o comportamento do prisioneiro fulano pelo menos uma vez a cada seis meses. Para a administração local esse relatório-memorando devia ser enviado uma vez por mês.

"Com o cumprimento da pena em Kolimá" — isso era uma sentença de morte, um sinônimo de mortificação lenta ou rápida, dependendo do gosto do comandante local, da mina, do OLP.

Essa pasta novinha, fininha, devia depois ser completada com um montão de informações e inchar com atas sobre recusa ao trabalho, cópias de delações dos camaradas, memorandos dos órgãos de inquérito sobre todos e quaisquer "dados". Às vezes a pasta não chegava a inchar, a aumentar de volume — um bocado de gente morria logo no primeiro verão em contato com a "máquina da OSO — dois cabos, uma roda só".

Eu era daqueles cuja ficha individual inchou, ficou pesada, como se o papel se impregnasse de sangue. E as letras não desbotaram — o sangue humano é um bom fixador.

Em Kolimá o carrinho de mão é chamado de "mecanização de pequena escala".

Eu era um condutor de carrinho altamente qualificado. Empurrei o carrinho nas galerias abertas da lavra Partizan da Kolimá aurífera do Dalstroi por todo o outono de 1937. No inverno, quando não há temporada de lavagem de ouro, empurravam-se caixas com terra; quatro pessoas por caixa, erguendo montanhas de leiva, tirando capas de turfa e desnudando para o verão a areia, a camada que contém ouro. No início da primavera de 1938 eu novamente agarrei os cabos da máquina da OSO e os larguei somente em dezembro de 1938, quando fui detido na mina e levado para Magadan, em razão do "caso dos juristas" de Kolimá.

Um condutor acorrentado ao carrinho de mão é o emblema do detento de Sacalina. Mas Sacalina não é Kolimá. Perto da ilha de Sacalina está a corrente quente de Kuroshio.[115] Lá é mais quente do que em Magadan ou na costa, não faz menos que trinta ou quarenta graus, com neve no inverno e sempre chuva no verão. Mas o ouro não está em Magadan. O Passo Iáblonovi é um limite a mil metros de altura, o limite climático do ouro. Mil metros acima do nível do mar, o primeiro passo sério no caminho para o ouro.[116] A cem quilômetros de Magadan, e ao longo da rodovia — sempre mais para cima, mais rumo ao frio.

Não estamos na Sacalina dos campos de trabalho. Prender ao carrinho de mão era antes de tudo uma tortura moral. Assim como os grilhões. Os grilhões da época tsarista eram leves, desprendiam-se facilmente das pernas. Os detentos faziam etapas de mil verstas com esses grilhões. Era uma medida de humilhação.

Em Kolimá não se prendia ao carrinho. Na primavera de 1938, trabalhou alguns dias em dupla comigo Derfel, um comunista francês que estivera nos trabalhos forçados nas pedreiras de Caiena. Derfel ficou nos trabalhos forçados franceses por dois anos. Não havia a menor semelhança. Lá era mais leve, quente, e não havia presos políticos. Não havia fome, frio infernal nem mãos e pés congelados.

Derfel morreu na galeria — o coração parou. Mas a experiência de Caiena o ajudou; Derfel aguentou um mês a mais do que seus camaradas. Foi bom ou ruim aquele mês a mais de sofrimentos?

[115] Também conhecida como Corrente do Japão. (N. do T.)

[116] Nas duas últimas frases há um jogo com a palavra *perevál*, que significa "passagem" tanto no sentido de espaço geográfico, quanto no sentido da ação do verbo "passar" (atravessar). (N. do T.)

Foi ali, ligado a Derfel, que empurrei o carrinho pela primeira vez.

Não se pode gostar do carrinho. Só se pode odiá-lo. Como qualquer trabalho físico, o trabalho de condutor de carrinho era humilhante ao extremo por causa de seu caráter de escravidão em Kolimá. Mas, como qualquer trabalho físico, o trabalho com o carrinho exige certa habilidade, atenção, dedicação.

E quando seu corpo mirrado entende isso, empurrar o carrinho fica mais leve do que erguer a picareta, bater com o pé de cabra, arrastar a pá quadrada.

Toda a dificuldade estava em equilibrar-se, manter a roda sobre a prancha, uma tábua estreita.

Na galeria de ouro, para os do artigo 58 havia apenas picareta, pá de cabo longo, um jogo de pés de cabra para perfuração e colherinhas de ferro para raspar a terra das *burki*.[117] E o carrinho. Outros trabalhos não havia. No aparelho de lavagem, onde era preciso "peneirar" — mover para a frente e para trás uma raspadeira de madeira, nivelando e triturando a terra — não havia vaga para os do artigo 58. O trabalho na peneira de tambor,[118] mais leve e mais próximo do ouro, era para os *bitóvikes*. Trabalhar de lavador, na bateia, era proibido para os do artigo 58. Podiam trabalhar com o cavalo — era entre os do artigo 58 que escolhiam os condutores de cavalos. Mas o cavalo é uma criatura frágil, sujeita a todo tipo de doenças. Sua ração setentrional era roubada por estribeiros, pelos chefes dos estribeiros e pelos condutores. O cavalo enfraquecia e morria sob os sessenta graus negativos antes do homem. O cavalo exigia tantos cuidados

[117] Botas de cano alto de feltro, sem cortes, feitas especialmente para o clima muito frio. (N. do T.)

[118] No original, *butara*, antigo aparelho de madeira em forma de gamela para lavagem de areias auríferas. (N. do T.)

que o carrinho de mão parecia mais simples e melhor do que o carroção, algo mais honesto para nós mesmos e mais próximo da morte.

O plano do Estado foi levado até a mina, até o setor, até a galeria, até a brigada, até o grupo. A brigada era composta de grupos, e para cada grupo eram dados carrinhos de mão, dois ou três, quantos fossem necessários, mas nunca um só! Ali estava escondido o grande segredo da produção, o mistério dos campos de Kolimá.

Havia ainda mais um trabalho na brigada, um trabalho permanente, com o qual todo operário sonhava na manhã de cada dia: o trabalho de carregador de ferramentas.

A picareta rebota-se rapidamente com os golpes na pedra. Os pés de cabra rebotam-se rapidamente. Exigir uma boa ferramenta era um direito dos escravos, e o comando fazia todo o possível para que a ferramenta estivesse afiada, a pá, adequada, e a roda do carrinho, bem engraxada.

Cada setor de produção de ouro tinha a sua ferraria, onde dia e noite o ferreiro e o martelador podiam amolar a picareta, afiar o pé de cabra. O ferreiro tinha muito trabalho, e o único instante em que um detento podia respirar era quando não tinha ferramenta, que fora levada para a ferraria. Claro, ele não ficava parado no lugar; ele percorria a galeria enchendo o carrinho. Mas mesmo assim...

Por isso, todos queriam cair nesse trabalho — de carregador de ferramenta — ao menos por um dia, ao menos até a hora do almoço.

A questão da ferraria era bem estudada pelo comando. Havia muitas propostas de melhorar essa atividade de ferramentaria, de mudar as práticas que prejudicavam a execução do plano, para que a mão do comandante sobre os ombros do detento fosse ainda mais pesada.

Não haveria aqui uma semelhança com os engenheiros que trabalhavam na solução técnica do problema científico de construção da bomba atômica? Pela supremacia da física, como diziam Fermi e Einstein?

Que me importam os homens, os escravos? Eu sou um engenheiro, respondo a questões técnicas.

Sim, em Kolimá, numa reunião sobre como se poderia organizar melhor o trabalho na galeria de ouro, ou seja, sobre como matar melhor, como matar mais rápido, um engenheiro tomou a palavra e disse que transformaria Kolimá se lhe dessem fornalhas de campanha, forjas de campanha. Que tudo seria resolvido com a ajuda dessas fornalhas. Não seria necessário carregar as ferramentas. Os carregadores de ferramentas teriam de agarrar os cabos do carrinho de mão e perambular pela galeria, sem esperar na ferraria, sem retardar tudo e todos.

Na nossa brigada o carregador de ferramentas era um menino, um estudante de dezesseis anos de Ierevan, condenado pelo atentado contra Khanjyan,[119] primeiro-secretário do Comitê Territorial do Partido de Ierevan. O menino recebera uma sentença de vinte anos de prisão; mas morreu em pouco tempo — não suportou a dureza do inverno de Kolimá. Dali a muitos anos eu soube através dos jornais a verdade sobre o assassinato de Khanjyan. Acontece que foi Béria[120]

[119] Agassi Guevóndovitch Khanjyan (1901-1936), primeiro-secretário do Partido Comunista da Armênia. (N. do T.)

[120] Lavrenti Pávlovitch Béria (1899-1953), um dos mais temidos chefes do NKVD. O episódio mencionado no conto ocorreu no gabinete de Béria em Tíflis, atual Tbilíssi, capital da Geórgia. Na época, o futuro chefe do NKVD ocupava o cargo de primeiro-secretário do Partido Comunista da Transcaucásia, território que abrangia a Armênia, a Geórgia e o Azerbaijão. Poucos dias depois da execução de Khanjyan, foi publicado no jornal *Zariá Vostoka* (*Aurora do Leste*) um artigo no qual Béria o acusava de proteger elementos nacionalistas entre os intelectuais armênios e de ser cúmplice de um grupo terrorista. (N. do T.)

quem matou Khanjyan a tiros em seu gabinete. Toda essa história da morte do estudante na galeria de Kolimá me veio à mente por acaso.

Eu queria muito ser carregador de ferramentas, ao menos por um dia, mas entendia que o menino, o estudante com os dedos queimados pelo frio, enrolados em luvas sujas, com um brilho faminto nos olhos, era melhor candidato que eu.

Restava-me apenas o carrinho. Eu devia saber dar picaretadas, dominar a pá e escavar; sim, sim, mas naquele fosso de pedra da área de extração, eu preferia o carrinho.

A temporada de ouro é curta, de meados de maio a meados de setembro. Mas, no calor diurno de quarenta graus de julho, sob os pés dos detentos havia água congelada. Trabalhavam com galochas de borracha. Nas galerias faltavam galochas de borracha, assim como ferramentas.

No fundo da área de extração, daquele fosso de pedra de forma irregular, eram estendidas tábuas grossas, mas não de modo simples, e sim unidas fortemente umas às outras numa obra-prima da engenharia civil — a prancha central. A largura dessa prancha era de meio metro, não mais. A prancha era firmemente reforçada para que as tábuas não cedessem, a roda não ziguezagueasse e o condutor pudesse empurrar seu carrinho correndo.

Essa prancha central tinha comprimento de uns trezentos metros. Presente em cada área de extração, a prancha fazia parte da área, era a alma da área, do trabalho forçado braçal com emprego de mecanização de pequena escala.

Da prancha saíam ramificações, muitas ramificações, para cada galeria, para cada cantinho da área de extração. Para cada brigada estendiam-se tábuas não tão firmemente pregadas como na prancha central, porém de forma também segura.

Os cadafalsos de lariço da prancha central, desgastados pelos giros furiosos dos carrinhos — a temporada de ou-

O carrinho de mão II

ro é curta —, eram trocados por novos. Como também as pessoas.

Era preciso ir com habilidade para a prancha central: empurrar o carrinho de sua própria prancha, virar sem levar a roda para a trilha principal desgastada no meio da tábua, movendo-se em forma de serpentina ou de cobra — aliás, não há cobras em Kolimá — da galeria para a estacada, desde o começo até o fim, até a tremonha. Depois de levar o carrinho à prancha central, era importante virá-lo, sustentando o equilíbrio com os próprios músculos e, aproveitando o momento, meter-se na prancha central numa correria raivosa — ali não se ultrapassava, não se passava à frente, não havia lugar para ultrapassagem —, e você tinha de conduzir seu carrinho a galope para cima, para cima, para cima, pela prancha central que se erguia lentamente nos esteios; para cima sem esmorecer, a galope, para não ser derrubado do caminho por outros mais bem alimentados ou por novatos.

Ali era preciso não bobear e cuidar para não ser derrubado pelo menos até que você levasse o carrinho para a estacada, a uns três metros de altura; não era preciso ir mais adiante, ali estava a tremonha de madeira, revestida de troncos, e você tinha de entornar o carrinho, despejar na tremonha — dali em diante não era problema seu. Sob a estacada passava um carrinho de carga de ferro, e não era você que levaria esse carrinho até o aparelho de lavagem, até a peneira de tambor. Esse carrinho ia por trilhos até a peneira de tambor, o aparelho de lavagem. Mas isso não era problema seu.

Você tinha de erguer o carrinho de mão, esvaziando-o completamente sobre a tremonha — o cúmulo da fineza! — e depois agarrar o carrinho vazio e afastar-se rapidamente para um lado, a fim de orientar-se, tomar fôlego e liberar o caminho para os bem alimentados.

Na volta da estacada para a galeria havia uma prancha reserva, de tábuas velhas e desgastadas tiradas da prancha central, mas também resistentes e pregadas com firmeza. Libere o caminho para os que correm depressa, deixe-os passar, tire seu carrinho da prancha — você escutaria o grito de advertência —, se não quiser ser empurrado. Descanse de algum modo, lavando o carrinho ou dando caminho aos outros, pois lembre-se: quando voltar pela prancha sem carga para a sua galeria, você não vai descansar nem um minuto; à sua espera estará um novo carrinho, que foi enchido por seus camaradas enquanto você conduzia o seu para a estacada.

Por isso, lembre-se: a arte de conduzir um carrinho consiste no fato de que é preciso empurrá-lo de volta pela prancha, sem carga, de um modo bem diferente daquele que você o empurrou carregado. Era preciso virar o carrinho vazio, empurrar para a frente colocando os dedos nos cabos levantados. Nisso também havia um descanso, uma economia de forças, fazendo o sangue refluir das mãos. O condutor voltava com as mãos levantadas. O sangue refluía. O condutor conservava as forças.

Depois de empurrar o carrinho até sua galeria, você simplesmente o largava. Estava pronto para você um outro carrinho na prancha de trabalho, pois ficar à toa, sem se mover, sem se mexer, ninguém podia — ninguém do artigo 58, em nenhum caso. Sob o olhar severo do chefe de brigada, do encarregado, do guarda de escolta, do chefe do OLP, do comandante da mina, você agarrava os cabos de outro carrinho e saía para a prancha central — isso também se chamava linha de produção, carrinho de turno. Uma das mais terríveis regras de produção, que era observada sempre.

E sorte a sua se seus próprios camaradas fossem benevolentes — isso não se devia esperar do chefe de brigada, mas do chefe de grupo, sim —, pois em toda parte havia superiores e subordinados, e a possibilidade de se tornar chefe não estava fechada para ninguém, mesmo para o artigo 58. Se os camaradas fossem benevolentes, deixariam você respirar um pouco. Não se podia nem falar em pausa para um cigarro. Em 1938 a pausa para um cigarro era um crime político, uma sabotagem punida pelo artigo 58, parágrafo 14.

Não. Seus próprios camaradas vigiavam para que você não enganasse o Estado, não descansasse quando não era permitido. Para que você ganhasse sua ração. Os camaradas não queriam instigar você, instigar seu ódio, sua raiva, sua fome e seu frio. E se os camaradas fossem indiferentes — havia muito, muito poucos assim em Kolimá, em 1938 —, então por trás deles estava o chefe de brigada; e se este desse uma saída para se esquentar, deixava em seu lugar um observador oficial — um *rabotiaga* ajudante do chefe de brigada. Assim, o doutor Klivitski, ex-adjunto do *narkom* da Indústria Bélica, sugava meu sangue dia após dia na zona especial de Kolimá.

E se o chefe de brigada não visse, então veriam o capataz, o encarregado, o mestre-de-obras, o chefe do setor, o comandante da mina. Veria o guarda de escolta, e poria fim à ousadia com a coronha do fuzil. Veria o plantonista de mina da organização local do Partido, o representante da Seção Distrital e sua rede de informantes. Veria o representante da Administração do Oeste, do Norte e do Sudoeste do Dalstroi ou da própria Magadan, o representante do *gulag*, de Moscou. Todos observando cada movimento seu — literatura completa e publicística completa —, se você não foi cagar fora de hora: era difícil abotoar as calças, os dedos não se dobravam. Eles se endireitavam pela empunhadura da picareta, pelo cabo do carrinho. Eram quase contraturas. E o guarda de escolta gritava:

— Cadê sua merda? Cadê sua merda, eu estou perguntando.

E brandia a coronha. O guarda não precisava saber de pelagra, de escorbuto, nem de disenteria.

Por isso o condutor de carrinho descansa no caminho.

Agora nossa narrativa sobre o carrinho será interrompida por um documento: uma ampla citação do artigo "O problema do carrinho de mão", publicado no jornal *Kolimá Soviética* em novembro de 1936:

"... Nós somos obrigados a relacionar, de forma estreita e por certo período, o problema do acarretamento de terra, turfa e areia com o problema do carrinho de mão. É difícil dizer quanto vai se prolongar esse período, no decorrer do qual o acarretamento será feito com carrinhos de mão, mas podemos dizer, com bastante precisão, que da construção de carrinhos em larga escala dependem tanto o ritmo de produção, quanto o custo da produção. Acontece que os carrinhos tinham uma capacidade de 0,075 metros cúbicos, quando a capacidade necessária era de não menos que 0,12 metros cúbicos... Para as nossas minas, nos próximos anos, serão exigidas algumas dezenas de milhares de carrinhos. Se esses carrinhos não corresponderem às exigências que são apresentadas pelos próprios trabalhadores e pelo ritmo de produção, ocorrerá, em primeiro lugar, um atraso na produção; em segundo, gastaremos inutilmente a força muscular dos trabalhadores; e em terceiro, desperdiçaremos à toa enormes recursos financeiros."

Tudo correto. Havia só uma imprecisão: para o ano de 1937 e posteriormente foram exigidas não algumas dezenas de milhares, e sim milhões desses carrinhos grandes, de um décimo de metro cúbico, "que correspondem às exigências apresentadas pelos próprios trabalhadores".

Muitos e muitos anos depois desse artigo, uns trinta anos depois, um bom amigo meu recebeu um apartamento, e nós nos reunimos para comemorar a mudança. Cada um deu o que podia, e um presente muito útil foram luminárias com fiação elétrica. Nos anos 1960, em Moscou, já se podia comprar luminárias assim.

Os homens não conseguiam de jeito nenhum fazer a instalação elétrica da luminária. Nessa hora eu entrei, e uma outra conhecida minha gritou: "Tire o casaco e mostre a esses paspalhos que um homem de Kolimá sabe tudo, está apto para qualquer trabalho".

— Não — disse eu. — Em Kolimá eu estava apto somente para empurrar um carrinho de mão. E dar picaretadas nas pedras.

Realmente, eu não trouxera nenhum conhecimento, nenhuma habilidade de Kolimá.

Mas com todo meu corpo eu sei, sou capaz e posso mostrar como empurrar, como conduzir um carrinho.

Quando você pega um carrinho — um grande e odiável (dez carrinhos para um metro cúbico) ou um pequeno e "adorável" —, a primeira ação do condutor é aprumar-se. Endireitar todo o corpo, ficando reto e mantendo as mãos para trás. Os dedos de ambas as mãos devem abarcar fortemente os cabos do carrinho carregado.

O primeiro impulso para movimentar é dado por todo o corpo, pelas costas, músculos da escápula — para que o ponto de apoio fique nas escápulas. Uma vez que o carrinho partiu, que a roda se movimentou, podia-se passar as mãos um pouco para a frente, relaxar um pouco a escápula.

O condutor não vê a roda, apenas a sente, e todas as voltas são dadas a olho, do começo ao fim do caminho. Os músculos do ombro, do antebraço, servem para virar, mudar de lugar e empurrar o carrinho para cima na subida da estacada. No movimento do carrinho em si pela prancha, esses músculos não são os principais.

A união de roda e corpo, a direção e o equilíbrio são

mantidos e sustentados pelo corpo todo, pelo pescoço e pelas costas, não menos do que pelos bíceps.

Enquanto não se forma o automatismo desse movimento, dessa pressão sobre o carrinho, sobre sua roda, não existe condutor.

Dos hábitos já adquiridos o corpo se lembra a vida toda, eternamente.

Os carrinhos em Kolimá eram de três tipos: o primeiro era um carrinho "de mineiro" comum, com capacidade de 0,03 metros cúbicos, três centésimos de um metro cúbico, trinta carrinhos para um metro cúbico de rocha. Quanto pesava um carrinho desses?

Em Kolimá, na temporada do ano de 1937, os carrinhos de mineiro foram banidos das galerias de ouro por serem fora de medida, quase subversivos de tão pequenos.

Os carrinhos de *gulag*, ou de Bérzin, para a temporada dos anos 1937 e 1938, tinham capacidade de 0,1 a 0,12 metros cúbicos e eram chamados de carrinhos grandes. Dez carrinhos por metro cúbico. Centenas de milhares de carrinhos assim foram produzidos para Kolimá, levados do continente como uma carga mais importante que vitaminas.

Nas minas havia também carrinhos metálicos, igualmente produzidos no continente, rebitados, de ferro. Esses carrinhos tinham capacidade de 0,075 metros cúbicos, duas vezes mais que os de mineiro; porém certamente não serviam para os chefes. O *gulag* exigia mais força.

Esses carrinhos não prestavam para as galerias de Kolimá. Umas duas vezes na vida eu tive de trabalhar com um carrinho assim. Na construção deles havia um erro: o condutor não conseguia se endireitar empurrando o carrinho; não se obtinha a união de corpo e metal. O corpo do homem se entende com uma construção de madeira, encontra facilmente a união.

Só era possível empurrar para cima um desses carrinhos

O carrinho de mão II

dobrando a cerviz, e a roda saía da prancha. Um homem sozinho não conseguia colocar o carrinho na prancha. Precisava de ajuda.

Não se podia segurar os carrinhos metálicos pelos cabos, endireitando-se e empurrando o carrinho para a frente, e era impossível modificar sua estrutura, o comprimento da empunhadura, o ângulo de inclinação. Assim, esses carrinhos cumpriam sua pena torturando as pessoas ainda mais que os grandes.

Acontecia-me de ver os relatórios de Kolimá sobre a "produção básica", sobre "o primeiro metal" — lembremos que a estatística é uma ciência falsa; nunca é publicado um número exato. Mas mesmo se admitirmos os números que eram oficialmente divulgados, tanto o leitor quanto o espectador vão entender com facilidade os segredos de Kolimá. Pode-se tomar por verdade esses números de Kolimá, e esses números consistem no seguinte:

1) Obtenção de areias da área de extração com acarretamento manual de até 80 metros, etc.

2) A ganga de turfas (isto é, o trabalho de inverno, a retirada de pedras, de rochas) com acarretamento manual de até 80 metros.

Setenta metros é um acarretamento considerável. Esse número médio significava que, para as melhores brigadas — *bitóvikes*, *blatares*, quaisquer "trabalhadores de vanguarda", que não recebiam salário de *dokhodiaga*, que recebiam ração *stakhanovista* ou de vanguarda, e que cumpriam a cota — eram dadas galerias próximas, vantajosas, com acarretamento a cinco ou seis metros da tremonha da estacada.

Ali havia uma questão de produção, uma questão política, e também uma questão de desumanidade, de matança.

Não me lembro que eu, que a nossa brigada, depois de um ano e meio de trabalho na lavra Partizan, de agosto de 1937 a dezembro de 1938, tenha trabalhado ao menos um dia, uma hora, numa galeria mais próxima, vantajosa, a única possível para os *dokhodiagas*.

Mas nós não atingíamos a "porcentagem", e por isso nossa brigada (sempre se achava uma brigada assim, e eu sempre trabalhava justamente numa brigada dessas, de *dokhodiagas*) era colocada num acarretamento distante. Trezentos, duzentos e cinquenta metros de acarretamento — era uma matança, uma matança planejada, até para as brigadas de vanguarda.

E nós rodávamos aqueles trezentos metros sob o alarido de cães; porém mesmo aqueles trezentos metros, se a média era oitenta, escondiam atrás de si mais um segredo. Sempre enganavam o pária do artigo 58, pondo a produtividade na conta dos *blatares* ou *bitóvikes*, que rodavam a dez metros da estacada.

Lembro-me bem de uma noite de verão, em que empurrei para a prancha um carrinho grande, carregado por meus camaradas. Não era permitido utilizar carrinhos pequenos na nossa galeria. Um carrinho carregado de barro — em Kolimá a camada que contém ouro é diferente: seixo, barro e rocha com barro.

Meus músculos tremiam de fraqueza e estremeciam a cada minuto em meu corpo exausto e esgotado, pelas chagas do escorbuto, pelo congelamento não tratado dos membros, pela dor surda dos espancamentos. Era preciso sair do nosso canto para a prancha central, sair da tábua que ia da nossa galeria à prancha central. Na prancha passavam algumas brigadas, com estrondo e barulho. Ali não iam me esperar. Ao longo da prancha os chefes andavam e apressavam com varas e xingamentos, elogiando os que conduziam o carrinho em passo acelerado e xingando as lesmas famintas, como eu.

Era preciso ir através de espancamentos, de xingamentos, de berros; e eu empurrei com força o carrinho para a prancha central, virei-o à direita e me virei também, detendo o movimento do carrinho para poder corrigir caso a roda desviasse para um lado.

Você conduz bem somente quando forma com ele, com o carrinho, um corpo único; só então você pode guiá-lo. A sensação física é como andar de bicicleta. Mas a bicicleta era outrora como uma vitória. Já o carrinho era uma derrota, uma ofensa que provocava ódio, desprezo por si mesmo.

Eu arrastei o carrinho para a prancha, ele rodou em direção à estacada; e eu corri atrás do carrinho, passei pela prancha atrás dele, pisando nela sem parar, cambaleando, mal conseguindo manter a roda do carrinho sobre a tábua.

Algumas dezenas de metros, e na prancha central começava o atracadouro de outra brigada, e dessa tábua, desse lugar, podia-se empurrar o carrinho somente correndo.

Nessa hora já tinham me derrubado da prancha, de modo brutal, e eu mal mantive o carrinho em equilíbrio; era uma carga de barro, e tudo que era derramado pelo caminho devia ser recolhido e levado adiante. Fiquei até contente por me derrubarem; eu pude descansar um pouco.

Não se podia descansar na galeria nem um minuto. Chefes de brigada, capatazes e escolta espancavam por causa disso — eu sabia bem disso, por isso "me virei", simplesmente alternando os músculos; em vez dos músculos da escápula e do ombro, não sei que outros músculos me sustentavam sobre a terra.

A brigada com carrinhos grandes passou; eu pude sair novamente para a prancha central.

Se lhe dariam algo para comer nesse dia? Nem se pensava nisso, não se pensava em nada; no cérebro não restava nada além de xingamentos, raiva e impotência.

Não menos de meia hora se passou até que eu alcançasse a estacada com meu carrinho. A estacada não era alta, tinha só um metro, um tablado de tábuas grossas. Havia um fosso — a tremonha —, era nessa tremonha murada que era preciso despejar a terra.

Vagonetes de ferro passavam sob a estacada, e vagões flutuavam em cabos até a peneira de tambor, até o aparelho de lavagem, onde sob jatos de água era lavada a terra e no fundo da gamela assentava-se o ouro. No alto da gamela-peneira de tambor, de uns vinte metros de comprimento, pessoas trabalhavam pondo terra com pazinhas, peneirando. Condutores de carrinho não peneiravam, e os do artigo 58 nem chegavam perto do ouro. Por alguma razão, o trabalho na peneira de tambor — ele era um pouco mais leve que a galeria, claro — era considerado admissível somente para os "amigos do povo". Eu escolhi a hora em que na estacada não havia carrinhos e outras brigadas.

A estacada não era alta. Eu trabalhava também nas estacadas altas — uns dez metros de subida. Ali, perto da entrada para a estacada, ficava uma pessoa especial, que ajudava o condutor a levar sua carga para o topo, para a tremonha. Aquilo era mais sério. Naquela noite a estacada era pequena, mas mesmo assim eu não tinha forças para empurrar o carrinho para a frente.

Eu sentia que estava atrasado; e empenhando as últimas forças, empurrei o carrinho até o início da subida. Mas não tive forças para empurrar aquele carrinho, que nem estava totalmente cheio, para cima. Eu, que já percorria há tempos o chão da mina, arrastando as solas, deslocando os pés sem tirar as solas do chão, sem ter forças para fazer de outro modo — nem levantar os pés mais alto, nem mais depressa. Havia tempos eu já andava assim pelo campo de trabalho e pela galeria, sob os tapas dos chefes de brigada, dos guardas de escolta, dos capatazes, dos mestres-de-obras, dos faxinas e dos inspetores.

Eu senti um empurrão nas costas, não muito forte, e senti que estava caindo da estacada junto com o carrinho, que

O carrinho de mão II   117 eu ainda segurava pelo cabo, como se ainda precisasse ir a algum lugar, conduzir a algum lugar, para além do inferno. Fui simplesmente empurrado — os grandes carrinhos do artigo 58 iam para a tremonha. Eram nossos próprios camaradas, a brigada que vivia na seção vizinha. Porém, tanto a brigada quanto seu chefe, Fúrsov, queriam apenas mostrar que ele, sua brigada e seu grande carrinho não tinham nada em comum com um fascista faminto como eu.

Junto à tremonha estavam o mestre-de-obras do nosso setor, o *volniáchka* Piotr Brájnikov, e o comandante da mina, Leonid Mikháilovitch Aníssimov.

Então me pus a recolher o barro com uma pá — era uma massa de pedra escorregadia, uma carga semelhante ao mercúrio, uma massa de pedra escapadiça, escorregadia. Era preciso cortar em pedaços e fisgar com a pá para jogar no carrinho, mas era impossível, faltavam forças; e eu separava com as mãos os pedaços daquele barro, aquele barro pesado, escorregadio e precioso.

Ao lado estavam Aníssimov e Brájnikov, esperando que eu juntasse tudo no carrinho, até a última pedrinha. Eu arrastei o carrinho até a prancha e comecei a subida, comecei a empurrá-lo novamente para cima. Os chefes estavam incomodados somente com o fato de eu obstruir o caminho das outras brigadas. Eu coloquei novamente o carrinho na prancha e tentei empurrá-lo para a estacada.

E novamente me derrubaram. Dessa vez eu esperava o golpe, e consegui arrastar o carrinho para um lado na própria subida. Outras brigadas vieram e voltaram, e eu comecei minha subida novamente. Eu empurrei para fora, despejei — não havia muita carga — raspei com a pá os restos do precioso barro das bordas do carrinho e o empurrei para a prancha oposta, a prancha reserva, a segunda prancha, onde rodavam os carrinhos vazios, voltando para a galeria de ouro.

Brájnikov e Aníssimov esperaram o fim do meu trabalho e pararam perto de mim, enquanto eu dava caminho para os vagões vazios das outras brigadas.

— Onde é que está o compensador de altura? — perguntou com voz de tenor o comandante da mina.

— Aqui é proibido — disse Brájnikov. O comandante da mina era operário do NKVD e tomava conta da mineração à noite.

— Como o chefe de brigada não quer ceder um homem, então pegam, digamos, da brigada de *dokhodiagas*. Viénka Bik não quer. Já o Kriutchok, "nessa estacada não é problema meu". Quem é que não consegue empurrar um carrinho a dois metros de altura por uma subida em declive? Um inimigo do povo, um criminoso.

— Sim — disse Aníssimov —, sim!

— E ele cai de propósito diante dos nossos olhos. Aqui não precisa de compensador de altura.

O "compensador de altura" era um descarregador, um trabalhador adicional que nas subidas engatava pela frente o carrinho à tremonha, por meio de um gancho especial, e ajudava a despejar a preciosa carga na estacada. Esses ganchos eram feitos de brocas de perfuração de um metro de comprimento; a broca era achatada, dobrada e transformada em gancho na ferraria.

O nosso chefe de brigada não queria ceder um homem para ajudar brigadas alheias.

Podia-se voltar para a galeria.

O condutor era obrigado a sentir o carrinho, seu centro de gravidade, sua roda, o eixo e a direção da roda. O condutor nem via a roda, tanto na ida, com carga, quanto na volta. Ele tinha de sentir a roda. As rodas do carrinho eram de dois tipos: um com linha de aro mais fina e diâmetro mais largo, e outro com linha mais larga. De pleno acordo com as leis da física, o primeiro é mais leve na caminhada, enquanto o segundo é mais estável.

O carrinho de mão II

Na roda era inserida uma cavilha, lubrificada com alcatrão, graxa, óleo; era inserida hermeticamente no orifício junto ao pé do carrinho. Era preciso lubrificar o carrinho com capricho.

Geralmente os barris de lubrificante ficavam junto à ferramentaria.

Quantas centenas de milhares de carrinhos eram quebrados durante uma temporada de ouro em Kolimá? Há informações sobre dezenas de milhares só de uma seção bem pequena.

Na seção de construção de estradas, onde não se obtinha ouro, eram empregados aqueles mesmos carrinhos, grandes e pequenos. Pedra é pedra em todo lugar. Metro cúbico é metro cúbico em todo lugar. Fome é fome em todo lugar.

A própria rodovia era uma espécie de prancha central do território de ouro de Kolimá. Da rodovia partiam ramificações para os lados — ramificações de pedra por vias de mão dupla; já na rodovia central o deslocamento era em oito filas de carros que ligavam os campos de mineração, as minas, com a rodovia.

A rodovia até Niéra, num caminho direto, era de mil e duzentos quilômetros, mas com a estrada Deliankir-Kulu,[121] sentido Tenkinski, eram mais de dois mil quilômetros.

Mas na época da guerra chegaram os tratores de esteira. E, ainda antes, as escavadeiras.

Não havia escavadeiras em 1938.

Foram construídos seiscentos quilômetros de rodovia para além de Iágodnoie; as estradas para as minas das Administrações do Sul e do Norte já estavam construídas. Kolimá já dava ouro; o comando já tinha recebido condecorações.

---

[121] Deliankir: povoado do distrito de Oimiakonski Ulus, na Iacútia. Kulu: povoado do distrito de Tenkinski, em Magadan. (N. do T.)

Todos aqueles bilhões de metros cúbicos de rochas explodidas, todas aquelas estradas, acessos e caminhos, a instalação de aparelhos de lavagem, a construção de povoados e cemitérios — tudo aquilo foi feito à mão, carrinho e picareta.

(1972)

CICUTA

Foi combinado assim: se houvesse uma remessa para o campo especial Berlag,[122] o trio inteiro se mataria; não iriam para aquele mundo numerado.

Erro comum dos campos. Todo prisioneiro do campo agarrava-se a um dia de sobrevida, pensando que em alguma parte, fora de seu mundo, havia lugares piores do que aquele onde ele passava a noite. E era verdade. Tais lugares existem, e o perigo de ser transferido para lá pairava sempre sobre a cabeça do detento; nenhum prisioneiro do campo aspirava ir a qualquer outro lugar. Nem os ventos da primavera traziam o desejo de mudança. A mudança era sempre perigosa. Essa é uma das lições importantes que a pessoa aprende no campo.

Só acreditavam na mudança os que não tinham estado no campo. O prisioneiro do campo era contra quaisquer mudanças. Se aqui é ruim, do outro lado pode ser ainda pior.

---

[122] Acrônimo de *Beriegovói Ispravítelno-Trudovoi Lager* (Campo Costeiro de Trabalho Correcional), campo especial dividido em diversos setores pelo território de Khabárovski e pela região de Magadan. Fez parte dos campos especiais de trabalho criados por um decreto do MVD (acrônimo de *Ministiérstvo Vnutriénnikh Diel*, Ministério do Interior), em 1948. Esses campos especiais tinham um regime severo de detenção e eram destinados a "criminosos políticos particularmente perigosos", categoria em que eram incluídos espiões, terroristas, trotskistas, mencheviques e membros de organizações antissoviéticas. (N. do T.)

Daí a decisão de morrer na hora decisiva.

O pintor modernista Antje, um estoniano, admirador de Ciurlionis,[123] falava russo e estoniano. O médico sem diploma Draudvilas, um lituano, estudante do quinto ano, adorador de Mickiewicz,[124] falava russo e lituano. O estudante do segundo ano de medicina Garleis falava russo e letão.

O trio de bálticos combinava o suicídio em russo.

Antje, o estoniano, era o cérebro e o coração daquela hecatombe báltica.

Mas como?

Precisariam de cartas? Testamentos? Não. Antje era contra cartas, e Garleis também. Draudvilas era "a favor", mas os amigos o convenceram de que, se a tentativa não desse certo, as cartas seriam uma acusação, um embaraço que exigiria explicações num interrogatório.

Decidiram não deixar cartas.

O trio entrara há tempos naquelas listas, e todos sabiam: esperava-os um campo numerado, um campo especial. O trio decidiu não mais pôr o destino à prova. A Draudvilas, como médico, o campo especial não ameaçava em nada. Mas o lituano se lembrou de como fora difícil para ele ingressar no serviço médico em um campo comum. Era preciso acontecer um milagre. Assim pensava também Garleis, e o pintor Antje entendia que sua arte era até pior do que a arte do ator e do cantor, e certamente não seria necessária no campo, como não tinha sido até então.

A primeira opção de suicídio era atirar-se na linha de tiro da escolta. Mas aí era ferimento, surra. Em quem atirariam de imediato? Os fuzileiros do campo eram como os sol-

[123] Mikalojus Konstantinas Ciurlionis (1875-1911), pintor e compositor lituano. (N. do T.)

[124] Adam Bernard Mickiewicz (1798-1855), escritor considerado o poeta nacional da Polônia. (N. do T.)

dados do rei George, da peça *O discípulo do diabo*, de Bernard Shaw,[125] e podiam errar. Não tinham fé na escolta, então essa opção foi descartada.

Afogar-se no rio? O rio Kolimá ficava ao lado, mas era inverno; então onde achar uma abertura para enfiar o corpo? Três metros de gelo recobriam os buracos a olhos vistos, quase instantaneamente. Achar uma corda era simples. Uma opção segura. Mas onde se penduraria o suicida: no trabalho, no barracão? Isso era inaceitável. Seria salvo e difamado para sempre.

Estourar os miolos? Os prisioneiros não tinham armas. Atacar a escolta? Era ainda pior do que fugir da escolta: em vez da morte, a tortura.

Abrir as veias, como Petrônio, também era absolutamente impossível. Seria preciso água morna, uma banheira, ou então você ficaria inválido, com a mão arqueada — a invalidez é o resultado de se confiar na na natureza, no próprio corpo.

Só resta o veneno — uma xicrinha de cicuta; eis aí uma opção segura.

Mas por que cicuta? Ora, não se arranjaria cianureto. O hospital e a farmácia são depósitos de tóxicos, mas o tóxico serve para tratar doenças, ele aniquila as infecções e dá lugar à vida.

Não, só resta o veneno. Só uma xicrinha de cicuta, uma taça socrática e mortal.[126]

A cicuta foi encontrada, e Draudvilas e Garleis garantiram sua ação incontestável.

---

[125] George Bernard Shaw (1856-1950), dramaturgo e romancista irlandês, apaixonado defensor do socialismo. A peça mencionada, *The Devil's Disciple*, foi escrita em 1897. (N. do T.)

[126] Referência ao filósofo grego Sócrates (*c*. 470-399 a.C.), condenado à morte por envenenamento com cicuta. (N. do T.)

Era fenol. Ácido fênico em solução. O mais potente antisséptico, do qual se guardava um estoque permanente num criado-mudo da mesma seção onde trabalhavam Draudvilas e Garleis.

Draudvilas mostrou aquela garrafa tão almejada a Antje, o estoniano.

— É como conhaque — disse Antje.

— É parecido.

— Vou fazer uma etiqueta "Três Estrelas".

O campo especial recolhia suas vítimas a cada trimestre. Simplesmente organizavam-se batidas, já que até numa instituição como o Hospital Central havia lugares onde era possível "embrenhar-se" e esperar a tempestade passar. Mas se você não fosse capaz de se embrenhar, devia vestir-se, juntar as coisas, pagar as dívidas, sentar num banco e esperar pacientemente para ver se o teto não ia desabar sobre a cabeça dos que chegavam ou, numa outra hipótese, sobre a sua. Você devia esperar resignado para ver se o chefe do hospital não iria reservar, não iria pedinchar junto ao comprador uma mercadoria necessária para si, porém indiferente para o comprador.

Essa hora, ou dia, havia chegado, e ficara evidente que que ninguém poderia salvá-los ou defendê-los; eles continuavam nas listas "para o comboio".

Então havia chegado a hora da cicuta.

Antje pegou a garrafa das mãos de Draudvilas e fixou nela uma etiqueta de conhaque "Três Estrelas", pois Antje era obrigado a ser um pintor-realista, escondendo seu gosto modernista no fundo da alma.

O último trabalho do admirador de Ciurlionis foi uma etiqueta de conhaque "Três Estrelas", uma imagem claramente realista. De modo que, no último momento, Antje cedera ao realismo. O realismo resultou-lhe mais caro.

— Mas por que o "Três Estrelas"?

— As três estrelas somos nós, uma alegoria, um símbolo.

— E por que você representou essa alegoria de forma tão naturalista? — brincou Draudvilas.

— Porque se entrarem, se pegarem, explicaremos: é um conhaque de despedida, trocamos por uma lata de conservas.

— Inteligente.

E realmente entraram, mas não pegaram. Antje conseguiu enfiar a garrafa no armário de remédios e a tirou de lá logo que o guarda saiu.

Antje despejou o fenol em canecas.

— Bem, à saúde de vocês!

Antje bebeu, e também bebeu Draudvilas. Garleis tomou, mas não engoliu, cuspiu e, por entre os corpos dos que caíram, alcançou o encanamento e enxaguou sua boca queimada. Draudvilas e Antje se contorciam e agonizavam. Garleis tentava pensar no que deveria dizer no inquérito.

Garleis passou dois meses no hospital, a laringe queimada sarou. Muitos anos depois, em Moscou, Garleis passou na minha casa. Assegurou-me solenemente que o suicídio fora um erro trágico, que o conhaque "Três Estrelas" era autêntico, que Antje confundiu a garrafa de conhaque no armário de remédios e pegou uma garrafa parecida, com fenol, com a morte.

O inquérito se arrastou por muito tempo, mas Garleis não foi condenado, foi absolvido. A garrafa de conhaque nunca foi encontrada. É difícil supor a quem fora dada como prêmio, se existiu. O juiz de instrução não tinha nada contra a versão de Garleis, nada com o que atormentá-lo, arrancar uma revelação, uma confissão etc. No inquérito, Garleis ofereceu uma saída razoável e lógica. Draudvilas e Antje, os organizadores da hecatombe báltica, nunca souberam se muito ou pouco foi falado sobre eles. Mas sobre eles falaram muito.

Durante aquela época, Garleis mudou sua especialidade médica, limitou-a. Ele se tornou protético, dominando esse ofício lucrativo.

Garleis veio à minha casa procurando um conselho jurídico. Não lhe permitiram morar em Moscou. Permitiram apenas em Riga, terra de sua esposa. A esposa de Garleis também era médica, moscovita. O caso é que quando Garleis escreveu o requerimento para reabilitação, ele pediu conselho a um de seus amigos de Kolimá, contando detalhadamente toda a sua atividade juvenil de letão, como o escotismo e mais alguma coisa.

— Eu pedi um conselho, perguntei: "Escrevo tudo?". E meu melhor amigo disse: "Escreva toda a verdade. Tudo como foi". E daí eu escrevi e não recebi a reabilitação. Recebi apenas permissão para morar em Riga. Ele me traiu, meu melhor amigo...

— Ele não traiu você, Garleis. Você precisou de um conselho sobre uma coisa que não se pode aconselhar. No caso de uma outra resposta dele, o que você faria? Seu amigo podia achar que você é um espião, um delator. E mesmo que você não fosse espião, por que ele iria se arriscar? Você recebeu a única resposta que podia ser dada à sua pergunta. O segredo alheio é bem mais pesado que o seu próprio.

(1973)

DOUTOR IAMPÓLSKI

Nas minhas recordações da época da guerra será encontrado com frequência o nome do doutor Iampólski. Nessa época, o destino nos reuniu repetidas vezes nas seções penais de Kolimá. Depois da guerra, eu trabalhei como enfermeiro, após concluir os cursos de enfermagem em Magadan, em 1946, e não tive mais contato com as atividades do doutor Iampólski como médico praticante e chefe do serviço de saúde da lavra.

O doutor Iampólski não era doutor, nem médico. Moscovita, condenado por algum crime comum, na prisão Iampólski logo percebeu que a formação médica dava certa estabilidade. Mas tempo para obter formação médica, ou pelo menos de enfermagem, Iampólski não tinha.

Ele conseguiu cumprir as obrigações de praticante de enfermagem ainda de seu leito hospitalar, medindo a temperatura dos pacientes, como auxiliar de enfermagem, organizando a enfermaria e cuidando de doentes graves. Também na vida livre isso era permitido, mas no campo abria maiores perspectivas. A prática da enfermagem era um trabalho leve, e, para as pessoas dos campos de trabalho, onde há eterna penúria de quadros médicos, era um pedaço de pão seguro.

Iampólski tinha ensino médio, por isso aprendeu alguma coisa das funções de médico.

A prática sob a orientação de um médico — ou de alguns, já que os chefes de Iampólski mudaram algumas vezes — aumentava também os conhecimentos de Iampólski, mas

128   A luva, ou KR-2

o principal era que crescia a sua autoconfiança. E não era apenas uma autoconfiança de enfermeiro; como é conhecido, no fundo os enfermeiros sabiam que os doentes não tinham pulsação, mas mesmo assim tomavam a mão, contavam, verificavam pelo relógio. Aquela era uma autoconfiança que havia tempos tornara-se uma piada.

Iampólski era mais inteligente. Ele já tinha trabalhado alguns anos como enfermeiro e entendia que, se não tivesse conhecimentos médicos, o estetoscópio não lhe revelaria nenhum segredo durante a auscultação.

A carreira de enfermeiro na prisão permitiu a Iampólski sobreviver tranquilamente à sua pena e cumpri-la com êxito. E daí, na encruzilhada decisiva, Iampólski traçou para si um plano de vida completamente seguro, não condenável do ponto de vista jurídico.

Iampólski decidiu continuar sendo médico depois da prisão. Mas não para obter a formação de um médico, e sim para ingressar precisamente nas listas de efetivos dos médicos, e não nas dos contadores ou agrônomos.

Como ex-*zeka*, a Iampólski não cabia um aumento, mas ele nem pensava em grana fácil.

A grana fácil já era garantida pelo próprio salário de médico.

Mas se um praticante de enfermagem podia trabalhar como enfermeiro sob orientação de um médico, quem orientaria o trabalho médico do médico?

No campo e em Kolimá, em toda parte, existe a função administrativa de chefe do serviço de saúde. Já que 90% do trabalho médico consiste de escrevinhar, pode-se supor que essa função deve liberar tempo para os especialistas. É uma função econômico-administrativa, de escritório. É bom se ela for ocupada por um médico, mas se não for médico, também não é uma desgraça, desde que seja uma pessoa enérgica, que entenda do riscado.

Doutor Iampólski

Todos esses chefes de hospital e chefes de serviço de saúde são sanitaristas, ou então simplesmente chefes de hospital. O salário deles é um pouco maior que o de um médico especialista.

E foi para essa função que Iampólski dirigiu suas intenções.

Medicar ele não sabia nem podia. Coragem tinha de sobra. Assumiu uma série de funções médicas, mas todas as vezes foi colocado de volta no posto de chefe do serviço de saúde, de administrador. Nessa função ele era invisível para qualquer inspeção.

A mortandade era imensa. Ora essa! Precisava-se de especialistas. Mas não havia especialistas. Então, teriam de pôr o doutor Iampólski em seu lugar.

Aos poucos, de função em função, Iampólski fatalmente acumulou também experiência médica, mas o principal foi que adquiriu a habilidade de calar-se na hora certa, a habilidade de escrever uma delação, de informar na hora certa.

Tudo isso não seria mau se junto não crescesse o ódio de Iampólski por todos os *dokhodiagas* em geral, e por *dokhodiagas* da *intelligentsia* em particular. Juntamente com todo o comando do campo de Kolimá, Iampólski via em cada *dokhodiaga* um vagabundo e um inimigo do povo.

E sem conseguir entender o homem, sem desejar acreditar nele, Iampólski assumia a grande responsabilidade de mandar para os fornos do campo de Kolimá — isto é, para o frio de 60 graus — pessoas esgotadas, que morriam nesses fornos. Iampólski assumia corajosamente sua parcela de responsabilidade assinando certidões de óbito preparadas pelo comando, e até redigindo ele mesmo essas certidões.

Eu me encontrei com o doutor Iampólski pela primeira vez na lavra Spokóini. Depois de interrogar os doentes, o doutor de jaleco branco, com o estetoscópio no ombro, escolheu-me para a função de auxiliar de enfermagem — medir temperatura, arrumar a enfermaria, cuidar de doentes graves.

Tudo isso eu já sabia por conta de minha experiência no Bielka,[127] no começo da minha dura jornada médica. Depois que "nadei até o fundo", fui internado com pelagra no Hospital Distrital do Norte e inesperadamente me restabeleci, levantei, fiquei lá trabalhando de auxiliar de enfermagem; mas depois fui jogado pelo comando supremo naquela mesma Spokóini, e adoeci; eu tinha "febre", e o doutor Iampólski, que examinou o "dossiê oral" de minha trajetória em Kolimá, limitou-se ao lado médico da questão, e, percebendo que eu não estava mentindo nem trocando os nomes e os patronímicos dos médicos do hospital, ele próprio me sugeriu trabalhar como auxiliar de enfermagem.

Eu estava então numa condição tal, que não podia trabalhar nem como auxiliar de enfermagem. Mas os limites da resistência humana são inescrutáveis; comecei a medir temperatura depois de receber nas mãos uma preciosidade: um termômetro autêntico; e comecei a preencher as folhinhas de temperatura.

Por mais modesta que fosse a minha experiência no hospital, eu entendia claramente que só eram internados os que estavam morrendo.

Se empurravam para uma banheira quente um prisioneiro do campo, um gigante tumefato, inchado por causa de edemas e que não se esquentava de jeito nenhum, mesmo na banheira o distrófico não conseguia se esquentar.

Para todos esses doentes preenchiam-se fichas médicas, registravam-se prescrições que não eram cumpridas por ninguém. No serviço de saúde não havia nada além de permanganato. E davam aquilo tanto para ingerir, numa solução fraca, quanto numa atadura para feridas de escorbuto e pelagra.

---

[127] "Esquilo", em russo. Apelido do hospital Biélitchie. (N. do T.)

É possível que, no fundo, aquilo nem fosse o pior remédio, mas em mim causava uma impressão deprimente.

Na enfermaria estavam internados seis ou sete homens.

E esses defuntos, de amanhã ou de hoje mesmo, eram visitados diariamente pelo chefe do serviço de saúde do campo, o doutor Iampólski, um assalariado, de camisa branca como a neve, jaleco bem passado e traje civil cinza, que uns *blatares* lhe haviam dado por tê-los enviado, eles, os saudáveis, para o Hospital Central, na Margem Esquerda, enquanto mantinha consigo aqueles defuntos.

E foi ali que encontrei Riabokón, um seguidor de Makhnó.[128]

O doutor de jaleco brilhante e engomado passeava ao longo das oito tarimbas de colchões cheios de ramos de *stlánik*, de espinhos de coníferas reduzidos a grãozinhos, a pó verde, e de gravetos que se arqueavam como braços humanos vivos ou, em último caso, mortos, bem magros e bem negros.

Nessas tarimbas cobertas com cobertores de dez condenações, que não podiam reter nem uma gota de calor, não conseguíamos nos aquecer nem eu, nem meus vizinhos moribundos — um letão e um seguidor de Makhnó.

O doutor Iampóski me explicou que o comandante ordenara que ele construísse o hospital de forma econômica, e por isso nós — ele e eu — começaríamos essa construção no dia seguinte. "Por enquanto, você ficará no prontuário médico."

---

[128] Nestor Ivánovitch Makhnó (1888-1934), ativista político-militar ucraniano e comunista anarquista que, durante a Guerra Civil Russa, liderou um movimento camponês no território da atual Ucrânia. Embora se opusesse aos bolcheviques, aliou-se a eles mais de uma vez no combate às forças brancas. Após a Guerra Civil, seu exército foi declarado ilegal e contrarrevolucionário. Makhnó conseguiu fugir à perseguição bolchevique e exilou-se na França, onde morreu de tuberculose. (N. do T.)

A proposta não me alegrou. Eu queria só a morte, mas não me decidia pelo suicídio, e ia adiando, adiando, dia após dia.

Ao ver que eu não podia ajudá-lo em nada nos seus planos de construção — eu não conseguia empurrar as toras de madeira, nem mesmo os paus finos, e ficava simplesmente sentado num tronco (eu ia escrever "sentado no chão", mas em Kolimá não se senta no chão por causa do *permafrost*; isso não é recomendável devido ao risco de uma fatalidade), ficava sentado num pedaço de árvore[129] olhando para o meu chefe e seu exercício de descascar toras, os *balan*[130] —, Iampólski desistiu de me segurar no hospital e pegou logo outro auxiliar de enfermagem; e o supervisor da lavra Spokóini me mandou ajudar um carvoeiro.

Com o carvoeiro eu trabalhei alguns dias; depois fui para outro trabalho, e depois o encontro com Liócha Tchekánov deu à minha vida um movimento vicioso e mortal.

Em Iágodnoie, na época daquela questão das recusas, que depois não deu em nada, eu consegui contatar Lesniák, meu anjo da guarda em Kolimá. Não que Lesniák fosse o único protetor que o destino me reservara — para isso as forças de Lesniák e de sua esposa, Nina Vladímirovna Savóieva, não seriam suficientes. Mas mesmo assim, não custava tentar enfiar um pau nas rodas daquela máquina mortal.

Mas eu, um sujeito "casca-grossa", como diziam os *blatares*, preferia ajustar as contas com os inimigos a pagar uma dívida aos amigos.

---

[129] No original, *valiéjnik*, tronco ou galho de árvore derrubado pelo vento e que permanece na floresta (ou bosque) decompondo-se naturalmente. (N. do T.)

[130] Sinônimo de "tronco", empregado nos campos de trabalho pelos prisioneiros que realizavam serviços na floresta. (N. do T.)

Primciro a vez dos pecadores, depois, a dos justos. Por isso Lesniák e Savóieva cederam lugar ao canalha do Iampólski.

Pelo visto, assim é necessário. Minha mão não vai se levantar para glorificar o justo enquanto o canalha não for nomeado. Depois dessa nada lírica, porém imprescindível, digressão, volto ao conto de Iampólski.

Quando voltei da prisão de inquérito para a Spokóini, para mim obviamente estavam fechadas todas as portas do serviço de saúde; eu tinha esgotado por completo meu limite de atenção; e ao me encontrar na zona, o doutor Iampólski virou a cara para o lado, como se nunca tivesse me visto.

Mas o doutor Iampólski tinha recebido uma carta ainda antes do nosso encontro na zona, uma carta da chefe assalariada do hospital distrital, a doutora Savóieva, trabalhadora contratada e membro do Partido; nela, Savóieva pedia que ele me prestasse ajuda — Lesniák tinha lhe informado sobre minha condição —, que simplesmente me enviasse para o hospital distrital como um doente. E doente eu estava mesmo.

Essa carta foi trazida para a Spokóini por algum dos médicos.

Sem me chamar, sem me contar nada, o doutor Iampólski simplesmente repassou a carta de Savóieva para Emeliánov, chefe do OLP. Ou seja, denunciou Savóieva.

Quando eu, também informado sobre essa carta, obstruí o caminho de Iampólski no campo — entenda-se, nos termos mais respeitosos, como me sugeria a experiência do campo — e inquiri a respeito do destino dela, Iampólski disse que a carta fora repassada, entregue ao chefe do OLP, e que eu deveria me dirigir para lá, e não a ele, no serviço de saúde.

Eu nem esperei muito, marquei um encontro com Emeliánov. O chefe do OLP me conhecia um pouco, e pessoalmente — fôramos juntos pela tempestade de neve abrir aquela lavra, numa única travessia; o vento derrubava todos: livres, prisioneiros, comandantes e *rabotiagas*. Ele não se lembrava de mim, claro, mas reagiu à carta da médica-chefe como a um pedido absolutamente comum.

— Enviaremos, enviaremos.

Em poucos dias fui parar no Bielka — depois de um serviço na floresta do OLP de Iágodnoie, onde o enfermeiro era um tal Efa, que era enfermeiro só na prática, como quase todos os enfermeiros de Kolimá. Efa concordou em avisar Lesniák sobre a minha chegada. O Bielka localizava-se a seis quilômetros de Iágodnoie. Naquela mesma noite chegou um carro de Iágodnoie, e eu fui parar pela terceira e última vez no Hospital Distrital do Norte, o mesmo onde um ano antes haviam tirado as luvas de minhas mãos para o prontuário médico.

Ali eu trabalhei como organizador cultural em caráter oficial, se é que existe alguma oficialização em Kolimá. Ali eu li jornais em grande quantidade até o fim da guerra, até a primavera de 1945. E na primavera de 1945 transferiram a médica-chefe Savóieva para outro trabalho, e o hospital foi assumido por um novo médico-chefe, com um olho de vidro, o direito ou o esquerdo, apelidado Kámbala.[131]

Esse Kámbala me tirou sem demora do trabalho e naquela mesma noite me enviou sob escolta para o OLP do comando, em Iágodnoie, onde logo de madrugada eu fui enviado para o aprovisionamento de postes para a linha de alta tensão na nascente Adamantina. Os acontecimentos ali ocorridos estão descritos no meu ensaio "A nascente Adamantina".[132]

---

[131] Literalmente, "linguado". (N. do T.)

[132] Conto reproduzido em O *artista da pá*, São Paulo, Editora 34, 2016, pp. 255-65. (N. do T.)

Lá, embora não houvesse escolta, as condições eram desumanas, descomunais até para Kolimá.

Aos que não cumpriam a cota diária simplesmente não era dado pão. Eram afixadas listas de quem, no dia seguinte, não receberia o pão pelo trabalho do dia em questão. Eu já vi muita arbitrariedade, mas coisas assim nunca tinha visto em lugar nenhum. Quando eu mesmo fui parar naquelas listas, nem esperei, e fugi, fui a pé para Iágodnoie. Minha fuga deu certo. Podia ser chamada de ausência não autorizada, pois eu não "saí pelo gelo",[133] e sim apareci na sede do comando. Novamente me prenderam e novamente abriram inquérito. E novamente o Estado decidiu que a minha nova pena teria início muito antes do que era devido.

Mas dessa vez eu não fui despachado; recebi uma transferência para a zona especial de Djelgala, aquela mesma onde eu tinha sido julgado um ano antes. Geralmente, depois do julgamento, não se era devolvido ao lugar onde se fora julgado. Ali ocorreu o inverso, talvez por engano.

Eu entrei pelo mesmo portão, subi o mesmo monte até a lavra onde eu já estivera e recebera dez anos.

Nem Krivitski, nem Zaslávski estavam mais em Djelgala, e eu entendi que o comando estava ajustando honestamente a conta com seus empregados, e não mais a base de pontas de cigarro e uma tigela de sopa rala.

De repente descobriu-se que em Djelgala eu tinha um inimigo muito forte entre o pessoal assalariado. Quem era? O novo chefe do serviço de saúde da lavra era o doutor Iampólski, que acabara de ser transferido para trabalhar lá. Iampólski gritava para todos que me conhecia bem, que eu era um delator, que ele sabia até da existência de uma carta pessoal de Savóieva, a médica assalariada, atestando que eu era

---

[133] Tradução literal da expressão *vo ldí*. Na linguagem dos prisioneiros, refere-se a uma fuga empreendida na época do inverno. (N. do T.)

um moleirão, um vagabundo, um informante de profissão que quase dera cabo dos desgraçados Krivitski e Zaslávski. A carta de Savóieva! Indubitavelmente um delator! Mas ele, Iampólski, recebeu do supremo comando instruções para suavizar minha sorte e cumpriu a ordem, protegeu a vida deste patife. Mas ali, na zona especial, ele, Iampólski, não me teria clemência.

Não podia haver nem conversa sobre algum trabalho médico, e mais uma vez eu me preparei para a morte.

Isso foi no outono de 1945. De repente fecharam Djelgala. Precisavam da zona especial, com sua geografia e sua topografia bem planejadas, e precisavam urgentemente.

Todo o "contingente" foi despejado no Oeste, na Administração do Oeste, nos arredores de Sussuman, e, enquanto procuravam um lugar para a zona especial, enfiado na prisão de Sussuman.

Para Djelgala enviaram os repatriados — a primeira captura veio da Itália. Eram soldados russos que haviam servido nas tropas italianas. Aqueles mesmos repatriados que depois da guerra atenderam ao chamado para voltar à pátria.

Na fronteira, seus trens foram cercados por uma escolta, e todos eles passaram para o expresso Roma-Magadan--Djelgala.

Embora não tivessem guardado nem roupa-branca, nem objetos de ouro, trocaram tudo o que tinham por pão durante o caminho, todos ainda de farda italiana. Ainda animados. Foram alimentados tal como nós, com o mesmo que nós. Depois do primeiro almoço no refeitório do campo, um italiano curioso ao extremo me perguntou:

— Por que todos vocês tomam a sopa e o mingau no refeitório, mas o pão, a ração de pão, seguram nas mãos e levam embora? Por quê?

— Tudo isso você mesmo vai entender daqui a uma semana — disse eu.

Doutor Iampólski

Com o comboio da zona especial levaram também a mim — para Sussuman, a pequena zona. Lá, eu fui parar no hospital, e com a ajuda do médico Andrei Maksímovitch Pantiukhov, ingressei nos cursos de enfermagem para prisioneiros em Magadan, mais exatamente, no quilômetro 23 da rodovia.

E foi por esses cursos, os quais concluí com êxito, que a minha vida se dividiu em duas partes: de 1937 a 1946, dez anos vagueando do hospital para a galeria e vice-versa, com um acréscimo de dez anos na pena, em 1943; e de 1946 a 1953, quando trabalhei como enfermeiro, sendo libertado em 1951 como pagamento pelos dias trabalhados.

Depois de 1946 eu entendi que tinha realmente sobrevivido e que viveria até o fim da pena, e até depois da pena, e que a tarefa seria — em essência — continuar a viver, como vivi todos aqueles catorze anos.

Não estabeleci muitas regras para mim, mas estou cumprindo-as, estou cumprindo-as também agora.

(1970-1971)

O TENENTE-CORONEL FRAGUIN

O tenente-coronel Fraguin, comandante da seção especial, era um general rebaixado da guarda civil. Fora major-general da guarda civil moscovita, tendo combatido com êxito o trotskismo em toda sua gloriosa trajetória, e funcionário de confiança do SMERCH[134] na época da guerra. O marechal Timochenko, que odiava judeus, rebaixou Fraguin a tenente-coronel e propôs que fosse desmobilizado. Cotas maiores, patentes e perspectivas havia somente no trabalho dos campos, apesar do rebaixamento — somente lá eram reservadas patentes, funções e cotas para os heróis de guerra. Depois da guerra, o general da guarda civil tornou-se tenente-coronel nos campos. Fraguin tinha uma família grande; no Extremo Norte ele precisou procurar trabalho onde as questões familiares encontrassem uma solução satisfatória: creche, jardim de infância, escola, cinema.

Assim, Fraguin foi parar na Margem Esquerda, no hospital para prisioneiros, não na função de oficial de carreira, como queriam ele e o comando, mas de chefe da KVTch[135]

---

[134] Acrônimo de *Smiért Chpiónam!* (Morte aos Espiões!), designação de algumas organizações de contraespionagem da URSS durante a Segunda Guerra Mundial. Essas organizações estavam integradas aos órgãos de segurança interna (como o NKVD) e externa (as forças armadas), mas atuavam de maneira independente umas das outras. (N. do T.)

[135] Acrônimo de *Kulturno-Vospitátelnaia Tchast*. (N. do T.)

— Seção de Educação e Cultura. Garantiram-lhe que daria conta da educação dos prisioneiros. As garantias tinham fundamento. Compreendendo bem a nulidade que era qualquer KVTch, que aquilo era uma benesse, a nomeação foi aceita com anuência; no melhor dos casos, com indiferença. E realmente, o tenente-coronel grisalho com madeixas encaracoladas, elegante, com o colarinho[136] sempre limpo, perfumado com alguma colônia barata, porém não tripla,[137] era bem mais simpático que o tenente Jívkov, que precedera Fraguin no posto de chefe da KVTch.

Jívkov não se interessava por concertos, nem cinema, nem reuniões, mas concentrou toda sua energia ativa na solução de uma questão matrimonial. Jívkov era solteiro, saudável e bonitão, e vivia com duas mulheres, ambas detentas. As duas trabalhavam no hospital. No hospital, como numa aldeia longínqua de Tver, não há segredos; todos sabem de tudo. Uma de suas companheiras era uma *blatarka*[138] "aposentada" e transferida para o mundo dos *fráieres*,[139] uma beldade provocante de Tbilíssi. Os *blatares* tentavam reiteradamente persuadir Tamara. Era tudo em vão. A todas as ordens dos *pakhanes*[140] de aparecer em algum lugar para realizar

---

[136] No original, *podvorotnitchók*, tira de tecido branco e fino presa ao colarinho da gandola pelo lado de dentro. É tradicionalmente utilizada por militares russos. Inicialmente, tinha a função de proteger a pele do pescoço contra o tecido grosso e áspero dos capotes. Nos dias atuais serve como adorno e proteção contra o desgaste do colarinho. (N. do T.)

[137] Água de colônia cuja concentração de substâncias aromáticas é superior a 12%. (N. do T.)

[138] Forma feminina de *blatar*. (N. do T.)

[139] Termo do jargão criminal. Indica o criminoso ocasional, que não faz parte da bandidagem; sinônimo de ingênuo, vítima dos bandidos mais experientes. (N. do T.)

[140] Termo empregado para designar os ladrões mais velhos e experientes. (N. do T.)

suas obrigações clássicas Tamara respondia com risos e impropérios, de maneira nenhuma com um silêncio covarde.

A segunda paixão de Jívkov era uma enfermeira estoniana do artigo 58, uma beldade loira de estilo fortemente alemão, em total oposição à morena Tamara. Na aparência, essas duas mulheres não tinham nada em comum. Ambas aceitavam gentilmente os galanteios do tenente. Jívkov era um homem generoso. Naquela época estava difícil com as cotas. Para os assalariados os alimentos eram dados nos dias determinados, e Jívkov levava dois embrulhos idênticos — um para Tamara, e outro para a estoniana. Sabia-se que as visitas amorosas de Jívkov eram feitas no mesmo dia, quase na mesma hora.

E então esse Jívkov, bom moço que era, golpeou um dos prisioneiros no pescoço, diante dos olhos de todos, mas como se tratava do comandante — aquilo era um outro mundo, superior — as pancadas não foram condenadas. Então ele foi substituído por Fraguin, o bonitão grisalho. Fraguin estava procurando uma vaga de chefe do ISTch,[141] a terceira seção, ou seja, um trabalho na sua especialidade, mas não foi encontrado um trabalho assim. E o oficial especialista foi obrigado a cuidar da educação cultural dos prisioneiros. O salário na KVTch e na ISTch era o mesmo, de modo que Fraguin não perdeu nada ali. Romances com mulheres detentas o tenente-coronel grisalho não arranjou. Pela primeira vez alguém nos leu jornais e, o mais importante, escutamos seu relato pessoal sobre guerra, o relato de alguém que tinha participado dela.

---

[141] Acrônimo de *Informatsiónno-Sliédstvennoi Tchast* (Seção de Informação e Inquérito). (N. do T.)

O tenente-coronel Fraguin

Até então, eram os *vlássoviets*,[142] os *politsai*,[143] os pilhantes e os que colaboraram com os alemães que nos contavam sobre a guerra. Nós entendíamos que havia uma diferença na informação, queríamos escutar o herói vencedor. Assim era para nós o tenente-coronel, que em sua primeira reunião de prisioneiros fez um relato sobre a guerra, sobre os comandantes militares. Naturalmente, um interesse especial foi despertado por Rokossowski.[144] Há tempos fôramos informados sobre ele. O próprio Fraguin fora um dos funcionários do SMERCH de Rokossowski. Fraguin elogiava Rokossowski como um comandante que procurava a luta; porém, às principais perguntas — se Rokossowski esteve na prisão, e se havia *blatares* nas suas unidades — Fraguin não deu resposta. Aquele era o primeiro relato sobre a guerra, vindo de uma testemunha, que eu escutava desde 1937, desde o dia da minha prisão. Lembro que eu fisgava cada palavra. Isso foi no verão de 1949, durante um grande serviço na floresta. Entre os lenhadores estava Andrussiénko, um comandante loiro de blindados, participante da batalha de Berlim, herói da União Soviética, condenado por pilhagem, por ter saqueado na Alemanha. Nós conhecíamos bem a fronteira jurídi-

---

[142] Assim eram denominados os membros da tropa comandada por Andrei Andrêievitch Vlássov (1901-1946), oficial do Exército Vermelho que foi capturado pelos nazistas durante a Segunda Guerra Mundial e acabou passando para o lado inimigo. Com a ajuda dos alemães, Vlássov organizou o Exército Russo de Libertação, formado por dissidentes, ex-combatentes do Exército Branco, exilados e prisioneiros de guerra soviéticos. Após a derrota nazista, Vlássov e outros líderes de seu exército foram condenados à morte pelo crime de traição. (N. do T.)

[143] Termo pejorativo que designava os cidadãos que colaboraram com a polícia nazista durante a ocupação alemã na Segunda Guerra Mundial. (N. do T.)

[144] Referência a Konstantin Konstantínovitch (Ksaviérevitch) Rokossowski (1896-1968), comandante militar que foi marechal de dois países, Polônia e URSS. (N. do T.)

ca que corta a vida de um homem em antes e depois da data de aprovação de uma lei; um mesmo homem, julgado pela mesmíssima conduta, é hoje um herói, e amanhã, um criminoso; e ele mesmo não sabe se é um criminoso ou não. Andrussiénko foi condenado a dez anos por pilhagem. A lei acabara de ser aprovada. O tenente Andrussiénko caiu sob os golpes dela; e de uma prisão militar soviética em Berlim foi transferido para Kolimá. Quanto mais longe, mais difícil era para ele provar que era um verdadeiro Herói da União Soviética, que tinha patente e condecorações. A quantidade de pseudo-heróis só aumentava. As prisões e denúncias de aventureiros e as punições seguiam o mesmo fluxo, atrasadas em alguns meses. Em 1949, estava preso conosco o médico-chefe do comando do *front*, um Herói da União Soviética — que não era nem herói, nem médico. As queixas de Andrussiénko não encontraram resposta. Diferentemente de outros prisioneiros que foram da guerra para Kolimá, Andrussiénko guardava um recorte do jornal do *front* de 1945 com sua própria fotografia. Como chefe da KVTch local e funcionário do SMERCH no passado, Fraguin pôde avaliar a sinceridade de Andrussiénko e contribuiu para a sua libertação.

Por toda a minha vida eu tive um senso de justiça nitidamente patente; não sei diferenciar acontecimentos de diferentes escalas. Por isso, daquele hospital, em meio a esse repique de nomes — Andrussiénko, Fraguin —, o que eu me lembro melhor é do torneio de xadrez para prisioneiros organizado por Fraguin, e do quadro enorme pendurado no vestíbulo do hospital, o quadro de andamento do torneio, onde o primeiro lugar, pelos cálculos de Fraguin, devia ser ocupado por Andrussiénko; e já tinha sido comprado até o prêmio — era um presente. Esse prêmio era um tabuleiro de xadrez de bolso, uma peça como uma cigarreira de couro. Essa cigarreira o chefe deu logo a Andrussiénko, sem esperar o final da competição; e o torneio fui eu que venci. E não recebi prêmio nenhum.

Portugálov, que tentava exercer influência sobre o comando, sofreu uma derrota completa; e Fraguin, ao sair para o corredor em direção aos detentos, explicou que a KVTch não tinha recursos para a aquisição de um prêmio. Não tinha, e pronto.

Passou a guerra, a vitória, a derrubada de Stálin, o XX Congresso; o rumo da minha vida mudou nitidamente; já estou há muitos anos em Moscou, mas lembro dos primeiros anos do pós-guerra por aquela alfinetada no meu amor-próprio, por aquele ataque de Fraguin contra a minha pessoa. Lembro da fome e dos fuzilamentos juntamente com essa bobagem. Aliás, Fraguin nem era capaz de bobagens.

Passei para o hospital, para a sala de triagem, e por dever de ofício eu passei a me encontrar com ele com mais frequência. Por essa época, Fraguin passou de seu posto na KVTch para a URTch,[145] a seção de registro que cuidava das coisas dos prisioneiros, e demonstrou zelo e vigilância. Comigo havia um auxiliar de enfermagem, Grinkiévitch, um bom rapaz, que evidentemente fora parar no campo à toa, também vindo da guerra, naquela torrente turva de pseudo-generais e *blatares* camuflados. Da família de Grinkiévitch vieram muitos pedidos, queixas, e daí chegou uma revisão do caso e uma mudança de sentença. O tenente-coronel não chamou Grinkiévitch à sua URTch para notificá-lo, mas apareceu ele mesmo em minha seção de registro e, com uma voz forte, leu para Grinkiévitch o texto do papel recebido.

— Está vendo, cidadão Chalámov? — disse Fraguin. — É libertado quem precisa ser. Todos os erros são corrigidos,

---

[145] Acrônimo de *Utchótno-Raspredelítelnaia Tchast* (Seção de Registro e Distribuição). (N. do T.)

e quem não precisa, não é libertado. O senhor entendeu, cidadão Chalámov?

— Plenamente, senhor comandante.

Quando me libertaram, em outubro de 1951, com desconto pelos dias trabalhados, Fraguin protestou da maneira mais decidida contra o meu trabalho no hospital na condição de assalariado até a primavera, até o novo período de navegação. Mas a intervenção do então chefe do hospital, N. Vinokúrov, resolveu a questão. Vinokúrov prometeu me enviar com um comboio na primavera e não me efetivar, mas até a primavera ele ficaria com um funcionário na seção de registros. Tal possibilidade jurídica havia, tal *status* existia.

Os que eram libertados do campo mantinham o direito a uma viagem de comboio gratuita, por conta do erário, para a Terra Grande. Ir como contratado era caro demais; um bilhete da Margem Esquerda de Kolimá até Moscou custava mais de três mil, sem falar do custo com alimentação; a principal infelicidade, o principal inconveniente da vida de uma pessoa é a necessidade de comer três ou quatro vezes por dia. Mas no comboio gratuito havia comida de viagem, refeitórios, e havia caldeirões nos barracões, que eram iguais aos dos prisioneiros em trânsito. Às vezes eram os mesmos barracões: para os que iam numa direção, o barracão era chamado de comboio, para os que iam na direção contrária, era chamado *karpunkt*[146] (isto é, ponto de quarentena). E realmente eram os mesmos barracões, e não havia nenhuma tabuleta atrás das cercas de arame farpado.

Para resumir, eu permaneci no hospital durante o inverno de 1951-1952 como enfermeiro da sala de triagem, com o *status* de "em trânsito". Na primavera não me enviaram para lugar nenhum, e o chefe do hospital me deu a sua pala-

---

[146] Acrônimo de *karantinnii punkt*. (N. do T.)

O tenente-coronel Fraguin

vra de que enviaria no outono. Mas no outono também não me enviou para lugar nenhum.

— Pois bem — soltou durante o plantão na seção de registros o novo psiquiatra, o jovem doutor Charfan, liberal e tagarela, vizinho de apartamento do tenente-coronel —, quer que eu lhe conte por que você permaneceu no hospital, por que você não está no comboio?

— Conte, Arkadi Davidóvitch.

— Você já estava nas listas, desde o outono; estavam até compondo o carro. E você teria ido, se não fosse o tenente--coronel Fraguin. Ele olhou seus documentos e entendeu quem é você. "Trotskista profissional e inimigo do povo" — assim estava dito nos seus documentos. É verdade que era o memorando de Kolimá, e não o de Moscou. Mas não é de ar que se compõe um memorando. Fraguin tem formação na capital; ele logo entendeu que ali precisava mostrar vigilância e, em consequência, só viriam benefícios.

— Obrigado por me contar, doutor Charfan. Vou anotar o tenente-coronel Fraguin no meu livro de orações.[147]

— A cultura de servir — berrou alegremente Charfan. — Se as listas fossem preparadas por algum tenente... mas é Fraguin, e ele é general. É vigilância de general.

— Ou covardia de general.

— Ora, vigilância e covardia são quase a mesma coisa nos nossos dias. E não só nos nossos — disse o jovem médico, que tinha formação de psiquiatra.

Eu apresentei um requerimento por escrito sobre o pagamento e recebi uma resolução de Vinokúrov: "Dispensar

---

[147] No original, *pominálnik*, livro que contém nomes de pessoas mortas ou vivas pelas quais se deseja rezar durante uma missa ortodoxa. (N. do T.)

de acordo com o KZOT".[148] Desse modo eu perdia o *status* de "em trânsito" e o direito à viagem gratuita. Eu não tinha nem um copeque do dinheiro que havia ganhado, mas, entenda-se, eu nem pensava em mudar minha decisão. Eu tinha o passaporte[149] nas mãos, embora sem registro — o registro em Kolimá é feito de uma forma diferente daquela da Terra Grande: todos os carimbos ficam com uma data anterior, do momento do licenciamento. Eu esperava obter em Magadan uma autorização de partida, de inclusão no comboio que escapara de mim um ano antes. Eu exigi os documentos, assinei minha primeira e única carteira de trabalho — ela está guardada comigo até hoje —, juntei as coisas, vendi todo o excedente — uma peliça curta, um travesseiro —, queimei meus versos na câmara de desinfecção da seção de registros e comecei a procurar uma carona para Magadan. Procurei essa carona por pouco tempo.

Naquela mesma noite, o tenente-coronel Fraguin me acordou com dois guardas de escolta, tomou meu passaporte, lacrou o passaporte num pacote junto com um papelzinho e o entregou à escolta; depois estendeu o braço:

— Entreguem-no lá.

Ele se referia a mim.

Estando acostumado, após muitos anos de prisão, a me dirigir com bastante respeito à combinação "homem e arma", e tendo constatado milhões de vezes que a arbitrariedade é milhões de vezes mais forte — Fraguin era apenas um discípulo tímido de seus numerosos mestres de patentes bem mais altas —, eu fiquei calado e me submeti àquele golpe ul-

---

[148] Acrônimo de *Kódeks Zakónov o Trudié* (Código das Leis do Trabalho). (N. do T.)

[149] O passaporte ao qual o narrador faz referência é um documento de validade nacional, que corresponde em parte a uma carteira de identidade. (N. do T.)

trajantemente ilegal e inesperado. É verdade que não me algemaram, mas me mostraram de maneira bastante clara qual era o meu lugar e o que significava ser um ex-*zeka* neste nosso mundo austero. Mais uma vez percorri sob escolta aquelas quinhentas verstas até Magadan, que eu tantas vezes percorrera. Não me aceitaram na Seção Distrital de Magadan, e o guarda da escolta ficou na rua, sem saber onde me entregar. Aconselhei o guarda a me entregar na seção de pessoal do serviço de saúde, para onde eu, em razão da licença, devia ter sido enviado. O chefe da seção de pessoal, não me lembro de seu nome, expressou a maior surpresa por aquela transferência de um efetivo assalariado. No entanto, ele deu um recibo ao guarda da escolta, entregou-me o passaporte, e eu saí para a rua sob a chuva cinzenta de Magadan.

(1973)

PERMAFROST

Eu comecei pela primeira vez o trabalho independente de enfermeiro após ter assumido um setor de enfermagem onde os médicos podiam ser apenas temporários, em Adigalakh,[150] na Administração de Estradas; pela primeira vez sem orientação de um médico, como na Margem Esquerda, no Hospital Central, onde trabalhei de forma não totalmente independente.

Eu era o mais importante na cadeia médica. Em três locais, havia ao todo cerca de trezentos detentos dos quais eu me encarregava. Depois de fazer o reconhecimento e os exames médicos gerais de todos os meus pupilos, tracei o plano de ações pelo qual eu deveria caminhar por Kolimá.

Na minha lista havia seis nomes.

Número um: Tkatchuk. Tkatchuk fora chefe do OLP onde eu tive de trabalhar. Tkatchuk teve de ouvir de mim que em todos os prisioneiros, de todas as missões de trabalho, foram encontrados piolhos, mas que eu, o novo enfermeiro, tinha um plano de eliminação rápida e segura de qualquer pediculose, e que eu mesmo realizaria a desinfecção com total responsabilidade, e admitiria qualquer espectador que quisesse acompanhá-la. Os piolhos são um flagelo de longa data nos campos. Todas as câmaras de desinfecção de Kolimá,

---

[150] Antigo vilarejo da região de Sussuman que surgiu como uma vila de garimpeiros nos anos 1950, quando chegou a ter cerca de dois mil habitantes. Hoje está totalmente desabitado. (N. do T.)

Permafrost

à exceção da *tranzitka* de Magadan, eram apenas um martírio para os prisioneiros, e não serviam para eliminar a pediculose. Eu sabia que o método era seguro, tinha aprendido com um banhista,[151] quando fiz um serviço numa floresta da Margem Esquerda: desinfecção em tanques de gasolina com vapor quente; não sobravam nem piolhos, nem lêndeas. Só que em cada barril podia-se colocar não mais que cinco mudas de roupa. Fiz isso por um ano e meio em Débin[152] e demonstrei o processo também em Baragon.[153]

Número dois: Záitsev. Záitsev era um cozinheiro detendo que eu já conhecia do quilômetro 23, do Hospital Central. Agora ele trabalhava como cozinheiro ali mesmo, sob meu controle. Eu precisava provar, apelando à sua consciência de cozinheiro, que da cota que ambos conhecíamos tão bem era possível obter quatro vezes mais pratos de comida do que tínhamos. E só por causa de sua preguiça. Ali a questão não eram os furtos dos inspetores e de outros. Tkatchuk era um homem severo, não dava moleza para ladrões; foi simplesmente a birra do cozinheiro que piorou a alimentação dos prisioneiros. Eu consegui persuadir Záitsev, envergonhá-lo; Tkatchuk lhe prometeu algo, e com a mesma quantidade de alimentos Záitsev passou a preparar bem mais sopa, quente inclusive, e começou a levar mingau em bidões para a produção, coisa inédita em Kiubiuma[154] e em Baragon.

Terceiro: Izmáilov. Era um banhista assalariado, lavava a roupa de baixo dos prisioneiros, e lavava mal. E era impos-

---

[151] No original, *bánschik*, pessoa que trabalha num banho turco. Na prisão, era também o funcionário encarregado de lavar as roupas dos prisioneiros. (N. do T.)

[152] Vilarejo localizado na margem esquerda do rio Kolimá, na região de Magadan. (N. do T.)

[153] Vilarejo localizado na República da Iacútia. (N. do T.)

[154] Povoado da República da Iacútia. (N. do T.)

sível encontrar, na mina ou ou na exploração, uma pessoa com saúde física tão extraordinária. O banhista dos prisioneiros recebia uma ninharia. Mas Izmáilov se agarrava ao seu trabalho, não queria escutar nenhum conselho; só faltava ser demitido. Não havia nenhum mistério nesse comportamento. Ao mesmo tempo em que lavava com negligência para os prisioneiros, Izmáilov o fazia com perfeição para todos os chefes livres e até para o encarregado, e por tudo isso recebia presentes generosos — ora dinheiro, ora alimentos; mas Izmáilov era um assalariado, e eu esperava conseguir defender que um prisioneiro tivesse essa função.

Quarto: Likhonóssov. Era um prisioneiro que não apareceu para os exames médicos em Baragon, e, como eu precisava ir embora, decidi não retardar a partida por conta de uma só pessoa, e conferir os velhas formulários de sua ficha pessoal. Mas Likhonóssov não tinha uma ficha pessoal, e, uma vez que trabalhava como faxina, fui obrigado a voltar a esse tema delicado. Surpreendi Likhonóssov meio que de passagem no setor e conversei com ele. Era um homem forte, corpulento, de faces rosadas, de uns quarenta anos, com dentes brilhantes e um gorro espesso de cabelos grisalhos, e uma enorme barba grisalha em leque. Idade? A ficha pessoal de Likhonóssov me interessava justamente por isso.

— Sessenta e cinco.

Por sua idade, Likhonóssov era considerado um inválido, e por conta de sua invalidez trabalhava como faxina no escritório. Ali havia um embuste visível. Diante de mim estava um adulto saudável, que claramente podia trabalhar com qualquer coisa. A pena de Likhonóssov era de quinze anos, o artigo não era o 58, e sim o 59,[155] mas isso também de acordo com a resposta dele mesmo.

[155] Artigo do Código Penal Soviético que tratava dos crimes contra

Permafrost

Quinto: Nichikov. Nichikov era meu auxiliar no ambulatório, um dos doentes. Auxiliares assim existem em todos os ambulatórios dos campos. Porém, Nichikov era jovem demais, uns vinte e cinco anos, tinha bochechas vermelhas demais. Sobre ele, era preciso pensar.

Quando escrevi o número seis, bateram na porta, e pela soleira do meu quarto no barracão dos homens livres entrou Leónov, o número seis da minha lista. Pus uma interrogação junto ao nome de Leónov e me virei para o visitante.

Nas mãos de Leónov havia dois panos de chão e uma bacia. A bacia, claro, não era do padrão estatal, e sim de Kolimá, feita habilmente de latas de conservas. No banho também havia dessas bacias de latas de conservas.

— Como foi que você passou pela guarda de plantão a uma hora dessas, Leónov?

— Eles me conhecem; eu sempre lavava o chão do enfermeiro anterior. Era uma pessoa muito asseada.

— Bem, eu não sou tão asseado. Não precisa lavar hoje. Vá para o campo.

— E os outros livres?...

— Também não precisa. Eles mesmos lavarão.

— Eu queria lhe pedir, cidadão enfermeiro, que me deixe ficar neste posto.

— Mas você não está em posto nenhum.

— Bem, eu fui escoltado até aqui. Vou lavar o chão; vai ficar limpo, em plena ordem; eu estou doente, dói algo aqui dentro.

— Você não está doente, está apenas enganando os médicos.

— Cidadão enfermeiro, tenho medo da galeria, da brigada, do trabalho comum.

---

a administração pública. Nesses crimes estavam incluídas atividades que pudessem prejudicar os serviços públicos. (N. do T.)

— Ora, todos têm. Você é uma pessoa absolutamente saudável.

— O senhor não é médico.

— Realmente, não sou médico, mas ou você vai para os trabalhos gerais amanhã, ou vou mandá-lo para a administração. E que os médicos o examinem lá.

— Eu o advirto, cidadão enfermeiro, não vou sobreviver se me tirarem deste trabalho. Vou fazer uma reclamação.

— Bem, chega de conversa, vá embora. E amanhã, para a brigada. Vai deixar de espalhar lorota.

— Eu não espalho lorota.

Leónov fechou a porta sem ruído. Seus passos rumorejaram sob a janela, e eu fui dormir.

Leónov não apareceu para a revista; pelo que entendeu Tkatchuk, pegara uma carona e há tempos estava em Adigalakh, reclamando.

Por volta do meio-dia do veranico de Kolimá, marcado pelos raios ofuscantes de um sol frio num céu azul brilhante, num ar frio e sem vento, fui chamado ao gabinete de Tkatchuk.

— Vamos lavrar uma ata. O prisioneiro Leónov suicidou-se.

— Onde?

— Enforcou-se na antiga estrebaria. Ainda não mandei tirá-lo. Já chamei o encarregado. Bem, e você, como médico, vai confirmar a morte.

Era difícil se enforcar na estrebaria, era apertado. O corpo de Leónov ocupava o lugar de dois cavalos; a altura à qual ele soerguera-se, para depois derrubar o apoio com o pé, era meramente a de uma bacia de banho. Leónov já estava pendurado há tempos — havia uma cicatriz destacada no pescoço. O encarregado, aquele mesmo cuja roupa-branca era lavada pelo banhista assalariado Izmáilov, escrevia: "Estrangulamento ocorrido...". Tkatchuk disse:

Permafrost 153

— Escute, na topografia existe a triangulação. Isso tem alguma relação com estrangulamento?

— Nenhuma — disse o encarregado.

E todos nós assinamos a ata. O prisioneiro Leónov não deixou carta. Levaram o cadáver de Leónov para prender à sua perna esquerda uma plaquinha com o número da ficha pessoal, e depois enterrá-lo nas pedras do *permafrost*, onde o defunto vai esperar até o Juízo Final ou até qualquer outra ressurreição dos mortos. E subitamente eu entendi que, para mim, já era tarde para estudar tanto a medicina, quanto a vida.

(1970)

IVAN BOGDÁNOV

Ivan Bogdánov, homônimo do chefe do distrito de Tchórnoie Ózero, era um bonitão loiro, de olhos cinzentos e compleição atlética. Bogdánov fora condenado a dez anos pelo artigo 109 — crime de trabalho —, porém, bem arranjado nessa situação, entendia como as coisas funcionavam numa época em que cabeças eram ceifadas pela gadanha de Stálin. Bogdánov entendia que só o puro acaso o protegera da marca letal do artigo 58.

Bogdánov trabalhava conosco na exploração de carvão como contador, um contador de mentirinha, um prisioneiro com o qual podia-se gritar, mandar que cerzisse, remendasse um cálculo mal feito das fugas, em torno das quais alimentava-se a família do primeiro chefe do distrito, Paramónov, e seu círculo próximo, que fora parar embaixo de uma chuva de ouro, que caía em forma de alimentos concentrados, ração polar etc.

A tarefa de Bogdánov, bem como as de seu homônimo, o chefe do distrito e ex-juiz de instrução de 1937 — escrevi sobre ele de maneira detalhada no ensaio "Bogdánov"[156] —, não era a de denunciar abusos, e sim, pelo contrário, a de remendar todas as falhas, deixar tudo com uma aparência bem cristã.

---

[156] Texto reproduzido em *O artista da pá*, pp. 66-82. (N. do T.)

Em 1939, quando teve início a exploração no distrito, só havia cinco prisioneiros ali (contando comigo, um inválido depois do turbilhão do ouro, em 1938), e obviamente não era possível extrair nada do trabalho deles.

Esse hábito é uma tradição multissecular dos campos de trabalho, desde os tempos de Ovídio Naso,[157] que, como se sabe, foi comandante de um *gulag* na Antiga Roma: dizem que qualquer lacuna pode ser remendada com o trabalho gratuito, forçado e não remunerado dos prisioneiros, o qual, segundo a teoria do valor-trabalho de Marx, constitui o custo mais importante do produto final. Mas dessa vez não se podia aproveitar o trabalho escravo; éramos poucos, bem poucos para qualquer tipo de esperança econômica séria.

Podia-se aproveitar o trabalho dos *volniáchkas* semiescravos, dos ex-*zekas*; deles havia mais de quarenta pessoas, às quais Paramónov prometia que em um ano voltariam ao continente "de cartola". Paramónov era ex-comandante da lavra Maldiák, na qual o general Gorbátov[158] cumprira suas duas ou três semanas de Kolimá até chegar ao fim, até "nadar ao fundo", até entrar nas fileiras dos *dokhodiagas*; Paramónov tinha grande experiência em "abrir" empresas polares, e sabia muito bem o que servia para quê. Em consequência, Paramónov não julgado por abuso de poder, como na Maldiák, pois não havia abuso nenhum; o que havia era a mão do destino, que brandia a gadanha da morte e aniqui-

[157] Públio Ovídio Naso (43 a.C.-17 d.C.), poeta latino, autor das *Metamorfoses*, foi banido de Roma pelo imperador Augusto e exilado na costa do Mar Negro. (N. do T.)

[158] Aleksandr Vassílievitch Gorbátov (1891-1973), comandante militar soviético que foi preso em 1937 por suposta ligação com os "inimigos do povo". Em 1938 foi condenado a quinze anos de prisão, sendo enviado para Kolimá, onde contraiu escorbuto. Foi libertado e reincorporado ao exército em 1941, após revisão de seu processo. (N. do T.)

lava os livres e, principalmente, os prisioneiros do artigo de KRTD.[159]

Paramónov justificava a si mesmo, já que a Maldiák, onde em 1938 morriam trinta pessoas por dia, não era de modo algum o pior lugar de Kolimá.

Paramónov e seu adjunto da seção econômica, Khokhlúchkin, entendiam bem que era preciso agir depressa, enquanto no distrito não havia um registro, nem uma contabilidade responsável e qualificada.

Aquilo era roubo, e coisas tais como comida enlatada, conservas, chá, vinho ou açúcar tornavam milionário qualquer comandante que adentrasse o reino do moderno Midas de Kolimá — Paramónov entendia tudo isso com precisão.

Do mesmo modo ele entendia que estava cercado de delatores, que qualquer passo seu seria examinado. Mas, de acordo com um provérbio dos criminosos, os descarados herdarão a Terra, e as gírias dos criminosos Paramónov conhecia.

Falando mais concisamente, depois de sua administração — muito humana, como se estabelecesse um equilíbrio depois das arbitrariedades do ano anterior —, isto é, depois de 1938, quando Paramónov estava na Maldiák, houve uma enorme carência desses produtos "dignos de Midas".

Paramónov encontrou meios de pagar o resgate, de subornar seus investigadores. Não o prenderam, apenas o afastaram do trabalho. Para estabelecer a ordem, apareceram os dois Bogdánov — o comandante e o contador. A ordem foi estabelecida, mas todos os gastos dos comandantes tiveram de ser pagos com exatas quatro dezenas de *volniáchkas*, que nada tinham ganhado (assim como nós) — acabaram ficando com dez vezes menos que o combinado. Com as atas fal-

---

[159] Acrônimo de *Kontrrevoliutsiónnaia Trotskístskaia Diéiatelnost* (Atividade Trotskista Contrarrevolucionária). (N. do T.)

Ivan Bogdánov

sificadas por ambos os Bogdánov, conseguiu-se remendar o buraco, escancarado aos olhos de Magadan.

Também essa tarefa foi posta diante de Ivan Bogdánov. Sua formação: ensino médio e cursos de contabilidade na vida livre.

Bogdánov era conterrâneo de Tvardóvski e contava uma porção de detalhes de sua verdadeira biografia, mas o destino de Tvardóvski pouco nos interessava então — havia problemas mais sérios...

Fiz amizade com Ivan Bogdánov, e ainda que, de acordo com as instruções, os *bitóvikes* devessem se colocar acima de um detento como eu, na nossa pequenina missão Bogdánov agia de modo absolutamente diferente.

Ivan Bogdánov adorava um gracejo, adorava ouvir um "romance", ou contar ele próprio — foi através dele que entrou na minha vida a clássica história das calças do noivo. A história foi contada em primeira pessoa, e o cerne da questão era que a noiva tinha encomendado as calças para o noivo Ivan na véspera do casamento. O noivo era mais pobre, a família da noiva, mais rica, um procedimento plenamente de acordo com o espírito do século.

Também no meu primeiro casamento, a pedido da noiva, foi-me tirado todo o dinheiro da caderneta para encomendar calças pretas da melhor qualidade, com o melhor alfaiate de Moscou. É verdade que minhas calças não passaram pelas mesmas transformações que as calças de Ivan Bogdánov. Mas no episódio das calças de Bogdánov havia uma verdade psicológica, a autenticidade de um documento.

O enredo das calças de Bogdánov era que na véspera do casamento a noiva lhe encomendara um terno. E o terno foi feito nas vinte e quatro horas antes do casamento, mas as calças ficaram uns dez centímetros mais compridas. Decidiram levá-las ao alfaiate no dia seguinte. O mestre morava a algumas dezenas de quilômetros — o dia do casamento estava marcado, os convidados escolhidos, as tortas preparadas. O casamento ia malograr por causa das calças. O próprio Bogdánov até concordou em aparecer no casamento usando suas calças velhas, mas a noiva não queria nem ouvir a respeito disso. Então, entre discussões e broncas, o noivo e a noiva foram para as suas casas.

Mas durante a noite aconteceu o seguinte. A esposa decidiu consertar pessoalmente o erro do alfaiate, e depois de cortar dez centímetros das calças do futuro marido, foi se deitar radiante e caiu num sono profundo de esposa fiel.

Nessa hora acordou a sogra, para quem o problema tinha a mesma solução. A sogra levantou e, manejando a fita métrica e o giz, cortou mais dez centímetros, passou as pregas e a dobra e caiu num sono profundo de sogra fiel.

A catástrofe foi descoberta pelo próprio noivo, cujas calças estavam encurtadas em vinte centímetros e irremediavelmente estragadas. E o noivo teve de se casar nas calças velhas, algo que, de fato, ele mesmo havia sugerido.

Depois eu li tudo isso em Zóschenko, ou em Aviértchenko,[160] ou em algum *Decameron* moscovita. Mas esse enredo apareceu pela primeira vez na minha vida justamente nos barracões de Tchórnoie Ózero, na exploração de carvão do Dalúgol.[161]

Surgiu entre nós uma vaga de vigia noturno — era uma questão de suma importância: a possibilidade de levar uma existência bem-aventurada por um longo período de tempo.

O vigia era um assalariado, um *volniáchka*, e aquele era então um posto invejável.

---

[160] Mikhail Zóschenko (1895-1958) e Arkadi Aviértchenko (1881-1924), satiristas russos. (N. do T.)

[161] Acrônimo de *Gossudárstvienni Trést Úgolnoi Promíchlienosti Dálnego Vostoka* (Truste Estatal da Indústria Carbonífera do Extremo Oriente). (N. do T.)

Ivan Bogdánov

— Por que você não pede esse posto? — perguntou-me Ivan logo depois daqueles acontecimentos importantes.

— Não vão me dar um posto desses — disse eu, lembrando os anos de 1937 e 1938, na Partizan, quando me dirigi ao chefe da KVTch, o assalariado Charóv, com um pedido para me dar algum trabalho remunerado na seção de escritores.

— Nem rótulos para latas de conservas você vai escrever aqui! — exclamou jubiloso o chefe da KVTch, fazendo-me recordar vivamente da conversa com o camarada Ióchkin no RONO[162] de Vólogda, em 1924.

Charóv, o chefe da KVTch, foi preso e fuzilado em decorrência do Caso Bérzin, dois meses depois dessa conversa. Mas não me vejo agora no espírito das *Mil e uma noites*, embora tudo que vi supere a imaginação dos persas, bem como de qualquer outro povo.

— Não vão me dar um posto desses.

— Por quê?

— Tenho uma KRTD.

— Dezenas de conhecidos meus em Magadan, também KRTD, ganharam um posto desses.

— Então isso quer dizer que vigora a privação do direito de se corresponder.

— E o que é isso?

Eu expliquei a Ivan que em cada ficha pessoal de um enviado a Kolimá era inserida uma folha de impressão tipográfica com um espaço vazio para o nome e demais dados diretivos: 1) privar do direito de se corresponder, 2) empregar exclusivamente em trabalhos físicos pesados. E esse segundo ponto era o principal; comparado a essa indicação, o direito de escrever era uma bobagem, uma bagatela. Mais

---

[162] Acrônimo de *Raiónni Otdiel Naródnogo Obrazovánia* (Seção Distrital de Educação do Povo). (N. do T.)

adiante vinham as indicações: não deixar utilizar aparelho de comunicação — uma clara redundância, se referente ao direito de se corresponder dos detentos em condições de regime especial.

O último ponto: notificar cada comandante de subdivisão do campo sobre a conduta de fulano ao menos uma vez por trimestre.

— Só que eu não vi essa folha. E eu olhei a sua ficha, agora acumulo também a chefia do URTch.

Passou um dia, não mais. Eu trabalhava na galeria da mina, nas escavações na encosta de um monte, ao longo de um riacho, em Tchórnoie Ózero. Acendi uma fogueira para espantar os mosquitos e não dei muita atenção ao cumprimento da norma.

Os arbustos se abriram, e Ivan Bogdánov aproximou-se da minha escavação, sentou-se, acendeu um cigarro, mexeu nos bolsos.

— O que é isso?

Ele tinha nas mãos um dos dois exemplares da famigerada privação do "direito de se corresponder", arrancado da ficha pessoal.

— A ficha pessoal, é claro — disse Ivan Bogdánov, pensativo —, tem duas cópias: uma fica guardada no arquivo central do URO,[163] e a segunda viaja por todos os OLPs e seus recantos, junto com o detento. Mas apesar de tudo, nenhum chefe local vai perguntar a Magadan se há na sua ficha um papelzinho com a privação do direito de se corresponder.

Bogdánov mostrou-me mais uma vez o papelzinho e o queimou no fogo da minha pequena fogueira.

---

[163] Acrônimo de *Utchiótno Raspredielítelni Otdiel* (Setor de Controle e Distribuição), órgão do Comitê Central do Partido Comunista Russo. (N. do T.)

— E agora faça um requerimento para a vaga de vigia.

Mas não me aceitaram para vigia, e deram essa função a Gordéiev, um esperantista com pena de vinte anos pelo artigo 58, porém delator.

Daí a um breve período, Bogdánov — o chefe de distrito, e não o contador — foi destituído por embriaguez, e seu posto foi ocupado pelo engenheiro Viktor Plutálov, que pela primeira vez organizou o trabalho na exploração de carvão como um negócio, como um trabalho de engenharia, de edificação.

Se a gestão de Paramónov fora marcada por pilhagens, e a gestão de Bogdánov pela perseguição aos inimigos do povo e por uma bebedeira inveterada, Plutálov mostrou pela primeira vez o que é uma frente de trabalho — não uma frente de delações, mas de trabalho, precisamente: a quantidade de metros cúbicos que cada um pode escavar quando se trabalha nas condições anormais de Kolimá. Nós conhecíamos apenas a humilhação do trabalho sem perspectivas, de muitas horas, sem sentido.

Aliás, estávamos decerto enganados. Em nosso trabalho forçado, compulsório, de sol a sol — o conhecedor dos hábitos do sol polar sabe o que é isso —, estava escondido um certo sentido elevado, o sentido do Estado, que reside exatamente na falta de sentido desse trabalho.

Plutálov tentou nos mostrar o outro lado do nosso próprio trabalho. Plutálov era um homem novo, acabara de chegar do continente.

Sua frase preferida era: "Eu não sou um funcionário do NKVD".

Infelizmente, nossa missão não encontrou carvão, e fecharam o nosso distrito. Uma parte do pessoal foi enviada para Kheta (onde então era plantonista Anatoli Guidách) — Kheta ficava a sete quilômetros de nós — e outra para Arkagala, para a mina do distrito carbonífero de Arkagala. E para Arkagala fui também eu, e dali a um ano, gripado num barracão e com medo de pedir uma dispensa a Serguei Mikháilovitch Lúnin, que era padrinho só dos *blatares* e daqueles com os quais o comando simpatizava, eu ia aguentando, indo para a mina, carregando a gripe nas pernas.

Naquela altura, num delírio de gripe no barracão de Arkagala, tive um desejo louco por cebola, que eu não provava desde Moscou, e embora eu nunca tivesse sido um aficionado por cebola, não sei por que razão, tive aquele sonho que me deu uma ânsia louca de morder um bulbo de cebola. Sonho leviano para um kolimano. Assim eu julguei ao despertar. Mas despertei não com o tinido dos trilhos, e sim, como frequentemente acontecia, uma hora antes da revista.

Eu tinha a boca estava cheia de saliva, clamando por cebola. Eu achei que se ocorresse um milagre — aparecer um bulbo de cebola — eu me curaria.

Eu me levantei. Ao longo do nosso barracão nós tínhamos, como em qualquer outro barracão, uma mesa comprida com dois bancos ao longo dela.

De costas para mim, de *caban*[164] e peliça curta, estava sentado um homem, que se virou para mim. Era Ivan Bogdánov.

Nós nos cumprimentamos.

— Bem, ao menos um chazinho tomamos pelo encontro, mas o pãozinho, cada um com o seu — disse eu, e fui buscar uma caneca. Ivan puxou sua caneca e o pão. Começamos a tomar chá.

— Fecharam Tchórnoie Ózero, nem vigia tem. Partiram todos, todos. Eu, como contador do derradeiro grupo, vim para cá. Eu achava que vocês estavam um pouco melhor em matéria de víveres. Esperava poder armazenar conservas. Te-

---

[164] Casaco curto de marinheiro. (N. do T.)

nho só uns dez bulbos de cebola no fundo de um saco; não tinha onde enfiá-los, daí pus num saco.

Fiquei pálido.

— Cebola?

— Sim, bulbos de cebola. Por que está agitado?

— Passe pra cá!

Ivan Bogdánov revirou o saco. Uns cinco bulbos de cebola bateram na mesa.

— Eu tinha mais, só que reparti pelo caminho.

— Não importa quantas são. Cebola! Cebola!

— O que você tem, será escorbuto?

— Não é escorbuto, depois eu lhe conto. Depois do chá.

Contei toda a minha história a Bogdánov.

Depois Ivan Bogdánov trabalhou na especialidade de contador do campo, e em Arkagala encontrou a guerra. Arkagala era a administração do distrito — tiveram de cessar os encontros do *bitóvik* com o *litiórka*. Mas às vezes nos víamos, contávamos algo um para o outro.

Em 1941, quando sobre a minha cabeça retumbou o primeiro trovão, uma tentativa de fazer colar uma história forjada sobre uma avaria na mina, essa tentativa falhou por causa da teimosia inesperada do meu parceiro, o responsável pela avaria, um marujo do Mar Negro, o *bitóvik* Tchudakov; e quando, depois de três meses na solitária, Tchudakov ganhou a liberdade, isto é, quando foi enviado para a zona e nós nos encontramos, Tchudakov me contou os pormenores de seu inquérito. Eu contei tudo isso a Bogdánov, não para pedir um conselho — em Kolimá, não só ninguém precisa de conselhos, como ninguém tem direito a conselhos, pois eles podem sobrecarregar a psique daquele que pede, provocando assim uma explosão inesperada em consequência de um desejo contrário ao que foi aconselhado; mas, no melhor dos casos, a pessoa não vai nem responder, nem dar atenção, nem tentar ajudar.

Meu problema interessou a Bogdánov.

— Vou descobrir! Vou descobrir junto a eles — disse, apontando com um gesto significativo para o horizonte, para o lado da estrebaria, onde ficava a casinha do encarregado. — Vou descobrir. Pois eu trabalhei com eles. Eu sou delator. De mim eles não vão esconder.

Mas Ivan não teve tempo de cumprir a promessa. Já tinham me enviado para a zona especial de Djelgala.

(1970-1971)

IÁKOV OVSÊIEVITCH ZAVODNIK

Iákov Ovsêievitch Zavodnik era um pouco mais velho do que eu — na revolução ele tinha uns vinte anos, se não vinte e cinco. Ele vinha de uma família enorme, mas não daquelas que adornavam as *Yeshivot*.[165] Com uma aparência típica e vivamente judaica — barba negra, olhos negros, nariz grande —, Zavodnik não sabia hebraico, mas em russo proferia discursos curtos e incendiários, discursos *slogans*, discursos de comando, e eu facilmente imaginava Zavodnik no papel de comissário de guerra durante a Guerra Civil, levantando os soldados vermelhos contra as trincheiras de Koltchak[166] e arrastando-os para o combate com o seu exemplo pessoal. E Zavodnik foi mesmo comissário — comissário de guerra no *front* de Koltchak —, tinha duas condecorações do Estandarte Vermelho. Gritalhão vociferante, brigão, amigo do copo, "casca-grossa", como se diz na linguagem dos *blatares*, Zavodnik entregou seus melhores anos, sua paixão, o sentido de sua vida aos reides, aos combates e ataques. Zavodnik era um excelente cavaleiro. Depois Zavodnik trabalhou na Bielorrússia, em Minsk, num cargo do soviete jun-

---

[165] Plural de Yeshivá: escolas tradicionais de ensino da religião judaica. (N. do T.)

[166] Aleksandr Vassílievitch Koltchak (1874-1920), vice-almirante, comandante da frota do Mar Negro, pesquisador polar e ativista político russo. Liderou tropas do Exército Branco durante a Guerra Civil e chegou a ser declarado comandante supremo da Rússia. Foi preso e fuzilado por ordem do Comitê Revolucionário de Guerra de Irkutsk. (N. do T.)

to com Zeliénski,[167] com quem fizera amizade na época da Guerra Civil. Ao chegar em Moscou, Zeliénski também levou Zavodnik para o Narkomat[168] do Comércio.

Em 1937, Zavodnik foi preso pelo Caso Zeliénski, mas não foi fuzilado; recebeu quinze anos de campo, o que, no início de 1937, era uma pena graúda. Em sua sentença de Moscou, como também no meu caso, ficou estabelecido que a pena seria cumprida em Kolimá.

O caráter selvagem, a fúria cega que envolvia Zavodnik nos momentos importantes de seu destino, que o fazia saltar ao encontro das balas de Koltchak, não faltou-lhe nem durante o inquérito. Em Lefórtovo,[169] em resposta à proposta de denunciar o inimigo do povo Zeliénski, ele se atirou do banco contra o investigador e tentou golpeá-lo. Quebraram o fêmur de Zavodnik em Lefórtovo, recolheram-no por longo tempo ao hospital. Quando o osso da coxa cicatrizou, enviaram-no para Kolimá. Com aquela coxeadura de Lefórtovo, Zavodnik viveu tanto nas minas como nas zonas penais.

Zavodnik não foi fuzilado; recebeu quinze anos e mais cinco "de gancho", isto é, de interdição de direitos. Havia muito que seu consorte Zeliénski estava no céu. Em Lefórtovo, Zavodnik assinou tudo que podia para salvar a sua vida. Zeliénski foi fuzilado, e uma perna foi quebrada.

— Sim, assinei tudo o que me pediram. Depois que me quebraram o fêmur e o osso cicatrizou, recebi alta do Hospital de Butirka e fui enviado para Lefórtovo, para o prosse-

---

[167] Isaac Abrámovitch Zeliénski (1890-1938), estadista russo, membro do Partido Comunista da URSS. (N. do T.)

[168] Acrônimo de *Naródnii Komissariat* (Comissariado do Povo). (N. do T.)

[169] Um dos mais antigos bairros de Moscou, onde está localizada uma prisão de inquérito bastante utilizada como local de tortura durante o Grande Terror do regime stalinista. (N. do T.)

Iákov Ovsêievitch Zavodnik

guimento do inquérito. Assinei tudo sem ler nenhum protocolo. Zeliénski já tinha sido fuzilado.

Quando perguntavam no campo sobre a origem da coxeadura, Zavodnik respondia: "É ainda da Guerra Civil". Mas na realidade a coxeadura era originária de Lefórtovo.

Em Kolimá, o caráter selvagem de Zavodnik, seus acessos de fúria, levaram rapidamente a toda uma série de conflitos. Na época de sua vida nas minas, Zavodnik era reiteradamente espancado pelos praças e inspetores por causa de seus escândalos barulhentos e tempestuosos, provocados por qualquer bobagem. Foi assim que Zavodnik entrou numa briga, numa verdadeira luta com os inspetores da zona penal por não querer cortar a barba e os cabelos. Nos campos, cortam os cabelos de todos à máquina; entre os presos, conservar o penteado é um verdadeiro privilégio, um incentivo que todos os detentos aproveitavam rigorosamente. Aos trabalhadores detentos da área médica, por exemplo, era permitido manter os cabelos, o que sempre despertava a inveja geral. Zavodnik não era médico nem enfermeiro, no entanto, sua barba era espessa, negra, comprida. Os cabelos não eram cabelos, e sim uma espécie de fogueira de chamas negras. Para proteger sua barba, Zavodnik se atirou contra um inspetor, recebeu um mês de penalidade — de solitária —, mas continuou a usar barba e tinha os cabelos cortados com violência. "Oito homens tiveram que me segurar", contava com orgulho; a barba voltava a crescer, e Zavodnik de novo a usava de forma aberta e provocadora.

A luta por essa barba foi a autoafirmação do ex-comissário do *front*, uma vitória moral, depois de tantas derrotas morais. Depois de muitas dessas aventuras, Zavodnik foi parar no hospital por longo tempo.

Estava claro que ele não obteria nenhuma revisão do seu caso. Restava esperar e viver.

Alguém sugeriu à chefia que utilizasse aquele caráter,

aquela natureza de herói da Guerra Civil, com sua vozaria, perseverança, honestidade pessoal e energia incessante para o exercício da função de capataz do campo ou de chefe de brigada.

Mas não se podia nem falar em trabalho penal legal para os inimigos do povo, para os trotskistas. E então Zavodnik aparece com o *status* de membro do grupo de convalescentes do famoso OP (posto de restabelecimento da saúde), OK (grupo de restabelecimento da saúde), e aparece com o seguinte adágio em versos:

OP primeiro, OK depois,
Plaquinha no pé, e foi-se!...

Mas não prenderam uma plaquinha no tornozelo esquerdo de Zavodnik, como fazem no enterro de um prisioneiro. Zavodnik passou a procurar lenha para o hospital.

Num planeta onde o inverno dura dez meses, isso é um problema sério. O Hospital Central para detentos mantém cem pessoas nesse trabalho o ano inteiro. O lariço leva de trezentos a quinhentos anos para amadurecer. As áreas de extração destinadas ao hospital eram pilhadas, claro. A questão da renovação da reserva florestal em Kolimá não era levantada, mas quando levantavam, era como uma formalidade burocrática ou um sonho romântico. Esses dois conceitos têm muito em comum, e um dia os historiadores, críticos literários e filósofos entenderão isso.

Em Kolimá, as florestas se espalham em desfiladeiros, ravinas, pelos leitos dos riachos. E Zavodnik percorria a cavalo todas as nascentes e os grandes riachos dos arredores; seu relatório era apresentado ao chefe do hospital. O chefe do hospital era então Vinokúrov, que era um saqueador, mas não um calhorda, não daqueles que desejam o mal para as pessoas. Abriram uma missão de trabalho na floresta, prepararam a floresta. É claro que ali, como em todos os hospitais, trabalhavam pessoas saudáveis, e não doentes — bem, eram OP e OK, que há tempos deviam ter ido para a mina, mas não havia outra saída. Vinokúrov era tido como bom administrador. O problema é que era preciso prover certa quantidade de combustível (muito grande!), acima de qualquer cálculo, para um fundo de reserva que os encarregados, os administradores locais e o próprio chefe se acostumaram a consumir sem controle e sem limite, totalmente de graça e sem restrições. No hospital, a camada intermediária dos assalariados pagava por bens como a lenha, enquanto o alto comando recebia tudo de graça, e era uma quantia graúda.

E então, na chefia daquela complexa cozinha de aprovisionamento, de armazenagem, puseram Iákov Zavodnik. Não sendo um idealista, ele foi de bom grado chefiar tanto a produção quanto a armazenagem, submetendo-se apenas ao comandante. E, junto com o comandante, passou a roubar o Estado sem nenhum escrúpulo, todo dia e toda hora. O comandante recebia visitas de toda Kolimá, mantinha um cozinheiro, dava banquetes, e Zavodnik, o chefe do depósito de combustível, ficava com uma panelinha perto da mesa de jantar quando traziam o almoço. Zavodnik era como um daqueles chefes de brigada do campo, ex-membros do Partido, que comem sempre com a brigada, sem nenhum constrangimento, e sem se permitir a menor das regalias de roupa ou de comida — a exceção, claro, era a barba negra.

E eu mesmo sempre fui assim, quando trabalhei de enfermeiro. Tive de sair do hospital depois de um grande e grave conflito no qual Magadan se envolveu na primavera de 1949. E me enviaram como enfermeiro para Zavodnik, para a floresta, para o serviço florestal, a uns cinquenta quilômetros do hospital, na fonte de Duskania.

— Zavodnik está dispensando o terceiro enfermeiro; não gosta de ninguém, aquele desgraçado.

Foi o que advertiram meus camaradas.

— E eu vou assumir o setor médico de quem?

— De Gricha Barkan.

Eu conhecia Gricha Barkan, embora não pessoalmente, só de forma indireta. Barkan era um enfermeiro militar repatriado; fora posto no trabalho hospitalar um ano antes e trabalhava na seção de tuberculosos. Os camaradas não apreciavam muito esse Gricha, mas eu me habituei a dar pouca atenção a conversas sobre informantes e delatores. Eu era fraco demais perante o poder supremo da natureza. Mas aconteceu de publicarmos um jornal mural por ocasião de uma data festiva, e um dos membros do conselho editorial era a esposa do nosso novo encarregado, Baklánov. Eu a esperava junto ao gabinete do marido; fui receber dela as notas de censura e, ao bater, ouvi uma voz: "Entre!". Entrei.

A esposa do encarregado estava sentada num sofá, e o próprio Baklánov fazia o acareamento.

— Olhe, Barkan, você escreve em sua declaração que Saviéliev, o enfermeiro (aquele que foi chamado para cá), que Saviéliev ofendeu o poder soviético, elogiou os fascistas. Onde foi isso? Num leito do hospital. E qual era a temperatura de Saviéliev nessa hora? Talvez estivesse delirando. Pegue sua declaração.

Foi então que eu soube que Barkan era um delator. O próprio Baklánov — o único encarregado a passar pela minha vida no campo — dava a impressão de não ser um autêntico investigador; mas não era um tchekista,[170] claro. Ele chegara a Kolimá diretamente do *front*, nunca tinha trabalhado nos campos. E não aprendeu. Nem Baklánov, nem sua esposa gostaram do trabalho em Kolimá. Cumprido seu tem-

---

[170] Membro da Tcheká, a primeira polícia política soviética, que existiu entre 1918 e 1922. (N. do T.)

po de serviço, ambos voltaram para o continente e há muito vivem em Kíev. Baklánov era mesmo de Lvov.[171]

O enfermeiro morava numa isbazinha separada; metade dela era um ambulatório. A isbazinha estava unida à casa de banhos. Por mais de dez anos eu não fiquei sozinho nem uma noite, nem um dia, e senti com todo o meu ser essa felicidade, que era também impregnada pelo cheiro fino dos lariços verdes, da relva incalculável, ardentemente florida. O arminho percorreu a última neve, e os ursos, depois de levantarem das tocas, passaram balançando as árvores... Ali comecei a escrever poemas. Esses meus cadernos foram conservados. Um papel amarelo rústico... Parte dos caderninhos são de papel de embrulho branco, da melhor qualidade. Esse papel, dois ou três rolos do mais excelente papel do mundo, deu-me de presente o delator Gricha Barkan. Ele tinha o ambulatório todo entulhado com esses rolos; de onde pegou e para onde levou, eu não sei. No hospital ele trabalhou pouco tempo; foi transferido para a mina vizinha, mas aparecia com frequência no hospital, ia embora de carona.

Janota, bonitão, Gricha Barkan inventou de viajar em pé sobre barris para não sujar de gasolina suas botas cromadas e as calças civis azuis. A cabine estava ocupada. O motorista permitiu que ele sentasse na carroceria por aqueles dez quilômetros; porém, na subida o carro solavancava, e Barkan voou para a rodovia e rachou a cabeça numa pedra. Eu vi seu corpo no necrotério. A morte de Barkan foi, ao que parece, o único caso de intervenção do destino em que este não estava do lado dos delatores.

Rapidamente entendi por que Barkan se desentendeu com Zavodnik. Decerto "sinalizava" algo sobre esse caso bem delicado do corte e armazenamento de lenha, sem se interessar pelo que despertara essa mentira, nem a favor de

---

[171] Cidade do oeste da Ucrânia, próximo à Polônia. (N. do T.)

quem ela estava. No primeiro contato com Zavodnik eu disse que não iria atrapalhá-lo, mas pedi que não se metesse nos meus assuntos. Nenhuma das minhas dispensas de trabalho podia ser contestada. Eu não daria nenhuma dispensa seguindo suas recomendações. Minha atitude em relação aos *blatares* era amplamente conhecida, e Zavodnik não precisava recear pressões e surpresas nesse sentido.

Como o próprio Zavodnik, eu comia do caldeirão comum. Os lenhadores moravam em três pontos num raio de cem quilômetros a partir do primeiro setor. Eu também me deslocava, passando duas ou três noites em cada setor. A base era Duskania. Em Duskania eu descobri uma coisa muito importante para todo médico: aprendi com um funcionário dos banhos (lá havia um tártaro da guerra) a fazer a desinfecção sem câmara de desinfecção. Uma questão de grande importância para os campos de Kolimá, onde os piolhos são acompanhantes permanentes dos *rabotiagas*. Fiz a desinfecção com cem por cento de êxito usando barris de ferro.

Depois, na administração de estradas, esses meus conhecimentos causaram sensação, pois os piolhos picavam não só o preso, mas também o guarda da escolta, o praça. Fiz muitas desinfecções, sempre com êxito, mas aprendi esse negócio com Zavodnik, em Duskania. Ao ver que eu fazia questão de não me aprofundar em cálculos complexos com cânhamos, pilhas, metros cúbicos, Zavodnik ficou mais afável, e ao concluir que eu não tinha nenhum queridinho, abrandou de vez. Foi aí que ele me contou sobre Lefórtovo e sobre sua luta pela barba. Deu-me de presente um livrinho de poemas de Ehrenburg.[172] A literatura de qualquer gênero lhe era absolutamente estranha. Mas Zavodnik também não gostava de ouvir "romances" e coisas do tipo, bocejava nas pri-

---

[172] Iliá Grigórievitch Ehrenburg (1891-1967), jornalista e escritor judeu-russo, autor do romance *Degelo* (1967). (N. do T.)

Iákov Ovsêievitch Zavodnik

meiras frases. Já o jornal, as notícias políticas eram outra coisa. Isso sempre despertava sua simpatia. Zavodnik adorava coisas reais com pessoas reais. E o mais importante: ele ficava aborrecido, enfadado, sem saber onde colocar suas forças, e tentava preencher o seu dia, desde o despertar até o adormecer, com as preocupações do momento e do futuro. Ele inclusive dormia sempre perto dos afazeres — dos operários, do rio, do transporte fluvial de madeira —, dormia numa barraca ou numa tarimba de algum barracão, sem colchão nem travesseiro, apenas com uma *telogreika* sob a cabeça.

No verão de 1950, tive de ir para Bakhaiga, uns quarenta quilômetros rio Kolimá acima, onde ficava o nosso setor; os detentos viviam na margem, e eu tive de ir até lá para minha visita habitual. A correnteza no Kolimá é forte — a lancha sobe aqueles quarenta quilômetros em dez horas. A volta, de balsa, é feita em uma hora, ou até menos. O maquinista da lancha era um assalariado, aliás um contratado, um mecânico, especialidade rara; como todo maquinista e mecânico kolimano, ao partir com sua lancha estava bem bêbado, mas bêbado ao estilo de Kolimá, mantendo-se razoavelmente em pé e conversando com bom senso, apenas cheirando fortemente a álcool. O maquinista fazia o transporte dos lenhadores. A lancha devia ter zarpado ainda no dia anterior, mas partiu apenas ao amanhecer da noite branca de Kolimá. O maquinista sabia da minha viagem, claro, mas na lancha, que já soltava vapor, sentou-se um chefe, ou um conhecido do chefe, ou simplesmente um passageiro com muito dinheiro, e depois de virar o rosto, ficou esperando o maquinista terminar a conversa comigo e me recusar.

— Não tem lugar. Já disse que não. Na próxima vez você vai.

— Mas ontem mesmo você...

— E daí o que eu disse ontem? Hoje mudei de ideia. Afaste-se do atracadouro.

Tudo isso polvilhado de palavrões de Kolimá, de xingamentos do campo.

Zavodnik morava ali perto, sua barraca ficava num morrinho, e dormia sem se despir. Ele logo entendeu do que se tratava e apareceu na margem só de camisa, sem gorro, calçando de qualquer jeito as botas de borracha. O maquinista estava na água, perto da lancha, com botas de pescador, empurrando a lancha para a água. Zavodnik chegou bem perto da água.

— Então você não quer levar o enfermeiro, não é?

O maquinista se endireitou e virou-se para Zavodnik:

— Isso mesmo! Não levo. Disse que não levo, e acabou!

Zavodnik deu um soco no rosto do maquinista, que caiu e desapareceu na água. Eu logo pensei que tinha acontecido uma desgraça e corri até ele, mas o maquinista se levantou, a água escorria de seu macacão de lona. Ele alcançou a lancha, meteu-se no seu lugar e ligou o motor. Eu subi a bordo com minha bolsa médica, estiquei as pernas, e a lancha desatracou. Ainda não anoitecera quando atracamos na foz de Bakhaiga.

Toda a energia de Zavodnik, toda sua força de espírito estava concentrada na realização das vontades do chefe do hospital, Vinokúrov. Havia ali um acordo tácito entre senhor e escravo. O senhor assume toda a responsabilidade por esconder um inimigo do povo, um trotskista, cujo destino é viver nas zonas especiais; e o escravo agradecido, sem esperar nenhum pagamento pelos dias trabalhados, nenhuma indulgência, provê para o senhor os bens materiais em forma de lenha, peixe fresco, caça, bagas e outras dádivas da natureza. Zavodnik mantinha seus lenhadores sob pulso firme, era mantido pelo erário e comia do caldeirão comum. O escravo entende que o senhor não tem poder para atender nenhuma solicitação de liberdade antes do prazo, mas o senhor concede ao escravo que preserve a própria vida — no mais

Iákov Ovsêievitch Zavodnik

literal, no mais elementar sentido da palavra. Zavodnik foi libertado de acordo com o prazo, com o prazo calendárico de quinze anos; os pagamentos pelos dias trabalhados não podiam ser aplicados no seu artigo. Zavodnik foi libertado em 1952, no dia do término do prazo calendárico de quinze anos, recebido em 1937, em Moscou, na prisão de Lefórtovo. Há muito tempo Zavodnik entendera que era inútil escrever pedindo a revisão de seu caso. Zavodnik não recebeu resposta para nenhuma de suas queixas nos primeiros e inocentes anos de Kolimá. Zavodnik vivia ocupado com projetos de uma espécie de *ledianka*[173] para corte e armazenamento de madeira, inventou e construiu para os lenhadores um vagão sobre rodas — na verdade, não sobre rodas, e sim sobre trenós tracionados. A brigada podia se mover para além do bosque. Pois em Kolimá tem mato ralo, um espaço entre a floresta e a tundra, mas não árvores grossas; para não armar barracas, não erguer isbazinhas, foi projetado um vagão permanente com tarimbas de dois andares sobre trenós. A brigada de vinte lenhadores acomodava-se confortavelmente junto com o equipamento. Enquanto era verão — e o verão em Kolimá é muito quente, e só os dias são quentes, as noites são frias —, o vagão estava bom, embora bem pior do que uma barraca simples de lona. No inverno, as paredes do vagão eram frias demais, eram muito finas. O frio de Kolimá põe à prova qualquer papel betumado, alcatroado, qualquer compensado — faz rachar, despedaça. No inverno não se podia viver no vagão, e os lenhadores voltaram para as isbazinhas testadas por milênios. O vagão ficou abandonado na floresta. Eu aconselhei Zavodnik a doá-lo ao museu regional de Magadan, mas não sei se ele seguiu meu conselho.

O segundo passatempo de Zavodnik e Vinokúrov eram os trenós a hélice — uma espécie de bote que voa pela neve.

---

[173] Tipo de trenó para crianças. (N. do T.)

Os trenós a hélice, recebidos de algum lugar da Terra Grande, eram bastante recomendados nos manuais de desbravamento do Norte. Porém, o trenó a hélice exige espaços brancos ilimitados, e o solo de Kolimá é cem por cento outeiros e buracos, mal cobertos pela neve que sopra de todas as frestas na hora do vento, da tempestade. Kolimá é de pouca neve, e os trenós a hélice quebraram-se nas primeiras tentativas. Mas sem dúvida, em seus relatórios, Vinokúrov deu grande destaque a todos esses carros e trenós.

Zavodnik chamava-se Iákov Ovsêievitch. Nem Ievsêievitch, nem Ievguênievitch, mas Ovsêievitch, algo no que ele insistia alto e em bom som na hora de todas as revistas e chamadas, o que levava sempre à agitação dos trabalhadores do registro. Zavodnik era um homem absolutamente letrado, que dominava a escrita caligráfica. Não sei qual seria a opinião de Zuiev-Insárov[174] quanto à caracterização da escrita de Zavodnik, mas era um traço admiravelmente seguro, sem pressa, muito sofisticado. Nem as iniciais, nem seu "I. Z.", eram rabinhos negligentes, e sim desenhos complexos, traçados sem pressa, com cuidado, desenhos que podem ser aprendidos e memorizados apenas na primeira juventude, ou na prisão tardia. Para traçar seu nome, Zavodnik gastava não menos que um minuto. Ali, em forma de imagem exatíssima e vivíssima, encontravam lugar a inicial *I*, a inicial *O*, do patronímico — um *O* redondíssimo, singular —, e o sobrenome "Zavodnik", traçado em grandes letras maiúsculas e nítidas; o desenho enérgico se apossava apenas do sobrenome, e as espirais seguintes eram singularmente complexas e singularmente leves, como se o artista se despedisse de seu trabalho com amor. Eu verifiquei muitas vezes, e, em qualquer

---

[174] Dmitri Mitrofánovitch Zuiev-Insárov (1895-?), psicólogo e grafologista russo. (N. do T.)

ambiente, até a cavalo com uma prancheta, a assinatura do comissário Zavodnik era clara, segura, sem pressa.

Nossas relações eram boas — para não dizer ótimas. Nessa época, no verão de 1950, me sugeriram voltar para o hospital na função de chefe da sala de triagem. A sala de triagem de um enorme hospital do campo, com mil leitos, não era um negócio simples, e não tinham conseguido organizar o trabalho durante anos. Por recomendação de todas as organizações, eu fui convidado. Tratei com Amóssov, o novo médico-chefe, de alguns princípios sobre os quais seria edificado o trabalho da sala de triagem, e então aceitei. Zavodnik correu até mim.

— Vou agora arranjar uma revogação; esse meu contato vai gorar.

— Não, Iákov Ovsêievitch — disse eu —, nós dois conhecemos o campo. O seu destino está ligado a Vinokúrov, o chefe. Ele está se preparando para sair de férias. Uma semana depois de sua partida, vão tirar você do hospital. Mas para o meu trabalho Vinokúrov não tem uma importância tão grande. Eu quero dormir na quentura, o quanto for possível, e quero trabalhar em alguma coisa, ter alguma utilidade.

Eu entendia que na sala de triagem eu não poderia escrever poemas, talvez apenas raramente. Toda a papelada de Barkan já estava registrada. E ali eu escrevia a cada momento livre. O poema que termina com o verso "Faz frio no paraíso" foi escrito na gélida nascente de Duskania, registrado em garatujas no receituário. E publicado só quinze anos depois, na *Gazeta Literária*.[175]

Zavodnik não sabia que eu escrevia versos, e nem en-

---

[175] *Litieratúrnaia Gaziéta*, periódico semanal fundado em 1830 por um grupo de escritores e intelectuais que incluía os poetas Aleksandr Púchkin e Anton Délvig. Sua publicação foi retomada em 1929 por Maksim Górki. (N. do T.)

tenderia nada. Para a prosa, o território de Kolimá era perigoso demais; podia-se arriscar em versos, mas não com registros em prosa. Eis a razão pela qual em Kolimá eu só escrevi poemas. Na verdade, eu tinha também um outro exemplo, o de Thomas Hardy, escritor inglês que nos últimos dez anos de vida escreveu só poemas, e às perguntas dos repórteres ele respondia que era por aflição pelo fim dado a Galileu. Se Galileu escrevesse em versos, não teria tido problemas com a Igreja. Eu não queria correr o risco de Galileu, embora, claro, não por questões ligadas à tradição histórica e literária; simplesmente, o faro de prisioneiro me dizia o que era bom e o que era ruim, onde estava quente e onde estava frio no jogo de cabra-cega com o destino.

E foi como eu adivinhara: Vinokúrov saiu, e daí a um mês Zavodnik foi enviado para algum lugar na lavra, onde, aliás, logo alcançou o fim da pena. Mas nem era preciso adivinhar. Tudo isso é muito simples, elementar, nessa arte ou ciência que se chama vida. É o bê-á-bá.

Quando um homem como Zavodnik ganha a liberdade, sua conta-corrente de prisioneiro deve estar zerada. E assim foi com Zavodnik. Não o deixaram ir para a Terra Grande, claro, e ele se empregou como controlador de tráfego numa garagem em Sussuman. No entanto, como ex-*zeka*, não lhe pagavam os adicionais do Norte; o salário bastava apenas para sobreviver.

No inverno de 1951 me trouxeram uma carta. A médica Mamutchachvili[176] me trouxe uma carta de Pasternak para Kolimá. E então, ao receber férias — eu trabalhava como enfermeiro no departamento de estradas —, fiz uma viagem de carona. A taxa de carona — o frio já tinha começado — era de um rublo por quilômetro. Eu trabalhava então perto

---

[176] A médica Elena Aleksándrovna Mamutchachvili, que trabalhou com Chalámov no hospital do campo de trabalhos, em Kolimá. (N. do T.)

de Oimiakon,[177] o polo do frio, e dali cheguei a Sussuman. Numa rua de Sussuman encontrei Zavodnik, controlador de tráfego numa garagem. O que podia ser melhor? Às cinco horas da manhã Zavodnik me colocou na cabine de um enorme "Tatra"[178] com reboque. Eu larguei a mala na carroceria — eu também poderia ir na carroceria, mas o motorista queria atender ao pedido do chefe e me colocou na cabine. Tive de arriscar perder a mala de vista.

O "Tatra" voava.

O carro ia vazio, parava em todo vilarejo recolhendo companheiros de viagem. Uns desciam, outros subiam. Num pequeno vilarejo, um praça parou o "Tatra" e colocou uns dez homens do continente, também praças — jovens que chegavam para o serviço militar. Nenhum deles ainda fora atingido pela cresta cortante do Norte, nem queimado pelo sol de Kolimá. Dali a uns quarenta quilômetros um veículo militar veio encontrá-los. Os praças baldearam suas coisas e tomaram seu caminho. Fiquei com uma inquietação, uma dúvida. Pedi para parar o veículo e espiei na carroceria. A mala não estava lá.

— Foram os praças — disse o motorista. — Mas vamos alcançá-los, não vão escapar.

O "Tatra" começou a zumbir, a grunhir, e foi em frente pela via. E, realmente, em meia hora o "Tatra" alcançou o veículo com os praças; depois de ultrapassar o "ZIS",[179] o motorista bloqueou o caminho com o "Tatra". Explicamos do que se tratava, e eu encontrei minha mala com a carta de Pasternak.

---

[177] Povoado localizado na República da Iacútia, no leste da Sibéria. Ali, em 1933, foi registrada a mais baixa temperatura em um local permanentemente habitado (-67,7°C). (N. do T.)

[178] Veículo produzido pela empresa tcheca Tatra. (N. do T.)

[179] Veículo produzido pela companhia russa ZIL. (N. do T.)

— Peguei a mala achando que era nossa, sem qualquer intenção — explicou o superior.

— Bem, com intenção ou sem intenção, o que importa é o resultado.

Nós chegamos a Adigalakh, e eu comecei a procurar meu veículo, para Oimiakon ou Baragon.

Em 1957 eu já morava em Moscou e descobri que Zavodnik tinha voltado e trabalhava no Ministério do Comércio, na mesma função de vinte anos antes. Quem me contou foi Iarótski, um economista de Leningrado que fizera muita coisa para Zavodnik nos tempos de Vinokúrov. Eu agradeci, peguei o endereço de Zavodnik com Iarótski, escrevi a ele e recebi um convite para visitá-lo no seu trabalho, onde seria reservado um passe, etc.

A carta estava assinada pelo traço caligráfico que eu conhecia. Preciso, nenhum rabinho a mais. Ali eu soube que Zavodnik estava "batendo" na aposentadoria, formalmente faltavam alguns meses. Lamentei que Iarótski não pudera voltar para Leningrado, embora tivesse se despedido de Kolimá bem antes de mim e de Zavodnik, e que agora estava obrigado a ficar em Kichinióv.[180]

O Caso Iarótski, o caso do *komsomóliets* de Leningrado que votara na oposição, eu conhecia muito bem. Ele não tinha nenhuma razão para não poder morar na capital, mas de repente Zavodnik disse:

— O Governo vê melhor. Com você e comigo está tudo claro, mas com Iarótski decerto a coisa é bem diferente...

Eu nunca mais estive com Iákov Ovsêievitch Zavodnik, embora continue seu amigo.

(1970-1971)

[180] Atual Chisinau, capital da Moldávia. (N. do T.)

O XADREZ DO DOUTOR KUZMIÉNKO

O doutor Kuzmiénko despejou o xadrez sobre a mesa.

— Que encantador! — disse eu, dispondo as peças no tabuleiro de madeira compensada. Era um xadrez de um trabalho esmerado, finíssimo. Um jogo com o tema "Tempo das Turbulências na Rússia".[181] Infantes poloneses e cossacos rodeavam o primeiro impostor,[182] — o rei das brancas. A rainha branca tinha os traços fortes, enérgicos de Marina Mniszech.[183] O *hétman* Sapieha[184] e Radziwill estavam no

[181] Também conhecido como "tempo de dificuldades", foi um período extremamente conturbado da história russa, que se iniciou em 1584, com a morte de Ivan IV, o Terrível, e terminou em 1617, quatro anos depois da ascensão ao trono de Mikhail Fiódorovitch, primeiro tsar da dinastia dos Románov. O "tempo das turbulências" foi resultado da feroz disputa pelo poder no país após a morte de Ivan, o Terrível, combinada com revoltas de camponeses e cossacos e ainda com a invasão do exército polonês. (N. do T.)

[182] O monge Grigóri Otriépev (?-1606), que tomou o trono da Rússia em 1605, fazendo-se passar pelo filho de Ivan, o Terrível, que morrera ainda criança, em 1591. Entrou para a história como o primeiro "falso Dmitri". Depois dele, surgiriam ainda outros dois. (N. do T.)

[183] Marina Mniszech (*c.* 1588-1614) foi casada com o "falso Dmitri" Grigóri Otriépev, que estivera na Polônia poucos anos antes de assumir o trono da Rússia. Otriépev havia convencido o pai de Marina, o magnata e estadista Jerzy Mniszech, de que era o filho de Ivan, o Terrível, obtendo seu apoio para tomar o poder na Rússia. (N. do T.)

[184] Jan Piotr Sapieha (1569-1611), comandante militar e nobre po-

tabuleiro como oficiais do impostor.[185] As pretas estavam no tabuleiro em trajes monásticos, o metropolita Filariet[186] as chefiava. Peresviét e Osliábia,[187] de armadura por cima das batinas de monge, seguravam espadas curtas desembainhadas. As torres dos mosteiros da Trindade e de São Sérgio ficavam nas casas a8 e h8.

— É mesmo encantador. Não canso de olhar...

— Há apenas uma imprecisão histórica — disse eu. — O primeiro impostor não sitiou o Mosteiro.

— Sim, sim — disse o doutor —, você está certo. E não lhe pareceu estranho que até hoje a história não saiba quem foi o primeiro impostor, Grichka Otriépev?

— Essa é só uma das muitas hipóteses, e não é muito verossímil. É de Púchkin, claro. Boris Godunov também não era como em Púchkin.[188] É o papel do poeta, do dramaturgo, do romancista, do compositor, do escultor. A eles cabe a interpretação dos acontecimentos. É o século XIX com sua sede de explicar o inexplicável. Em meados do século XX,

---

lonês. Foi partidário do segundo "falso Dmitri", cujo nome verdadeiro permanece incerto. (N. do T)

[185] Janusz Radziwill (1579-1620) foi um estadista nascido na Lituânia, que então formava com a Polônia um Estado denominado República das Duas Nações. (N. do T.)

[186] Nome religioso de Fiódor Nikitch Románov (c. 1553-1633), sobrinho de Ivan, o Terrível, e pai do tsar Mikhail Fiódorovitch. Ele e sua esposa Ksiénia tiveram de ingressar na vida monástica por determinação do então tsar Boris Godunov, perdendo desta forma o direito à sucessão do trono. Em 1619, tornou-se patriarca de Moscou e de toda a Rússia. (N. do T.)

[187] Aleksandr Peresviét e Rodion Osliábia, monges guerreiros do Mosteiro da Trindade e de São Sérgio, que lutaram e morreram na Batalha de Kulikovo, em setembro de 1380. Ambos foram canonizados pela Igreja Ortodoxa Russa. (N. do T.)

[188] Referência à peça *Boris Godunov*, de Púchkin. (N. do T.)

um documento substituiria tudo. E todos acreditariam somente no documento.

— Existe uma carta do impostor.

— Sim, o tsarévitche Dmitri mostrou que era um homem culto, um soberano letrado, à altura dos melhores tsares do trono russo.

— E mesmo assim, quem foi ele? Ninguém sabe quem foi o soberano russo. Isso sim é um segredo polonês. A impotência dos historiadores. Uma coisa vergonhosa. Se o caso fosse na Alemanha, os documentos apareceriam em algum lugar. Os alemães adoram documentos. E os grandes senhores do impostor sabiam bem como guardar segredo. Quantas pessoas foram mortas, dentre as que roçaram esse segredo.

— O senhor exagera, doutor Kuzmiénko, ao negar a nossa capacidade de guardar segredo.

— Não a nego de forma alguma. Acaso a morte de Óssip Mandelstam não é um segredo? Onde e quando ele morreu? Há cem testemunhas de sua morte por espancamentos, por fome e frio — sobre as circunstâncias da morte não há divergências — e cada um dos cem cria sua própria história, sua lenda. E a morte do filho de Guérman Lopátin, morto apenas por ser filho de Guérman Lopátin?[189] Procuram seu rastro há trinta anos. Para os familiares dos ex-chefes do Partido, como Bukhárin e Ríkov,[190] mandaram atestados de óbi-

---

[189] Guérman Lopátin (1845-1918), jornalista e revolucionário russo, um dos autores da primeira tradução de *O Capital*, de Karl Marx, para o russo. Seu filho, o advogado Bruno Lopátin-Bart (1877-1938), foi preso e fuzilado sob a acusação de "fazer parte de uma organização socialista-revolucionária antissoviética". (N. do T.)

[190] Nikolai Ivánovitch Bukhárin (1888-1938) e Aleksei Ivánovitch Ríkov (1881-1938), revolucionários bolcheviques. Foram presos e executados sob acusação de conspiração contra o poder soviético. (N. do T.)

to que se estendem por muitos anos, de 1937 a 1945. Mas ninguém, em nenhum lugar, encontrou-se com essas pessoas depois de 1937 ou 1938. Todos esses atestados são para consolo dos familiares. Os prazos da morte são arbitrários. O mais correto seria supor que todos eles foram fuzilados ainda antes de 1938, nos porões de Moscou.

— Parece-me que...

— E você se lembra de Kuláguin?

— O escultor?

— Sim! Ele desapareceu sem deixar rastro, quando muitos desapareciam. Ele desapareceu sob um outro nome, trocado no campo por um número. E o número foi de novo trocado por um terceiro nome.

— Já ouvi sobre esses truques — disse eu.

— Pois este xadrez é trabalho dele. Kuláguin o fez com pão na prisão Butirka, em 1937. Todos os presos que estavam na cela de Kuláguin mascavam pão por horas e horas. Ali era importante aproveitar o momento em que a saliva e o pão mastigado se juntassem numa liga única, o que era julgado pelo próprio mestre; sua ventura era tirar da boca uma massa pronta para receber qualquer forma sob as mãos de Kuláguin, e depois endurecer para sempre, como o cimento das pirâmides egípcias. Kuláguin fez dois jogos assim. O segundo era "A Conquista do México por Cortés". O tempo das turbulências mexicano. Esses espanhóis e mexicanos Kuláguin deu ou vendeu para alguém da chefia da prisão, e o "Tempo das Turbulências" russo ele levou consigo para o comboio de prisioneiros. Feito a palitos de fósforo, a unha, pois na prisão qualquer ferrinho é proibido.

— Aqui faltam duas figuras — disse eu —, a rainha preta e a torre branca.

— Eu sei — disse Kuzmiénko. — A torre está faltando mesmo, e a rainha preta não tem cabeça e está fechada na minha escrivaninha. Então eu não sei até hoje qual dos defensores pretos do Mosteiro do Tempo das Turbulências era a rainha. Distrofia alimentar é uma coisa terrível. Em nossos campos, só depois do cerco de Leningrado passaram a chamar essa doença pelo seu nome verdadeiro. Antes, davam diagnósticos de hipovitaminose, pelagra, emagrecimento por disenteria. E assim por diante. Isso também é uma caça ao segredo. Ao segredo da morte de um preso. Os médicos estavam proibidos de falar e escrever sobre a fome nos documentos oficiais, no prontuário médico, em conferências, em cursos de aperfeiçoamento profissional.

— Eu sei.

— Kuláguin era um homem alto, corpulento. Quando o levaram para o hospital, ele pesava quarenta quilos: o peso dos ossos e da pele. A fase irreversível da distrofia alimentar. Com todos os famintos, em seus momentos de maior dificuldade, ocorre um escurecimento da consciência, um deslocamento lógico, uma demência, um dos "D" da célebre tríade de Kolimá: demência, diarreia, distrofia... Você sabe o que é demência?

— Loucura?

— Sim, sim, loucura, loucura adquirida, debilidade mental adquirida. Quando levaram Kuláguin, eu, como médico, logo entendi que o novo doente havia muito mostrava sinais de demência... Kuláguin não voltou a si até a morte. Com ele havia um saquinho com o xadrez, que suportara tudo: tanto a desinfecção, quanto a gulodice dos *blatares*. Kuláguin comeu, sorveu, engoliu a torre branca, mordeu, partiu, engoliu a cabeça da rainha preta. E apenas mugia enquanto os auxiliares de enfermagem tentavam tirar o saquinho de suas mãos. Parece-me que ele queria engolir seu trabalho apenas para eliminar, apagar seu rastro da terra. Era preciso ter começado a engolir as figuras do xadrez alguns meses antes. Elas teriam salvado Kuláguin.

— Mas será que ele queria se salvar?

— Eu não mandei tirar a torre do estômago. Teria sido possível durante a autópsia. E também a cabeça da rainha... Por isso esse jogo, essa partida com duas figuras a menos. Sua vez, maestro.

— Não — disse eu. — Perdi um pouco a vontade...

(1967)

O HOMEM DO VAPOR

— Escreva, Krist, escreva — dizia o médico idoso e cansado.

Passava das três da manhã, o monte de pontas de cigarro crescia em cima da mesa na sala de tratamento. Nos vidros das janelas escorria o gelo grosso e frondoso. Um nevoeiro lilás de *makhorka* enchia a sala, mas não havia tempo de abrir o postigo e ventilar o gabinete. Começáramos o trabalho na véspera, às oito da noite, e ele ainda não tinha acabado. O médico fumava um cigarro atrás do outro, enrolando rapidamente os "Marinheiros",[191] rasgando as folhas do jornal. Ou, se quisesse descansar um pouco, enrolava um "pé de cabra".[192] Os dedos, queimados como os de um camponês pela fumaça de *makhorka*, mexiam-se diante dos meus olhos, o tinteiro com tampa batia como uma máquina de costura. As forças do médico estavam no fim — suas pálpebras grudavam, nem os "pés de cabra", nem os "Marinheiros" podiam vencer o cansaço.

— Que tal um *tchifir*? Prepare um *tchifir*... — disse Krist.

— E onde vai arranjá-lo, o *tchifir*?...

O *tchifir* era um chá especialmente forte — um deleite para *blatares* e motoristas de longas jornadas —, cinquenta gramas num copo; um remédio especialmente seguro contra

---

[191] "Flotskie", marca de tabaco soviética. (N. do T.)

[192] Denominação dada a um cigarro improvisado. (N. do T.)

o sono, uma moeda de Kolimá, a moeda para as longas viagens, para os voos de muitos dias.

— Não gosto — disse o médico. — No entanto, não vejo no *tchifir* um efeito prejudicial sobre a saúde. Vi um bocado de usuários. E há tempos esse remédio é conhecido. Nem os *blatares*, nem os motoristas o inventaram. Jacques Paganel preparava *tchifir* na Austrália, servia a bebida aos filhos do capitão Grant.[193] "Meia libra de chá para um litro de água e ferver por três horas", eis a receita de Paganel... E você diz: mas os motoristas!, os *blatares*! Não há novidades no mundo.

— Vá deitar.

— Não, depois. Você precisa aprender a fazer o interrogatório e o primeiro exame, embora seja proibido pelo regulamento médico. Vou ter que dormir em algum momento. Os doentes chegam vinte e quatro horas por dia. Não haverá nenhum grande mal se o primeiro exame for feito por você; você é uma pessoa de jaleco branco. Quem sabe você, um auxiliar de enfermagem, um enfermeiro, médico, acadêmico, ainda vai parar nos memoriais como médico do setor, da mina, da administração.

— E haverá memorandos?

— Com certeza. Se houver algo importante, acorde-me. Bem — disse o médico —, comecemos. O próximo.

Um doente nu, sujo, estava sentado em um tamborete diante de nós. Parecia mais um esqueleto do que um modelo para estudos.

— Boa escola para enfermeiros, não? — disse o médico.

— E para médicos também. Aliás, um médico precisa ver e conhecer coisas completamente diferentes. Tudo O que temos diante de nós hoje demanda uma qualificação muito es-

---

[193] Personagens do romance *Os filhos do capitão Grant* (1867), de Júlio Verne. (N. do T.)

pecifica, restrita. E se as nossas ilhas — está entendendo? —, se as nossas ilhas forem tragadas... Escreva, Krist, escreva. Ano de nascimento: 1893. Sexo: masculino. Chamo sua atenção para esse importante detalhe. Sexo: masculino. Essa questão ocupa o cirurgião, o anatopatologista, o estatístico de necrotério, o demógrafo da capital. Mas de maneira alguma ocupa o próprio doente, ele nem liga para seu sexo...

Meu tinteiro começou a bater.

— Não, não deixe que o doente levante, traga-lhe um pouco de água quente para beber. Água de neve da caixa de descarga. Ele vai se aquecer, e então nós trataremos de analisar sua "vita"; os dados sobre doenças dos pais — o médico bateu o formulário de prontuário médico contra a mesa — você não precisa coletar, isso é perder tempo com bobagem. Ah, aí está, enfermidades das quais padeceu: distrofia alimentar, escorbuto, disenteria, pelagra, avitaminoses A, B, C, D, E, F, G, H, I, J, K, L, M, N, O, P, Q, R, S, T, U, V, W, X, Y, Z... Você pode interromper a lista em qualquer lugar. Doenças venéreas ele nega, relações com inimigos do povo, nega. Escreva... Reclamou de congelamento de ambos os pés, em resultado da ação prolongada do frio sobre o tecido. Escreveu? Sobre o tecido... Cubra-se com esse cobertor — o médico puxou um cobertor ralo, sujo de tinta, do leito do médico plantonista, e o jogou sobre os ombros do doente. — Quando é que vão trazer essa maldita água quente? Precisaria de um chá doce, mas nem chá, nem açúcar são providos na sala de triagem. Continuemos. Estatura: mediana. Qual? Não temos estadiômetro. Cabelos: grisalhos. Nutrição... — o médico olhou as costelas, que esticavam a pele pálida, seca e flácida — Quando você vê esse grau de desnutrição, é preciso escrever "abaixo da média". — O médico puxou com dois dedos a pele do doente.

— O turgor da pele é fraco. Você sabe o que é turgor?

— Não.

— Elasticidade. O que tem de terapêutico nele? Não, esse é um doente cirúrgico, certo? Deixaremos um lugar no prontuário médico para Leonid Markóvitch; amanhã, mais precisamente hoje de manhã, ele vai examinar e escrever. Escreva em cirílico *"status localis"*. Ponha dois pontos. O próximo!

(1962)

ALEKSANDR GOGOBERIDZE

Vejam só: passaram-se quinze anos, e eu esqueci o patronímico do enfermeiro do campo Aleksandr Gogoberidze. Esclerose! Parecia que seu nome estava gravado para sempre nas minhas células cerebrais — Gogoberidze era uma dessas pessoas das quais a própria vida se enche de orgulho —, e eu esqueci seu patronímico. Ele não foi apenas o enfermeiro da seção de dermatologia do Hospital Central para detentos em Kolimá, foi também o meu professor de farmacologia, palestrante dos cursos de enfermagem. Ah, como era difícil encontrar um professor de farmacologia para vinte felizardos detentos, para os quais o estudo nos cursos de enfermagem era uma garantia de vida, de salvação. Umanski, um professor de Bruxelas, concordou em lecionar língua latina. Umanski era poliglota, um brilhante conhecedor das línguas orientais, e conhecia morfologia melhor do que anatomia, que ele lecionava nos cursos de enfermagem. No entanto, o curso de anatomia patológica teve certas lacunas. Conhecendo um pouquinho o campo (Umanski teve uma terceira ou quarta pena, como todos durante os processos de Stálin dos anos 1930), o professor bruxelense recusou-se categoricamente a ensinar aos seus alunos de Kolimá o capítulo sobre os órgãos sexuais — masculinos e femininos. E não por um pudor desmedido. Em resumo, foi sugerido aos estudantes que estudassem esse capítulo por conta própria. Havia muitos interessados em farmacologia, mas acontece que quem deveria lecionar essa disciplina fora enviado para "periferia", para a "taiga", para a "rota" — assim se dizia naqueles tempos. E por isso a abertura dos cursos demorou, e então Gogoberidze — no passado, diretor de um grande instituto de pesquisa científica em farmacologia na Geórgia —, ao ver que os cursos estavam ameaçados, deu inesperadamente a sua concordância. Os cursos foram abertos.

Gogoberidze entendia o significado desses cursos, tanto para os vinte "estudantes", quanto para Kolimá. Os cursos ensinavam o bem, semeavam racionalidade. No campo, o poder do enfermeiro era grande, o benefício (ou o estrago), extremamente significativo.

Sobre isso nós conversamos depois que eu me tornei um *lepilo* do campo com plenos poderes, e ficava com ele em sua "cabina", na seção de dermatologia do hospital. Os barracões hospitalares eram construídos segundo um projeto padrão — diferentemente das construções mais distantes de Magadan, onde hospitais e ambulatórios eram como abrigos subterrâneos típicos da taiga. No entanto, o percentual de mortalidade era tal que tiveram de abandonar esses abrigos e deixar os barracões habitacionais para as instituições médicas. Alojamentos eram exigidos também pelo famigerado "grupo B" — os temporariamente liberados do trabalho, cuja quantidade ia crescendo, crescendo de modo incontrolável. A morte é a morte, não importa o quanto se tente explicá-la. Nas explicações pode-se mentir e obrigar os médicos a criar os diagnósticos mais empolados — um catálogo inteiro com terminações em "-ose" ou "-ite", desde que haja alguma possibilidade de alegar um colateral e encobrir o óbvio. Mas mesmo quando não se pode encobrir o óbvio, corriam em socorro do médico a "hipovitaminose", a "pelagra", a "disenteria", o "escorbuto". Ninguém queria pronunciar a palavra "fome". Só a partir do cerco de Leningrado apareceu nos diagnósticos anatopatológicos e, mais raramente, nos clínicos, o termo "distrofia alimentar". Ele logo substituiu as hipovitaminoses, simplificou a coisa. Justamente nessa época ganhou grande popularidade no campo uma estrofe do "Meridiano de Púlkovo", de Vera Ínber:[194]

> O ardor da vela que derrete,
> Todos os sinais e listas secas
> Daquilo que pelo manual os médicos
> Chamam distrofia alimentar.
> O que nem o latinista, nem o filólogo
> Assinalam com palavra russa: "Fome".

Infelizmente, o professor Umanski, além de anatopatologista, era também filólogo e latinista. Por muitos anos ele inseriu nos protocolos da seção os complicados "-oses" e "-ites".

Aleksandr Gogoberidze era calado, ponderado; aprendera no campo a moderação, a paciência, aprendera a considerar uma pessoa não por suas roupas — pelo *caban* e pelo gorro *bamlagóvka*[195] —, mas sim por toda uma série de sinais inexplicáveis, porém verdadeiros. A simpatia baseia-se justamente nesses sinais imperceptíveis. As pessoas não chegam a trocar duas palavras uma com a outra, e já sentem uma inclinação espiritual mútua, ou inimizade, ou indiferença, ou cautela. Em "liberdade", esse processo é mais lento. Ali, porém, essa simpatia ou antipatia inconsciente surge com mais

---

[194] Nascida Vera Mikháilovna Shpenzer (1890-1972), poeta e tradutora ligada ao grupo dos construtivistas. (N. do T.)

[195] Assim era chamado o gorro dos prisioneiros dos campos de trabalho. O termo é derivado de Bamlag, acrônimo de *Baikálo-Amúrski Ispravítelno-Trudovoi Lager* (Campo de Trabalho Correcional do Baikal-Amur). (N. do T.)

segurança, rapidez e precisão. A enorme experiência de vida de um prisioneiro, a tensão de seus nervos e a grande simplicidade das relações humanas, a grande simplicidade do seu conhecimento sobre as pessoas, são a razão da precisão de tais juízos.

No barracão hospitalar — uma construção com duas saídas e um corredor no meio — havia quartinhos, as assim chamadas "cabinas", fáceis de transformar em almoxarifado, em farmácia ou em "boxe" hospitalar, em enfermaria de isolamento. Nessas "cabinas" geralmente também viviam os médicos detentos e os enfermeiros. Um privilégio extremamente importante dos *bitóvikes*.

As "cabinas" eram minúsculas, dois por dois ou dois por três metros. No quartinho havia uma cama, um criado-mudo, às vezes algo como uma mesa minúscula. No meio da "cabina", no inverno e no verão, ficava aceso um fogareiro pequeno, parecido com as estufas que ficam nas cabines dos motoristas de Kolimá. Essa estufa, e a lenha para ela — pequenas achas —, também tiravam um bocado de área habitável. Mas ainda assim era uma área habitável privada, como um apartamento individual em Moscou. A pequena janelinha era coberta com gaze. Todo o espaço restante da "cabina" era ocupado por Gogoberidze. De estatura enorme, ombros largos, braços e pernas grossas, cabeça raspada e grandes orelhas, ele era muito parecido com um elefante. O jaleco branco de enfermeiro ficava bem justo nele, reforçando aquela impressão "zoológica". Somente os olhos de Gogoberidze não eram de elefante — eram olhos de águia, cinzentos, rápidos e ligeiros.

Gogoberidze pensava em georgiano mas falava em russo, escolhendo lentamente as palavras. Ele entendia e apanhava de imediato a essência do que era dito — isso era evidente pelo brilho dos seus olhos.

Acho que ele tinha bem mais de sessenta quando nos encontramos em 1946, perto de Magadan. As mãos grandes eram roliças, azuladas como as de um velho. Ele andava devagar, quase sempre de bengala. Os óculos para hipermetropia, óculos "de velho", eram colocados por uma mão habituada. Nós logo soubemos que aquele corpo gigante ainda preservava seus movimentos flexíveis e ameaçadores.

O chefe direto de Gogoberidze era o doutor Krol, um médico especialista em doenças de pele, condenado por um crime comum — especulação ou fraude. Um bajulador galhofeiro, asqueroso, que nas aulas convencia os alunos de que eles "não ficariam sem manteiga" se estudassem as doenças de pele, Krol temia qualquer "política" tanto quanto o fogo (aliás, naqueles anos, quem não a temia!). Era um concussionário, especulador do campo, um maquinador constantemente ligado aos ladrões, que lhe levavam camisas e calças.

Krol estava há muito tempo "na mão" dos ladrões, e eles mandavam e desmandavam nele como bem entendessem. Gogoberidze não conversava com seu chefe de maneira alguma; fazia seu trabalho — injeções, curativos, prescrições —, mas com Krol ele não entabulava conversa. Porém, certa vez Gogoberidze soube que Krol exigira de um dos detentos — não de um *blatar*, mas de um *fráier* — botas cromadas para que ele o colocasse em tratamento na seção, e que a paga já havia sido feita. Gogoberidze atravessou toda a seção até o quarto de Krol. Krol já estava em casa, o quarto estava trancado com um ferrolho pesado, habilmente preparado para ele por um dos doentes. Gogoberidze arrebentou a porta e caminhou até o quarto de Krol. Seu rosto estava rubro, as mãos tremiam. Gogoberidze barria, troava como um elefante. Ele agarrou as botas e, com aquelas mesmas botas cromadas, açoitou Krol na frente dos auxiliares de enfermagem e dos doentes. Depois devolveu as botas ao dono. Gogoberidze ficou esperando a visita do supervisor ou do comandante. O comandante, claro, seguindo o relatório de Krol, colocaria o desordeiro na solitária, mas talvez o supervisor do campo mandasse Gogoberidze para os trabalhos físicos comuns — nos casos de "penas" assim, a idade avançada não conseguia livrar do castigo. Mas Krol não apresentou o relatório. Para ele não era vantajoso lançar o menor feixe de luz sobre os seus negócios escusos. O médico e o enfermeiro continuaram a trabalhar juntos.

Ao meu lado, na carteira escolar, ficava sentado o aluno Baratelli. Não sei por qual artigo ele fora condenado, acho que não foi pelo 58. Baratelli já havia me contado, mas naqueles tempos o código penal era empolado, e eu esqueci o artigo. Baratelli não dominava bem o russo, não passou nos exames de admissão; Gogoberidze, porém, trabalhava há muito tempo no hospital, era conhecido, respeitado, e soube fazer com que Baratelli fosse aceito. Gogoberidze o ajudou nos estudos, alimentou-o com sua própria ração um ano inteiro, comprou-lhe *makhorka*, açúcar; Baratelli se referia ao velho com gratidão e afeto. Não é de admirar!

Passaram-se os oito meses daquele estudo heroico. Eu estava saindo, enfermeiro com plenos direitos, para trabalhar em um novo hospital a 500 km de Magadan.

E fui me despedir de Gogoberidze. Então ele perguntou devagar, devagar:

— Você não sabe onde está Echba?[196]

A pergunta foi feita em outubro de 1946. Echba, um dos notáveis ativistas do Partido Comunista da Geórgia, sofrera repressão há muitíssimo tempo, na época de Iejóv.[197]

---

[196] Efrem Aleksêievitch Echba (1893-1939), militante bolchevique que teve papel central na tomada do poder na República da Abcásia. Foi preso e fuzilado em 1939, sendo reabilitado apenas em 1956. (N. do T.)

[197] Nikolai Ivánovitch Iejóv (1895-1940), revolucionário soviético que ocupou diversos cargos de chefia nos órgãos de segurança do Estado,

— Echba morreu — eu disse. — Morreu na Serpantinka, bem no final de 1937, ou talvez tenha sobrevivido até 1938. Ele esteve comigo na mina Partizan, mas no final de 1937, quando "tudo começou" em Kolimá, levaram Echba para Serpantínnaia junto com muitos, muitos outros que tinham "o nome na lista". Lá ficava a prisão de inquérito da Administração de Minas do Norte, e, durante todo o ano de 1938, ocorreram fuzilamentos quase constantemente.

"Serpantínnaia" — que nome! Lá a estrada serpeia entre as montanhas como uma fita serpentina. Os cartógrafos também a chamam assim. Eles têm todo o direito. Em Kolimá existe também um riacho com o nome foxtrote "Rio-Rita", existe o "Lago dos Salmões Dançantes" e as fontes "Nekhái", "Tchekói" e "Nú!". Divertimento de estilistas.

No inverno de 1952, aconteceu-me de fazer uma viagem com baldeações — renas, cães, cavalos, carroceria de caminhão, travessia a pé e novamente carroceria de caminhão (um enorme "Tatra" tchecoslovaco), cavalos, cães, renas — para o hospital onde, apenas um ano antes, eu trabalhara. Ali eu soube, pelos médicos do hospital onde estudara, que Gogoberidze vivera para concluir sua pena — uma pena de 15 anos, mais 5 anos de interdição de direitos —, e fora deportado perpetuamente para a Iacútia. Isso era ainda mais severo do que o habitual confinamento perpétuo num vilarejo próximo ao campo de trabalhos — algo que depois passou a ser praticado ali, quase até o ano de 1955. Gogoberidze conseguiu obter o direito de ficar em um dos vilarejos de Kolimá, sem ter que ir para a Iacútia. Era claro que o organismo do velho não suportaria uma viagem assim pelo Extremo Norte. Gogoberidze se estabeleceu no vilarejo de Iágodnoie,

inclusive do NKVD, tornando-se um símbolo da repressão stalinista. Foi preso e fuzilado sob acusação de arquitetar um golpe de Estado. Em 1988 sua reabilitação foi rejeitada pelo Supremo Tribunal da URSS. (N. do T.)

a 543 km de Magadan. Ali trabalhou no hospital. Quando eu voltava para meu local de trabalho nos arredores de Oimiakon, parei em Iágodnoie e fui ver Gogoberidze; ele estava no hospital para assalariados, estava lá como doente, e não trabalhando como enfermeiro ou farmacêutico. Hipertensão! Fortíssima hipertensão!

Entrei na enfermaria. Cobertores vermelhos e amarelos, vivamente iluminados de algum dos lados, três leitos vazios, e, no quarto, coberto até a cintura por um cobertor amarelo e vistoso, estava Gogoberidze. Ele me reconheceu de imediato, mas quase não podia falar por causa da dor de cabeça.

— Como vai?

— Levando. — Os olhos cinzentos brilhavam vivamente como antes. As rugas tinham aumentado.

— Melhoras, saúde.

— Não sei, não sei.

Despedimos-nos.

Isso é tudo que sei sobre Gogoberidze. Já na Terra Grande eu soube por cartas que Aleksandr Gogoberidze morrera em Iágodnoie, sem ter sido reabilitado em vida.

Tal foi o destino de Aleksandr Gogoberidze, que morreu apenas porque era irmão de Levan Gogoberidze.[198] Sobre o próprio Levan, veja-se o livro de memórias de Mikoián.[199]

(1970-1971)

---

[198] Levan Davídovitch Gogoberidze (1896-1937), líder bolchevique, primeiro-secretário do Partido Comunista da Geórgia. Foi fuzilado durante o Grande Terror. (N. do T.)

[199] Anastas Ovanéssovitch Mikoián (1895-1978), líder bolchevique nascido na Armênia. Ocupou importantes cargos da administração soviética durante os governos de Stálin e Khruschov. Em seus últimos anos, escreveu quatro livros de memórias. (N. do T.)

LIÇÃO DE AMOR

— Você é um bom homem — disse-me há pouco o nosso prancheiro, o carpinteiro da brigada que arruma as pranchas pelas quais passam os carrinhos de mão com rocha e areia para o aparelho de lavagem, para a peneira de tambor —, você nunca fala coisas ruins ou obscenas das mulheres.

Esse prancheiro era Issai Rabinóvitch, ex-gerente da *Gosstrakh*[200] da União Soviética. Outrora ele viajou para receber ouro dos noruegueses pela venda da ilha de Spitsbergen,[201] no Mar do Norte, abarrotando sacos com ouro de um navio para outro no meio de um temporal, de modo clandestino, para não deixar pistas. Passou quase toda a vida no exterior, manteve amizade por muitos anos com muitos ricaços graúdos — Ivar Kreuger,[202] por exemplo. Ivar Kreuger, o rei dos fósforos, terminaria a vida com um suicídio, mas em 1918 ainda estava vivo, e Issai Rabinóvitch e a filha hospedaram-se em sua casa na Riviera Francesa.

O governo soviético buscava encomendas no exterior, e o fiador de Kreuger era Issai Rabinóvitch. Em 1937 ele foi

---

[200] Acrônimo de *Gossudárstviennoie Strakhovánie* (Seguridade Estatal). (N. do T.)

[201] Trata-se do arquipélago de Svalbard, um território ártico norueguês que, de acordo com um tratado internacional assinado em 1920, permite a exploração de seus recursos naturais por cidadãos de outros países. Spitsbergen é, na verdade, a maior ilha do arquipélago. (N. do T.)

[202] O industrial sueco Ivar Kreuger (1880-1932). (N. do T.)

preso, recebeu dez anos. Em Moscou ficaram a esposa e a filha, seus únicos parentes. Na época da guerra, a filha casou-se com o adido militar dos Estados Unidos da América, o capitão de primeira classe Tolly. O capitão Tolly recebeu um navio de linha no Oceano Pacífico e deixou Moscou para assumir o novo posto de serviço. Um pouco antes, o capitão Tolly e a filha de Issai Rabinóvitch escreveram cartas para o campo de concentração, para o pai e futuro sogro: o capitão pedia permissão para o casamento. Rabinóvitch ficou aflito, lamuriou e deu uma resposta positiva. Os pais de Tolly deram sua bênção. O adido militar se casou. Quando ele partiu, não permitiram que a esposa, a filha de Issai Rabinóvitch, acompanhasse o marido. O casal se divorciou imediatamente, e o capitão Tolly partiu para o local de sua nova designação, enquanto sua ex-esposa ficou trabalhando numa função sem importância no *Narkomindiel*.[203] A filha interrompeu a correspondência com o pai. O capitão Tolly não escrevia nem para a ex-esposa, nem para o ex-sogro. Passaram-se dois anos inteiros da guerra, e a filha de Rabinóvitch recebeu uma missão de curta duração em Estocolmo. Em Estocolmo um avião especial a esperava, e a esposa do capitão Tolly foi levada ao marido...

Depois disso, Issai Rabinóvitch começou a receber no campo cartas com selos americanos, e em inglês, o que irritava os censores ao extremo.... Essa história da fuga depois de dois anos de espera — pois de nenhuma maneira o capitão Tolly considerava seu casamento um namorico moscovita — é uma dessas histórias das quais temos muita necessidade. Eu nunca tinha reparado se falava bem ou mal das mulheres — tudo parecia ter sido eliminado, esquecido havia

---

[203] Acrônimo de *Naródnii Komissariat Inostránnikh Diel* (Comissariado do Povo de Relações Exteriores), denominação dos órgãos estatais encarregados da política externa entre 1917 e 1946. (N. do T.)

Lição de amor

muito tempo, e eu absolutamente nem pensava em encontros com mulheres. Para ser onanista à moda carcerária, antes de tudo é preciso estar saciado. O libertino, o onanista, bem como o pederasta, não pode estar faminto.

Teve um bonitão, um rapaz de uns vinte e oito anos, capataz na construção do hospital, o detento Vaska Chvetsóv. O hospital ficava perto de um *sovkhoz* feminino, a vigilância era fraca e também fácil de comprar — Vaska Chvetsóv tinha um êxito incrível.

— Conheci muitas mulheres, muitas. A coisa é simples. Mas acredite, cheguei quase aos trinta anos e ainda não fiquei nenhuma vez com uma mulher na cama — não deu. Tudo às pressas, em cima de caixas, sacos, uma rapidinha... Estou desde menino na prisão...

Um outro foi Liubóv, um *blatar*, ou melhor, um *"portchak"*,[204] um *"chtimp*[205] degenerado" — mas desses *"chtimpes* degenerados" saem pessoas que, com sua fantasia maldosa, podem superar a imaginação doentia de qualquer ladrão. Liubóv, alto, sorridente, sempre em movimento, falava de sua felicidade:

— Tive sorte com as mulheres, é até pecado dizer, tive sorte. Onde eu estive antes de Kolimá era um campo feminino, e nós éramos carpinteiros perto do campo; dei ao supervisor umas calças cinzas, quase novas, para entrar lá. Havia uma taxa, uma cota de pão, seiscentos gramas, e uma condição: ela devia comer essa cota enquanto estivéssemos deitados. O que não comesse, eu teria o direito de levar de volta. Elas faziam assim há tempos, não começou com a gente. Bem, sou mais esperto que elas. Era inverno. Eu levantava cedo, saía do barracão, metia o pão na neve. Deixava conge-

[204] No jargão criminal, bandido que não goza de nenhuma autoridade. (N. do T.)

[205] Semelhante a *fráier*, criminoso novato, inexperiente. (N. do T.)

lar e levava para ela; mesmo que roesse o pão congelado, não ia roer muito. A gente ficava no lucro...

Pode-se imaginar uma pessoa assim?

E quem imagina o barracão de um campo feminino à noite, um barracão onde todas são lésbicas, um barracão onde não gostam de entrar os médicos e os inspetores que preservam um pouquinho de humanidade, mas gostam de entrar os inspetores e os médicos erotomaníacos? E a chorosa Nádia Grómova, uma beldade de dezenove anos, lésbica, o "homem" de uma relação lésbica, de cabelo cortado rente, de calças masculinas, sentada, para horror dos auxiliares de enfermagem, na cadeira reservada para a chefe do setor de registro (o traseiro da chefe só cabia numa certa cadeira, feita sob encomenda)? Nádia Grómova chorava porque não a internavam no hospital.

— O médico plantonista não me interna porque acha que eu... mas eu, palavra de honra, nunca, nunca. Vejam minhas mãos, estão vendo que unhas compridas, será possível?

E o revoltado Rakita, um velho auxiliar de enfermagem, cuspia indignado: "Ah, miserável, miserável!".

E Nádia Grómova chorava e não entendia por que ninguém queria entendê-la — pois ela crescera nos campos, perto das lésbicas.

E o encanador Khardjév, um jovem de faces rosadas, de vinte anos, ex-*vlássoviet*, que estivera preso em Paris por roubo? Na prisão parisiense, Khardjév fora violentado por um negro. O negro tinha sífilis, do tipo mais agressivo da última guerra; Khardjév teve condilomas no ânus — um neoplasma causado pela sífilis, o famigerado "repolho". Ele foi enviado da mina para o hospital com diagnóstico de *"prolapsus recti"*, ou seja, "prolapso retal". Tais coisas não causavam surpresa há muito tempo — um delator, atirado de um veículo em marcha, com múltiplas fraturas na perna e no fêmur, foi mandado por um enfermeiro local com o diagnóstico de "prolapso do veículo". O encanador Khardjév era um bom encanador, uma pessoa necessária ao hospital. Era conveniente que tivesse sífilis — deram-lhe um tratamento completo enquanto ele trabalhava na montagem da calefação a vapor totalmente de graça, tendo sido incluído entre os pacientes do hospital.

Na prisão de inquérito, na Butirka, quase não se falava de mulheres. Lá, cada um se esforçava para parecer um bom chefe de família — e talvez fosse mesmo; além disso, algumas esposas, não filiadas ao Partido, faziam visitas e levavam presentes em dinheiro, demonstrando o acerto das avaliações de Herzen, apresentadas por ele no primeiro volume de *Passado e pensamentos*,[206] sobre as mulheres da sociedade russa depois do 14 de dezembro.[207]

Talvez tenha relação com o amor a defloração de uma cadela por um *blatar*, com a qual ele vivia, aos olhos de todo o campo, como marido e mulher. E a cadelinha depravada balançava o rabo e se portava como uma prostituta diante de qualquer um. Por alguma razão não se condenava isso, embora no código penal exista um artigo sobre "zooerastia". Mas nunca se sabe que tipo de pessoa, ou de comportamento, não será condenado no campo. Não condenaram o doutor Penelópov, um velho pederasta cuja esposa era o enfermeiro Volodarski.

[206] Autobiografia do escritor, filósofo e pedagogo russo Aleksandr Ivánovitch Herzen (1812-1870). (N. do T.)

[207] No dia 14 de dezembro de 1825, na Praça do Senado, em São Petersburgo, ocorreu a Revolta Dezembrista, movimento organizado por alguns membros da nobreza e oficiais do Exército Imperial contra o tsar Nikolai I. O levante foi derrotado pelas tropas fiéis ao tsar, alguns de seus organizadores foram enforcados e outros enviados para os trabalhos forçados na Sibéria. As esposas de onze dos condenados ao exílio siberiano tomaram a decisão de acompanhar seus maridos, deixando para trás suas casas, seus filhos, parentes e amigos. (N. do T.)

Talvez tenha relação com o tema o destino de uma mulher de estatura mediana, que nunca tinha sido presa, que chegara ali com o marido e os dois filhos alguns anos atrás. Seu marido foi morto — ele era capataz, e uma noite, em meio ao gelo e à escuridão, deu de cara com uma raspadeira de ferro que um guincho arrastava; a raspadeira acertou o marido no rosto, e ele foi levado ainda vivo ao hospital. O golpe acertou o rosto transversalmente. Todos os ossos do rosto e da caixa craniana abaixo da testa foram deslocados para trás, mas ele ainda ficou vivo, viveu por alguns dias. Restou a esposa e os dois filhos pequenos, de quatro e seis anos, um menino e uma menina. Ela logo se casou de novo, com o chefe da zona florestal, e viveu com ele três anos na taiga, sem nunca aparecer nos grandes vilarejos. Ela pariu mais duas crianças nesses três anos — um menino e uma menina —, e fez os partos sozinha; com as mãos trêmulas, o marido lhe dava a tesoura, e ela mesma fazia os curativos, cortava o próprio cordão umbilical e aplicava iodo. Com os quatro filhos ela passou mais um ano na taiga; o marido teve dor de ouvido mas não foi ao hospital, começou uma inflamação purulenta do ouvido médio, depois a inflamação ficou ainda mais profunda, a febre subiu, e só então ele resolveu ir ao hospital. Foi feita uma operação de emergência, mas já era tarde — ele morreu. Ela voltou para a floresta sem chorar — de que serviriam as lágrimas?

Teria relação com o tema o incidente horrível de Igor Vassílievitch Gliébov, que esqueceu o nome e o patronímico de sua própria esposa? O frio era grande, as estrelas, altas e brilhantes. À noite, os guardas da escolta ficam mais humanos — de dia eles têm medo dos comandantes. À noite eles deixavam que nos aquecêssemos um de cada vez junto ao *boiler* — uma caldeira onde a água é aquecida a vapor. Da caldeira saíam tubos com água quente para as galerias da mina, e lá, com a ajuda do vapor, os perfuradores faziam buraquinhos na rocha — as *burki* — e os petardeiros explodiam o terreno. O *boiler* ficava numa choça de tábuas, e lá era quente quando ele estava ligado. A função de *boilerista* era a mais invejada da mina, o sonho de qualquer um. E para esse trabalho pegavam até pessoas do artigo 58. No ano de 1938, em todas as minas os *boileristas* eram engenheiros; os comandantes não gostavam muito de confiar essa "tecnologia" aos *blatares*, temendo o jogo de cartas ou algo mais.

Mas Igor Vassílievitch Gliébov não era *boilerista*. Ele era um mineiro da nossa brigada, e antes de 1937 fora professor de filosofia na Universidade de Leningrado. Foi o frio, a friagem, a fome que o fizeram esquecer o nome da esposa. No frio não se consegue pensar. Não se consegue pensar em nada — o frio tira o raciocínio. Por isso instalavam os campos no Norte.

Igor Vassílievitch Gliébov ficava junto ao *boiler* e, depois de puxar para cima a *telogreika* e a camisa, aquecia contra ele sua barriga nua e congelada. Aquecia e chorava, e as lágrimas não se congelavam nos cílios, nas faces, como acontecia com todos nós — era quente junto ao *boiler*. Duas semanas depois, Gliébov me acordou de madrugada no barracão, radiante. Tinha se lembrado: Anna Vassílievna. Eu nem o xinguei, só tentei voltar a dormir. Gliébov morreu na primavera de 1938 — ele era vultoso, grande demais para a ração do campo.

Os ursos me pareciam reais apenas no jardim zoológico. Na taiga de Kolimá, e ainda antes, na taiga dos Urais do Norte, eu me encontrara algumas vezes com ursos, sempre de dia, e eles sempre me pareceram ursos de brinquedo. Era primavera, e por toda parte ainda havia a grama do ano anterior, e nenhuma folhinha verde-clara ainda tinha se aprumado, de verde-claro havia apenas o *stlánik*. Mas havia os lariços marrons com suas garras esmeraldinas e o cheiro de suas agulhas — somente o jovem lariço e a roseira silvestre em flor exalavam cheiro. Um urso passou correndo diante da isbá onde viviam os nossos praças, a nossa escolta — Izmáilov, Kótchetov e um terceiro, cujo nome não me lembro. No ano anterior, esse terceiro ia com frequência ao barracão onde viviam os detentos e pegava o gorro e a *telogreika* do nosso chefe de brigada — ia para a "estrada" vender mirtilo, em porções ou todos de uma vez, mas ficava desconfortável usando o quepe do uniforme. Os praças eram complacentes, entendiam que no bosque é preciso portar-se diferente de quando se está no vilarejo. Os praças não faziam grosserias, não obrigavam ninguém a trabalhar. Izmáilov era o mais velho. Quando precisava sair, escondia o fuzil pesado embaixo do piso, arrancando com um machado e tirando do lugar os pesados cadafalsos de madeira de lariço. O outro, Kótchetov, tinha medo de esconder o fuzil sob o piso e levava-o consigo. Naquele dia apenas Izmáilov estava em casa. Ao ouvir do cozinheiro sobre o urso que se aproximava, Izmáilov calçou as botas, agarrou o fuzil e correu para fora usando apenas as roupas de baixo — mas o urso já tinha ido para a taiga. Izmáilov e o cozinheiro correram atrás dele, mas o urso não foi visto em lugar nenhum; o pântano estava lamacento, e eles voltaram para o vilarejo. O vilarejo ficava na beirada de uma pequena mina, mas a outra beirada era quase um monte escarpado, coberto por lariços baixos e ralos e moitas de *stlánik*.

O monte era todo visível — de cima a baixo, até a água — e parecia muito próximo. Numa pequena clareira estavam os ursos — o primeiro um pouco maior, o segundo, um pouco menor, era uma fêmea. Eles lutavam, quebravam os lariços, atiravam pedras um no outro, sem pressa, sem perceber as pessoas embaixo, as isbás de madeira do nosso vilarejo, que eram cinco ao todo, incluindo a estrebaria.

Izmáilov, em roupas de baixo de morim, com o fuzil nas

mãos, os moradores do vilarejo atrás dele, cada um com um machado — alguém levava uma barra de ferro —, e o cozinheiro, com uma enorme faca de cozinha, aproximavam-se sorrateiros, a barlavento dos ursos que brincavam. Parecia que tinham chegado bem perto, e o cozinheiro, sacudindo a enorme faca sobre a cabeça do guarda de escolta Izmáilov, rouquejou: "Atire! Atire!".

Izmáilov apoiou o fuzil em um lariço apodrecido, mas os ursos ouviram algo, ou então foi o pressentimento de caçador, e de caça — um pressentimento que sem dúvida existe —, que preveniu os ursos sobre o perigo.

A fêmea subiu correndo pela encosta — ela subia correndo mais depressa que uma lebre — mas o macho não correu. Não. Ele ia sem pressa ao longo do monte, acelerava o passo, tomava para si todo o perigo que uma fera obviamente é capaz de adivinhar. Ouviu-se o estampido de um tiro de fuzil, e nesse momento a fêmea desapareceu por trás da crista do monte. O macho correu mais depressa, correu pelas árvores arrancadas por uma tempestade, correu pelo verdor, pelas pedras musgosas; mas então Izmáilov arranjou uma posição melhor e atirou outra vez — o urso rolou do monte como um tronco, como uma pedra enorme, rolou direto para o desfiladeiro, para o gelo grosso do riacho que só derrete a partir de agosto. Sobre o gelo ofuscante o urso jazia imóvel, de lado, parecendo um enorme brinquedo de criança. Ele morreu como uma fera, como um *gentleman*.

Muitos anos antes, eu ia com um machado numa equipe de reconhecimento por uma trilha de ursos. Atrás de mim ia o geólogo Mákhmutov com uma espingarda de pequeno calibre a tiracolo. A trilha contornava uma enorme árvore oca meio apodrecida, e eu, de passagem, bati na árvore com a cabeça do machado; do oco caiu na grama uma doninha. A doninha estava prenhe e mal se movia pela trilha, nem tentava fugir. Mákhmutov tirou a espingarda do ombro e atirou

208   A luva, ou KR-2

na doninha à queima-roupa. Ele não conseguiu matá-la, apenas arrancou-lhe a perna, e o minúsculo bichinho ensanguentado, a mãe barriguda que morria, arrastou-se calada até Mákhmutov, mordendo suas botas de cano de lona. Seus olhos brilhantes eram cheios de raiva e valentia. O geólogo se assustou e fugiu da doninha pela trilha. E ele deve ter agradecido ao seu Deus por eu não ter lhe dado uma machadada ali mesmo, na trilha de ursos. Havia algo nos meus olhos, e por isso Mákhmutov não me levou em sua exploração geológica seguinte...

O que sabemos sobre a desgraça alheia? Nada. E sobre a felicidade alheia? Menos ainda. Nós aspiramos esquecer nossa própria desgraça, e a memória é escrupulosamente fraca para a desgraça e a infelicidade. Saber viver é saber esquecer, e ninguém sabe disso tão bem quanto os kolimanos, os detentos.

O que significa Auschwitz? Literatura ou... Pois depois de Auschwitz, Stefa teve a rara alegria da libertação, e depois, junto com dezenas de milhares de outros, vítima da mania de espionagem, foi parar em algo pior do que Auschwitz, foi parar em Kolimá. Claro, em Kolimá não havia câmaras de gás; ali preferiam matar de frio, "levar até o fim" — o resultado era muito mais reconfortante.

Stefa era enfermeira da seção feminina de tuberculose do hospital para detentos — todas as enfermeiras eram doentes. Por dezenas de anos mentiram que as montanhas do Extremo Norte eram como as da Suíça, e que a passagem Diéduchkina Líssina[208] era meio parecida com Davos. Nos boletins médicos dos primeiros anos dos campos de Kolimá, a tuberculose não era absolutamente mencionada, ou apenas muito raramente era mencionada.

---

[208] Desfiladeiro localizado na região de Magadan. (N. do T.)

Lição de amor

Mas o pântano, a umidade e a fome fizeram sua parte; análises de laboratório indicavam um aumento de tuberculose, e confirmou-se a mortalidade dela decorrente. Ali não se podia alegar (como depois aconteceu) que, vejam só, a sífilis no campo era alemã, exportada da Alemanha.

Começaram a internar os tuberculosos nos hospitais, a liberá-los do trabalho; a tuberculose conquistou o "direito de cidadania". A que preço? O trabalho no campo era mais terrível do que qualquer doença — os saudáveis entravam corajosamente nas seções de tuberculose enganando os médicos. Recolhiam o catarro, a "escarrada" dos notoriamente tuberculosos, dos doentes moribundos, enrolavam cuidadosamente esse catarro num trapinho, escondiam-no como um talismã e, quando era recolhida a análise para o laboratório, usavam um "palitinho abençoado" para levar à boca o catarro alheio, e o escarravam na vasilha oferecida pelo laboratorista. O laboratorista era uma dessas pessoas de antigamente, um homem justo — o que era mais importante do que a formação médica, segundo entendiam então os comandantes —, e obrigava o doente a escarrar na sua presença. Nenhum trabalho de esclarecimento funcionava — a vida no campo e o trabalho no frio eram mais terríveis que a morte. Logo os saudáveis ficaram doentes e, já em bases legais, utilizavam a famigerada licença médica.

Stefa era enfermeira e lavava roupa, e as montanhas de roupa de baixo suja e o cheiro cáustico do sabão, da barrela, do suor humano e do vapor quente e fedorento envolviam seu "local de trabalho"...

(1963)

NOITES ÁTICAS

Quando terminei o curso de enfermagem e comecei a trabalhar no hospital, a questão mais importante do campo — viver ou não viver — se dissipou. Então ficou claro que apenas um tiro, um golpe de machado ou o mundo desabando sobre a cabeça me impediriam de viver até o limite que os céus me estabeleceram.

Era com todo o meu corpo de prisioneiro que eu sentia tudo isso, sem qualquer participação mental. Para ser honesto, a mente teve seu papel, mas não para uma preparação lógica, apenas como uma iluminação que vem coroar processos puramente físicos. Esses processos ocorrem no nível das extenuadas feridas de escorbuto — feridas que permaneceram por dez anos em meu corpo de prisioneiro, em seus tecidos desgastados, submetidos a muitas rupturas, mas que ainda guardavam, para minha própria surpresa, uma imensa reserva de energia.

Dei-me conta de que a fórmula de Thomas More se enchia de novas implicações. Na *Utopia*, Thomas More determina as quatro sensações básicas, cuja satisfação proporciona ao homem o prazer supremo. Em primeiro lugar a fome, a saciação pelo alimento; em segundo lugar, de acordo com sua força, a sensação de satisfação sexual; em terceiro, a micção; em quarto, a defecação.

No campo, era justamente desses quatro prazeres que vivíamos privados. Para os chefes, o amor era uma sensação que podíamos esquecer, repreender, deturpar... "Em vida você não vê mais" — era uma gozação muito comum dos chefes do campo.

As autoridades do campo combatiam o amor com ofícios-circulares, com a aplicação da lei. A distrofia alimentar era constante aliada do poder — uma forte aliada — no combate à libido humana. Mas sob os golpes do destino, encarnado na chefia do *lager*, as três outras sensações eram ignoradas, deturpadas e igualmente transformadas.

A fome era implacável; e não há nada que se possa comparar àquela irritante sensação de fome que constitui o estado permanente de um prisioneiro do *lager*, sobretudo se for um dos condenados pelo artigo 58, um *dokhodiaga*. A fome dos *dokhodiagas* nunca cessa. As sobras alheias que lambem nas tigelas recolhidas no refeitório e as migalhas de pão caídas na palma da mão e imediatamente recolhidas com a língua movem-se para o estômago apenas como um processo desencadeado pela ideia de comida, uma reação qualitativa. Saciar esse tipo de fome não é simples; é, na verdade, impossível. Muitos anos passarão até que o detento perca o hábito da prontidão constante para comer. Não importa o quanto ele tenha comido, meia-hora ou uma hora depois ele terá novamente vontade de comer.

A micção? É melhor falar da incontinência, já que, nos campos de trabalho, onde a população está sempre exausta e faminta, ela é um mal endêmico. Que satisfação pode haver com a micção, quando das tarimbas de cima a urina de outra pessoa goteja em seu rosto e só lhe resta suportar? Você está nas tarimbas de baixo por acaso, podia estar deitado numa de cima e urinar em quem estivesse embaixo. Por isso, em vez de reclamar a sério, você apenas limpa as gotas de urina do rosto e segue em sono profundo, sonhando com uma única coisa: pães alados, pairando no ar, como anjos no céu.

A defecação. Mas para os *dokhodiagas* a evacuação não é uma tarefa simples. Desabotoar as calças num frio de cinquenta graus negativos é algo que está acima de suas forças, portanto os prisioneiros do *lager*, contrariando os manuais de fisiologia e até de patologia, evacuam uma vez a cada cinco dias. A evacuação de bolinhas secas de excrementos: o organismo absorveu tudo o que pudesse contribuir para mantê-lo vivo.

A defecação não proporciona prazer a nenhum *dokhodiaga*. Da mesma maneira que na micção, o funcionamento do organismo é involuntário e o detento deve se apressar para descer as calças. O detento astuto, vivendo quase como um animal, aproveita o tempo da defecação para um descanso, uma trégua na via-crúcis da galeria da mina de ouro. É a única astúcia dos detentos na luta contra o poderio do Estado — um exército de milhões de soldados, organizações sociais e instituições governamentais. A esta força imensa o *dokhodiaga* se contrapõe com o instinto do próprio traseiro.

O *dokhodiaga* não pode contar com o futuro: em todos os livros de memórias, em todos os romances, ele será ridicularizado na figura de um preguiçoso, um peso morto para os companheiros, um traidor da brigada, da lavra, do plano de produção de ouro. Um escritor-empresário que passasse pelos campos certamente iria preferir retratar um *dokhodiaga* como uma figura cômica. Já temos essa tentativa, a de um escritor que não vê pecado nisso e considera que também se pode rir do *lager*. Tudo tem seu tempo, diz ele. E o caminho do *lager* não está fechado às piadas.[209]

---

[209] Possível referência ao escritor Aleksandr Soljenítsin e à sua novela *Um dia na vida de Ivan Deníssovitch* (1962), pela maneira "trocista" com que trata nessa obra a figura do *dokhodiaga* Fetiukov. Depois de um período inicial de admiração recíproca, expressa sobretudo na correspondência amistosa mantida entre 1962 e 1966, os dois maiores escritores da

Estas palavras soam para mim como um sacrilégio. Considero que só mesmo um canalha ou um empresário — duas coisas que frequentemente coincidem — seriam capazes de compor e dançar uma "Rumba Auschwitz" ou um "Blues Serpantinka".

O tema do *lager* não deve ser um tema para a comédia. Nosso destino não é assunto para humoristas. E jamais será um assunto humorístico — nem amanhã, nem daqui a mil anos.

Não se poderá nunca aproximar-se dos fornos de Dachau ou dos desfiladeiros de Serpantinka com um sorriso nos lábios.

A tentativa de descansar — desabotoando as calças e acocorando-se por um instante, escapando por um segundo ou menos do tormento do trabalho — é digna de respeito. Mas, por não terem entendido ainda que endireitar-se depois é muito mais difícil e doloroso, somente os novatos insistem na tentativa, empregando esse expediente ilegal para repousar e, assim, defraudando o Estado de alguns minutos da jornada de trabalho devida.

Nesses casos, um guarda da escolta intervém com um fuzil nas mãos a fim de desmascarar o perigosíssimo criminoso-simulador. Na primavera de 1938 eu mesmo testemunhei, numa galeria da lavra Partizan, um guarda sacudindo um fuzil e exigindo de um companheiro meu:

— Mostre a merda! É a terceira vez que se acocora. Cadê a merda? — acusava de simulação o *dokhodiaga*, que andava mais morto do que vivo.

A merda, afinal, não foi encontrada.

O *dokhodiaga* Serioja Klivanski, meu colega de universidade, segundo violino do teatro de Stanislávski, foi acusa-

---

literatura do *gulag* passaram a se referir um ao outro com grande hostilidade. (N. do T.)

do em minha presença de sabotagem, de ter repousado ilegalmente — numa temperatura de sessenta graus negativos! — durante a defecação, de ter atrasado o trabalho do grupo, da brigada, do setor, da lavra, da região, do Estado: como na famosa canção da ferradura que se desprendia por falta de cravos.[210] E não foram apenas os guardas da escolta, os supervisores e os chefes de brigada que acusaram Serioja, mas também seus companheiros naquela atividade salutar e expiativa: um trabalho capaz de redimir todos os pecados.

E realmente não havia merda nos intestinos de Serioja; havia, entretanto, a sensação da necessidade. Mas seria preciso ser médico, e que ele não fosse kolimano — que fosse da capital, do "continente", da época anterior à Revolução — para entender como são essas coisas e explicá-las aos outros. Serioja pensou que seria fuzilado pelo simples motivo de não ter merda nos intestinos.

Mas não foi dessa vez que fuzilaram Serioja.

Fuzilaram-no depois, mas não muito depois, numa das ações repressivas de Garánin, em Serpantinka.

Minha discussão com Thomas More se estendeu, mas agora se aproxima do final. Sobre as quatro sensações, seu aniquilamento não era ainda o fim da vida — apesar de domadas, refreadas, esmagadas, todas elas ressuscitaram. Depois dessa ressurreição — mesmo que o retorno de cada uma das sensações seja um processo também deturpado e deformado —, o *lagernik* sentou sobre o traseiro e acompanhou interessado a sensação do deslizar de algo mole pelo intestino ulcerado, e sem dor, mas de maneira cálida, prazerosa, co-

---

[210] Canção popular inglesa, conhecida na Rússia na versão de Samuil Marchak: "Sem cravos cai a ferradura; sem ferradura manca o cavalo; mancando o cavalo, é morto o comandante; sem comandante a cavalaria se desfaz, o exército foge, o inimigo invade a cidade, fazendo-a cativa; tudo porque na forja não havia cravos". (N. do T.)

Noites áticas

mo se as fezes lamentassem abandonar os intestinos. Depois, a sensação daquilo cair no buraco com respingos e salpicos e ficar boiando por um bom tempo na superfície da água, sem encontrar lugar: era um início, um milagre. E a de poder urinar de maneira fracionada, interrompendo a micção por vontade própria: isso também era um pequeno milagre.

Então você já encontra o olhar das mulheres com certo interesse; um interesse confuso, etéreo; não uma inquietação, não, afinal você não sabe o que restou de você para elas, não sabe se o processo da impotência — ou castração, como seria mais correto dizer — pode ser revertido. A impotência para os homens e a amenorreia para as mulheres — são os efeitos normais da distrofia alimentar, vulgarmente chamada *fome*. É a faca que o destino espeta nas costas de todo detento. A castração não surge em decorrência do longo período de abstinência no *lager*, mas por outros motivos, mais diretos e eficazes. A explicação está na ração carcerária, a despeito das formulações de Thomas More.

Vencer a fome é mais importante. E todos os órgãos do seu corpo se tensionam num esforço para não comer demais. Você tem uma fome acumulada de muitos anos. É com muita dificuldade que você reparte o dia em desjejum, almoço e jantar. Não é possível almoçar com gosto, almoçar com abundância, almoçar até a saciedade — você está sempre com fome.

Mas chega a hora, o dia, em que, com um esforço de vontade, você deixa de lado os pensamentos sobre comida, sobre o cardápio, se haverá trigo sarraceno no jantar ou deixarão para o desjejum do dia seguinte... Em Kolimá não havia batatas. Por isso as batatas foram excluídas do menu de meus sonhos gastronômicos, porque, se não as excluísse por completo, meus sonhos se tornariam demasiado irreais. Um kolimano tem sonhos gastronômicos com pão, e não com tortas; ele pode sonhar com diversos cereais — semolina, tri-

go sarraceno, aveia, cevadinha, *magara*, painço descorticado
—, mas nunca com batatas.

Fazia quinze anos que eu não punha batata na boca. Quando comi outra vez, já em liberdade na Terra Grande, em Turkmen, na região de Kalínin,[211] a batata me pareceu veneno, um prato desconhecido, perigoso, e reagi como um gato quando querem meter-lhe na boca algo que talvez seja uma ameaça à sua vida. Mais de um ano se passou até que eu tornasse a me acostumar com batata. E não foi nada além de acostumar-se; ainda hoje não é muito comum encontrar--me disposto a saborear acompanhamentos de batata. Por esse e outros motivos convenci-me de que a prescrição dietética da medicina do *lager*, com suas "tabelas de equivalência" e "normas de nutrição", está fundamentada em profundas reflexões científicas.

Ora, mas a batata? Viva os tempos pré-colombianos! O organismo humano pode passar muito bem sem batata.

Mais agudo que o pensamento sobre comida, do que a alimentação, há uma outra necessidade, que foi inteiramente esquecida por Thomas More em sua classificação grosseira das quatro sensações básicas.

Esta quinta sensação é a necessidade de poesia.

Todo enfermeiro alfabetizado, cada um de meus colegas de inferno, possui um bloco de papel onde anota, com tintas de cores variadas, poemas de outros: não citações de Hegel ou do Evangelho, mas poemas, precisamente. Essa é a necessidade que se manifesta para além da fome, do desejo sexual, da defecação e da micção.

A necessidade de ouvir poemas foi negligenciada por Thomas More.

E todos têm seus poemas guardados.

---

[211] A partir de 1990, a região de Kalínin, a noroeste de Moscou, passa a se chamar Tvier. (N. do T.)

Do espaço entre o peito e a roupa, Dobrovólski[212] retira um bloco de notas grosso e sujo, de onde se ouvem sons divinos. Ex-roteirista de cinema, Dobrovólski trabalhou como enfermeiro no hospital.

Portugálov, diretor da "brigada cultural" do hospital, graças à memória de ator, já levemente embalado pela rotina do trabalho cultural, surpreende com declamações excelentes. Portugálov declama tudo de memória, nunca lê os versos no papel.

Forço meu cérebro, que tanto tempo dedicara à poesia, e, para minha própria surpresa, percebo que, sem interferência de minha vontade, palavras há muito esquecidas surgem em minha boca. Os versos que recordo não são meus, mas de poetas que aprecio — Tiúttchiev, Baratínski, Púchkin, Ánnienski.

Somos três no setor médico, onde trabalho como enfermeiro e faço plantão no departamento de cirurgia. Dobrovólski é enfermeiro plantonista no departamento oftálmico; Portugálov é ator do serviço cultural. O recinto está sob minha jurisdição, portanto, a responsabilidade por esta noite é minha. Mas ninguém pensa em responsabilidade, tudo é feito sem qualquer autorização. Fiel ao meu antigo costume — na verdade, um hábito arraigado — de primeiro fazer, para só depois pedir autorização, comecei essas leituras em nossa sala purulenta do departamento de cirurgia.

Uma hora de leitura poética. Uma hora de retorno ao nosso mundo encantado. Estávamos todos emocionados. Eu até ditei para Dobrovólski o poema "Caim", de Búnin.[213] Os

---

[212] Arkadi Dobrovólski (1911-1969), roteirista cinematográfico soviético, preso em 1937 e, em 1944, novamente detido, julgado e condenado. (N. do T.)

[213] Trata-se de um controverso hino ao personagem bíblico Caim, escrito em 1906-1907 por Ivan Búnin (1870-1953). (N. do T.)

versos ficaram em minha memória por acaso; Búnin não é um grande poeta, mas para a antologia oral que estávamos compondo em Kolimá, ele não parecia nada mau.

Essas noites poéticas começavam às nove horas, depois da revista no hospital, e terminavam às onze horas, meia-noite. Eu e Dobrovólski estávamos de plantão, enquanto Portugálov tinha permissão para se atrasar. Nós organizamos muitas dessas noites de declamação de poesia no hospital, que passaram a ser chamadas de "noites áticas".

Verificou-se logo que éramos todos admiradores da lírica russa do começo do século XX.

Minha contribuição: Blok, Pasternak, Ánnienski, Khliébnikov, Severiánin, Kamiênski, Biéli, Iessiênin, Tíkhonov, Khodassiévitch, Búnin. E, dos clássicos: Tiúttchev, Baratínski, Púchkin, Liérmontov, Nekrássov e Aleksei Tolstói.

A contribuição de Portugálov: Gumilióv, Mandelstam, Akhmátova, Tsvetáieva, Tíkhonov, Selvinski. Dos clássicos, além de Liérmontov, Grigóriev: um poeta que Dobróvolski e eu conhecíamos apenas de ouvir falar, mas em Kolimá pudemos finalmente conhecer a grandeza de seus versos surpreendentes.

A cota de Dobrovólski: Burns e Shakespeare nas traduções de Marchak, além de Maiakóvski, Akhmátova, Pasternak, e até as últimas novidades em *samizdat*.[214] "Lílitchka! (em lugar de uma carta)"[215] foi declamado justamente por Dobrovólski; foi também com ele que aprendemos de cor os

---

[214] A exemplo das siglas editoriais oficiais, como *Goslitizdat*, *samizdat*, que significa "edição própria", era uma prática dos tempos da União Soviética para evitar a censura imposta pelo governo; consistia em copiar e distribuir clandestinamente livros e outros bens culturais proibidos. (N. do T.)

[215] Poema de Maiakóvski escrito em 1916. No Brasil foi traduzido por Augusto de Campos. (N. do T.)

versos de "O inverno se aproxima".[216] E ainda, foi Dobrovólski quem leu a primeira versão — a versão de Tashkent — do futuro *Poema sem herói*;[217] poema que Pyriev e Ladynina enviaram ao roteirista de *Os tratoristas*.[218]

Todos nós compreendíamos que poemas são poemas — quando não o são, simplesmente não o são —, e que em poesia a fama não decide nada. Cada um de nós tinha seus critérios em relação à poesia, uma escala particular de preferência que eu chamaria de "pontuação de Hamburgo"[219] se a expressão não estivesse tão batida. Decidimos de comum acordo não gastar o tempo de nossas noites poéticas com a inclusão na antologia oral de nomes como Bragritski, Lugovskói ou Svetlóv, embora Portugálov tivesse frequentado certo grupo literário juntamente com alguns deles. A lista de nossos eleitos havia se estabelecido há tempos. Embora nossas escolhas tenham sido secretíssimas e independentes — afinal, votamos por elas já em Kolimá, mas separados um do outro —, acabamos por expressar as mesmas preferências. Nossa preferência coincidia nos nomes, nos poemas, nas estrofes e até mesmo nos versos que nos tinham impressionado especialmente. Não nos contentávamos com a herança poética do século XIX, ela nos parecia insuficiente. Cada

---

[216] Poema de Boris Pasternak, escrito em 1943. (N. do T.)

[217] Considerado o poema mais complexo de Anna Akhmátova, foi escrito entre 1940 e 1942; concluído em Tashkent, no Uzbequistão, onde a poeta tinha se refugiado por ocasião do cerco de Leningrado. (N. do T.)

[218] Ivan Pyriev (1901-1968) dirigiu uma série de filmes musicais de sucesso nos anos 1930 e 40, entre eles *Os tratoristas* (1939), que conta com a participação da atriz Marina Ladynina (1908-2003). (N. do T.)

[219] Título de um livro de ensaios de Viktor Chklóvski, *Gamburgski stchiôt* (1928), onde se explica que o termo se refere a um sistema de valoração, livre das circunstâncias e dos interesses de momento, que permitiria determinar o valor real de um escritor. (N. do T.)

um de nós lia o que tinha conseguido lembrar e anotar no intervalo entre uma e outra dessas "noites de poesia". Antes que tivéssemos tempo de passar aos nossos próprios poemas — era evidente que os três escreviam ou tinham escrito poemas —, nossas noites áticas foram interrompidas de maneira inesperada.

Havia mais de duzentos presos acamados no setor cirúrgico do hospital, que tinha ao todo cerca de mil leitos destinados aos prisioneiros. Parte da construção em forma de T havia sido reservada aos trabalhadores livres que precisassem de algum tratamento. Essa foi uma providência muito útil e inteligente. Entre os presos havia alguns médicos — muitos deles eram verdadeiros luminares da medicina nacional — que recebiam o consentimento oficial para tratar dos pacientes livres, na qualidade de médicos para consultas imediatas, disponíveis a qualquer hora do dia ou da noite, dos anos, das décadas...

Naquele inverno dos nossos saraus poéticos, ainda não existia no hospital um setor para os pacientes livres. À disposição deles havia somente uma enfermaria de duas macas no setor cirúrgico, para alguma hospitalização urgente, como, por exemplo, no caso de algum trauma em decorrência de acidente automobilístico. A enfermaria nunca ficava desocupada. Dessa vez, estava hospitalizada uma moça de uns vinte e três anos, uma *komsomolka* moscovita — como tantas outras — recrutada para o Extremo Norte. Todos que a rodeavam eram criminosos, do primeiro ao último, mas isso não a perturbava — ela era secretária da organização do Komsomol numa lavra vizinha. A moça agia com toda naturalidade, sem nenhuma preocupação em relação aos criminosos, provavelmente porque desconhecia certas particularidades de Kolimá. Na verdade, era o tédio que a estava matando. A doença pela qual ela havia sido hospitalizada com urgência não fora verificada nos exames. Mas medicina é medicina, e a moça precisava ficar acamada até cumprir o prazo da quarentena, antes de atravessar a soleira e desaparecer naquele mar de gelo de onde tinha surgido. Ela tinha algumas conexões importantes em Magadan, ao que parecia, na própria administração. O que explica ter ela podido se internar no hospital masculino do *lager*.

A moça me perguntou se podia assistir a um de nossos saraus de poesia. Eu consenti. No sarau seguinte, mal tínhamos começado a recitar quando ela entrou na sala de curativos da seção de cirurgias e permaneceu até o último poema. A cada três dias eu ficava vinte e quatro horas de plantão; era durante esse período que nossos saraus aconteciam. Assim, tivemos um segundo sarau a que a moça também compareceu, e tudo parecia correr bem, até que no início do terceiro sarau a porta da sala de curativos escancarou-se e o diretor do hospital em pessoa, o doutor Doktor, atravessou a soleira.

O doutor Doktor me detestava. Sobre o fato de que cedo ou tarde nossos saraus lhe seriam delatados, eu não tinha a menor dúvida. Os dirigentes de Kolimá normalmente se comportavam assim: se houvesse um "sinal", as medidas seriam tomadas. A palavra "sinal", que por lá se consolidou como um termo da informação muito antes de Norbert Wiener nascer,[220] aplicava-se igualmente com o sentido de informação, mas sempre no âmbito prisional e de inquérito. Caso não houvesse "sinal", isto é, nenhuma denúncia oficial — ainda que feita apenas oralmente —, ou uma ordem das autoridades superiores, que porventura tivessem captado o "sinal" antes de seus encarregados — porque do alto tanto se vê melhor quanto melhor se escuta —, nenhuma medida era tomada. Só muito raramente as autoridades locais resolviam

---

[220] Norbert Wiener (1894-1964), matemático norte-americano que desenvolveu a moderna teoria da informação e cunhou o termo "cibernética". (N. do T.)

de iniciativa própria investigar um fenômeno novo, ainda que relacionado à vida do campo de sua responsabilidade.

Mas o doutor Doktor não era assim. Era antes do tipo que considerava uma vocação, um dever e um imperativo moral a perseguição a todos os "inimigos do povo", de qualquer forma, por qualquer motivo, sem que importassem as condições nem os meios.

Absolutamente certo de que descobriria alguma coisa importante, ele irrompeu na sala de curativos sem sequer estar vestindo jaleco, embora o acompanhasse, vindo logo atrás, trazendo um jaleco no braço, o enfermeiro de plantão da unidade de terapia, Pomane, um ex-oficial romeno de cara grande e avermelhada, um dos favoritos do rei Miguel. Assim, o doutor Doktor entrou na sala vestindo uma jaqueta de couro, que pelo corte lembrava o uniforme de Stálin, e tão excitado pela caça que suas suíças aloiradas *à la* Púchkin — doutor Doktor se orgulhava de sua semelhança com Púchkin — estavam eriçadas.

— Aha! — disse com voz arrastada o diretor do hospital, e, passando o olhar de um para outro, encarou todos os participantes do recital até se deter em mim: — É de você que eu preciso!

Eu me levantei, me pus em posição de sentido e me pronunciei como devia.

— E você, de onde é? — disse doutor Doktor, apontando o dedo para a moça, que estava sentada num canto e não tinha se levantado com a chegada do temível diretor.

— Estou hospitalizada aqui — respondeu secamente. — E peço que não me trate por você.[221]

---

[221] No original, *tykat'*, "tutear" ou "tratar por tu". A oposição entre formal e informal no emprego dos pronomes de segunda pessoa é bem marcada na cultura russa. Como normalmente traduzimos o pronome informal por "você", decidimos manter esse padrão, embora o caráter neu-

— Como pode estar hospitalizada aqui?

O *komendant*, que viera acompanhando doutor Doktor, explicou para ele o caso daquela enferma.

— Bem, vou verificar. Nossa conversa não acaba aqui — disse em tom de ameaça doutor Doktor, depois saiu da sala de curativos. Tanto Portugálov quanto Dobrovólski já tinham dado um jeito de escapulir da sala há muito tempo.

— E agora, o que vai acontecer? — perguntou ela, mas num tom de voz despreocupado: era apenas a natureza jurídica do que podia acontecer que a interessava. Interesse, apenas, e não temor ou receio pela sorte dela ou de qualquer outro.

— Comigo, acho que nada. Mas a senhora pode receber ordem para deixar o hospital — respondi.

— Bem, se me fizer deixar o hospital, esse doutor Doktor vai ver que beleza a vida dele vai se tornar. Basta que ele dê um pio para que eu o apresente a todas as autoridades da mais alta chefia de Kolimá.

Mas doutor Doktor não disse nada. A moça não teve que sair do hospital. O doutor inteirou-se dos meios de que ela dispunha e decidiu fazer vista grossa para o assunto. A moça ficou hospitalizada até cumprir o período da quarentena, depois partiu, dissipando-se no nada.

O diretor do hospital também não agiu contra mim: não fui preso, não me puseram na solitária, não me mandaram para a zona punitiva, nem me transferiram para o trabalho comum. Mas na primeira reunião geral para verificação das atividades hospitalares, diante de todos os colaboradores do hospital, numa sala de cinema de seiscentos lugares abarrotada, o diretor se referiu detalhadamente às cenas de bader-

---

tro de "você" em termos de formalidade e informalidade torne a reprovação da moça à liberdade tomada por doutor Doktor menos clara em português do que no original. (N. do T.)

na que ele, o diretor, vira com os próprios olhos no setor cirúrgico durante a ronda médica, quando certo enfermeiro estava sentado na sala de operações em companhia de uma mulher, que apareceu por lá, comendo mirtilo da mesma tigela.
Aqui, na sala de operações...

— Não era a sala de operações, mas a de curativos do
setor de assepsia.

— É a mesma coisa!

— Não é de maneira alguma a mesma coisa!

Doutor Doktor, contrariado, semicerrou os olhos. Quem
tinha levantado a voz para interrompê-lo era Rubántsev, o
novo encarregado do setor cirúrgico — um cirurgião de guerra retornado do *front*. Doutor Doktor, no entanto, ignorou
o critiqueiro e continuou com suas invectivas. O nome da
mulher não chegou a ser citado. Doutor Doktor, senhor absoluto de nossas almas, de nossos corpos e corações, omitiu
por algum motivo a identidade da protagonista de sua história. Em todos os casos como esse, escrevem-se relatórios
onde se aponta todo e qualquer detalhe, tanto os possíveis
quanto os imagináveis.

— E que providências foram tomadas contra esse enfermeiro dos *zeks* pego numa infração tão evidente pelo próprio
diretor?

— Nenhuma.

— E contra ela?

— Também nada.

— Quem ela é?

— Ninguém sabe.

Alguém aconselhou o doutor Doktor, pelo menos dessa
vez, a conter seu impetuoso zelo administrativo.

Seis meses ou um ano depois desses acontecimentos,
quando doutor Doktor não estava mais na direção do hospital havia algum tempo — como um prêmio por seu zelo, fora transferido para um posto avançado e superior —, eu pas-

Noites áticas

225

sava por um corredor do setor cirúrgico com um enfermeiro, meu colega de curso, quando ele me perguntou:

— É essa a sala onde aconteciam as suas noites áticas? Onde, dizem, havia...

— Sim — respondi —, é essa mesma.

(1973)

VIAGEM A OLA

Num dia ensolarado em Magadan, um domingo luminoso, assisti a uma partida das equipes locais Dínamo-3 e Dínamo-4. O ímpeto da estandardização stalinista havia determinado essa enfadonha uniformidade dos nomes. Os clubes que se enfrentavam nessa final, bem como os da eliminatória precedente, tinham todos a mesma denominação: Dínamo; o que, aliás, era de se esperar da cidade onde nos encontrávamos. Sentado num dos lugares mais distantes, bem no alto, eu fui vítima de uma ilusão de ótica, parecia-me que os jogadores de ambos os times, ao armarem a jogada, corriam muito devagar, e quando chutavam a gol, a bola descrevia no ar uma trajetória tão lenta que toda a ação de armar a jogada podia ser comparada a uma imagem televisiva em câmera lenta. Mas a imagem televisiva em câmera lenta ainda não existia, nem a própria televisão, de maneira que minha comparação será um anacronismo, pecado bem conhecido na área dos estudos literários. Contudo, no meu tempo já havia a câmera lenta no cinema, que, se não apareceu antes de mim, era ao menos minha coetânea. Eu poderia, portanto, comparar essa partida de futebol a uma imagem cinematográfica em câmera lenta; mas, de toda maneira, só percebi num segundo momento que a lentidão nada tinha a ver com filmagem cinematográfica: é que simplesmente a partida acontecia no Extremo Norte, em outras latitudes e longitudes, onde o movimento dos jogadores era retardado da mesma maneira que retardada era toda sua vida. Não sei dizer se entre os participantes havia alguma vítima da conhecida repressão stalinista aos jogadores de futebol. Stálin interferia não só na literatura e na música, mas também no futebol. O time do CSKA, o melhor clube do país e o grande campeão daqueles anos, foi dissolvido depois da derrota nas Olimpíadas e nunca mais se recuperou. Era pouco provável que entre os participantes dessa partida de Magadan houvesse jogadores daquela seleção olímpica. Mas era possível que tivesse jogado o quarteto formado pelos irmãos Starostin — Nikolai, Andrei, Aleksandr e Piotr —, todos jogadores da seleção nacional. No meu tempo, ou, como costumam se expressar os historiadores, no tempo que aqui se descreve, todos os irmãos Starostin foram presos sob acusação de espionagem em favor do Japão.

O presidente do VSFK, o Conselho Superior de Educação Física e Esportiva, foi eliminado, fuzilado. Mantsev, que havia militado entre os velhos bolcheviques, foi uma das personalidades mais ativas da Revolução de Outubro. E foi esse o motivo de sua eliminação. O posto meramente formal que ele ocupou nos últimos meses de vida certamente não foi o bastante para aplacar a insaciável sede de vingança de Stálin.

Na *raiotdiel*[222] de Magadan, disseram-me:

— Nós não temos nenhuma objeção à sua partida para o "continente", para a Terra Grande. Arranje um trabalho, demita-se, vá embora, faça como quiser; de nossa parte não haverá obstáculos; e não precisa mais entrar em contato conosco.

Esse era um velho truque, um jogo que eu conhecia desde a infância. Era a absoluta falta de alternativas — a necessidade de comer três vezes ao dia — que obrigava os ex-detentos a ouvirem discursos desse gênero. Eu entreguei os pri-

---

[222] Acrônimo de *raionnie otdelenie* (seção distrital). (N. do T.)

meiros documentos que atestavam minha liberdade e meus poucos documentos para recomeçar a vida no setor de recursos humanos do Dalstroi; entre eles, a carteira de trabalho com uma única anotação, uma cópia do certificado de conclusão do curso de enfermagem autenticado pela assinatura de dois dos médicos ministrantes do curso. No terceiro dia chegou a solicitação dos enfermeiros para viajarem a Ola, na província nacional homônima da região de Magadan, cuja população autóctone tinha a salvaguarda do poder estatal contra o fluxo de muitos milhões de detentos, que, assim, seguiam direto para o norte pelas rotas de Kolimá. Na costa do Mar de Okhotsk ficam Arman e Ola, povoados que, se não foram visitados por Colombo, o foram ao menos por Erik, o Ruivo[223] e são conhecidos desde a antiguidade. Em Kolimá, a propósito, de acordo com uma lenda toponímica que por lá existia, o nome do rio Kolimá, que é o mesmo de toda a região, se deve a nada menos que ao nome de Colombo, pois o famoso navegador teria estado ali mais de uma vez por ocasião de sua passagem pela Inglaterra e pela Groenlândia. Naquela parte do litoral protegida pela lei, não eram todos os ex-detentos que podiam se estabelecer; não admitiam, por exemplo, *blatares* de nenhuma espécie — fossem eles ex-bandidos ou ainda em atividade, isso não importava. Mas eu, como um *volniáchka* recente, tinha o direito de visitar aquelas ilhas abençoadas, onde havia pesca — quer dizer: comida; havia caça — mais uma vez: comida; havia agricultura — comida, pela terceira vez; havia rebanhos de renas — outra vez comida, enfim, pela quarta vez.

Esses rebanhos de renas — e ainda, ao que parece, certa quantidade de iaques que Bérzin levara para lá no começo das atividades do Dalstroi — eram um assunto importan-

---

[223] Navegador norueguês do século X, que, banido de seu país, estabeleceu-se na Islândia e depois na Groenlândia. (N. do T.)

Viagem a Ola

te e oneroso para o Estado. Os subsídios exigidos eram altíssimos. Entre inúmeros fatos curiosos, recordo bem o do esforço infrutífero empreendido por muitos anos pelo Dalstroi a fim de treinar os cães pastores para vigiar as renas. Esse tipo de cão, que de uma ponta a outra da União Soviética fazia com excelência a guarda de pessoas, que escoltava as transferências de detentos e procurava fugitivos na taiga, recusou-se terminantemente a pastorear os rebanhos de renas, obrigando a população local a se arranjar com o auxílio de suas *laikas*[224] para guardar seus rebanhos. Esse surpreendente fato histórico é do conhecimento de poucos. Como se explica isso? No cérebro do cão pastor foi embutido um programa que funciona para a guarda de pessoas, mas não para a de renas? Será isso? Os lobos, por exemplo, quando caçam em grupo, ao avançarem contra os rebanhos de renas demonstram dominar todas as habilidades necessárias também para sua guarda. Quanto aos cães pastores, nenhum deles jamais aprendeu a guardar os rebanhos. Nem os mais experientes puderam ser "readestrados", nem os filhotes deixavam de se tornar caçadores para serem pastores. A tentativa acabou fracassada, com vitória plena da natureza.

E foi para essa Ola repleta de renas, peixes e frutos silvestres que manifestei o desejo de ir. Era fato que os salários de lá não passavam da metade dos salários do sistema de campos de trabalho, do Dalstroi, mas em Ola, em compensação, o Estado lutava contra a exploração dos preguiçosos, a ameaça dos ladrões e dos bêbados, simplesmente deportando-os da província de volta para as áreas do Dalstroi, em Magadan, onde valiam outras leis. Essa medida era de competência do presidente do Comitê Executivo, o *Ispolkom*, que tinha o direito de tomá-la sem ter que instaurar inquéritos ou

---

[224] Nome genérico para algumas raças de cães de caça e pastoreio do norte da Rússia. (N. do T.)

abrir processos: o retorno do justo ao mundo dos pecadores. Essa disposição evidentemente não valia para os nativos. Os meios de se realizar essa expulsão não eram muito complicados — até Magadan por via marítima eram cem quilômetros, pela taiga eram trinta. Quando chegava, o pecador era pego pelo braço por um guarda policial e conduzido ao purgatório da *tranzitka* de Magadan, onde havia um centro de triagem também para os "livres", o *karpunkt*, que funcionava da mesma maneira que aqueles destinados aos detentos. Tudo isso me atraiu para Ola, então fui pegar a *putiôvka*[225] para viajar.

Mas como chegar a Ola? Era certo que me pagariam um embolso diário a partir do momento em que a *putiôvka* aparecesse no postigo da janela do setor de recursos humanos pelas mãos perfumadas de um tenente-inspetor e viesse parar nas minhas mãos, mas como o inverno começa muito cedo naquela região, talvez não fosse possível chegar a tempo no local de trabalho e eu ficasse impedido de me instalar em Ola. Viajar de automóvel? Confiei minha decisão à instituição da opinião pública e fiz como o Gallup, isto é, interroguei todos os que estavam comigo numa interminável fila à espera de atendimento no setor de recursos humanos, e 99,9% deles se pronunciaram a favor do barco a motor. Assim, me decidi pelo barco que partia da baía de Vessiólie. Nesse ponto, tive uma grande sorte, e isso foi algo fabuloso de tão inesperado. Na rua, encontrei Boris Lesniák, que, juntamente com sua mulher, ajudou-me muito em um de meus anos de fome, um daqueles longos anos de míngua.

Na ciência da vida existe a expressão "período de sorte", que é bastante conhecida. Trata-se de venturas em série, grandes ou pequenas. Dizem que uma desgraça nunca vem

---

[225] Documento oficial para a expedição de pessoas, que muitas vezes garantia transporte e hospedagem. (N. do T.)

Viagem a Ola

sozinha. Mas o mesmo ocorre com as venturas. No dia seguinte, justo quando eu pensava em como chegar ao barco, encontrei, também na rua, Iarotski, que tinha sido contador-chefe do hospital. Iarotski trabalhava então na baía de Vessiólie; sua mulher permitiu que eu lavasse no apartamento deles toda a minha roupa e foi com prazer que passei o dia lavando tudo o que se tinha acumulado durante o tempo em que eu estava sob o comando do tenente-coronel Fraguin, que me fazia andar de um lado para o outro ao seu bel-prazer. Isso também foi uma grande sorte. Iarotski ainda me ofertou um bilhete de passagem para apresentar ao controlador. O barco a motor partia para Ola uma vez por dia, todos os dias; eu arrastei minhas duas malas para a embarcação e, à maneira dos *blatares*, usei de astúcia: uma das malas estava vazia, enquanto na outra havia meu único conjunto azul, dos mais baratos, com calça e casaco, que fora comprado na Margem Esquerda, quando eu ainda era detento; além disso, havia um caderninho com meus poemas, um daqueles bem finos, dos que não eram feitos com papel de Barkan. O caderninho ia gradualmente se completando com versos rimados independentemente de minha vontade, e, de qualquer forma, não devia causar desconfiança naquele que por acaso o roubasse. Mas não o roubaram. O barco zarpou na hora determinada, levando-me para Ola, onde cheguei finalmente ao meu destino: o hospital para os tuberculosos da cidadezinha. No barracão que fazia as vezes de pousada havia também as instalações do setor de saúde da província, que estava sob a direção de um jovem médico. Como este jovem diretor estava viajando a trabalho, o que me aguardava então era uma espera de dois, três dias. Aproveitei para conhecer o povoado.

Ola era vazia e silenciosa. Os salmões dos tipos *keta* e rosado começavam seu retorno dos lugares de desova para o mar aberto; eles tinham o mesmo frenesi, o mesmo afã impetuoso que demonstravam ao passar pelos desfiladeiros, nadando contra a corrente. Os peixes eram capturados pelos mesmos caçadores nos pontos de emboscada de sempre. Todo o povoado — homens, mulheres, crianças, chefes e subordinados — se encontrava às margens do rio naqueles dias de safra. As fábricas de conserva de peixes, os defumadouros e os lugares de salga trabalhavam dia e noite. No hospital ficavam apenas os plantonistas, todos os doentes em fase de convalescença também iam para as margens do rio. De tempos em tempos, pela cidadezinha poeirenta passava uma telega com uma caixa de tábuas de muitos metros cúbicos de onde transbordava um mar prateado de *keta* e salmão-rosado.

Alguém gritou com uma voz desesperada: "Senka, Senka!". Quem podia gritar daquele jeito num dia de colheita frenético como era aquele? Algum desocupado? Um sabotador? Um doente em estado grave?

— Senka, me dê um peixe!

E Senka, soltando as rédeas por um instante, mas sem deixar a carruagem parar, atirou na poeira um *keta* de dois metros que reluzia à luz do sol.

Um velhinho do local, que acumulava as funções de guarda-noturno e enfermeiro plantonista, quando fiz menção de que seria bom comer alguma coisa, no caso de ainda haver algo, evidentemente, que ele pudesse oferecer... — ele me disse:

— O que posso dar a você? Temos sopa de *keta*, de ontem; mas é de *keta*, não é de salmão-rosado. Espere um minuto. É melhor que leve e requente. Mas acho que você não vai tomar. Nós, por exemplo, não tomamos sopa do dia anterior.

Depois de haver tomado meia panela dessa sopa de *keta* feita no dia anterior e descansado, fui à praia tomar um banho. O banho no Mar de Okhotsk era conhecido, eu sabia que a água era suja, fria, salgada, mas, a fim de compro-

Viagem a Ola   233

var tudo isso e incrementar minha instrução geral, fui de toda maneira até lá e cheguei a nadar um pouco.

A telega atravessava o povoado de Ola levantando nuvens imensas de poeira. Naquele calor já de muitos dias naquela cidadezinha coberta de pó, lembrei da argila rochosa que havia visto na região de Kalínin, mas se era possível transformar a poeira de Ola numa argila como aquela, foi uma indagação que me veio à cabeça e ficou sem resposta. O dia que passei no povoado de Ola ajudou-me a enxergar duas particularidades daquele paraíso do Norte.

Primeiro, a extraordinária quantidade de galinhas da raça italiana, as legornes de asas brancas — era a única raça de galinha que todos criavam, o que se dava, evidentemente, pelo fato de serem as melhores poedeiras. Naqueles tempos, um ovo no mercado de Magadan custava cem rublos. E, como todas as galinhas são parecidas entre si, cada criador fazia uma marca com tinta nas asas de suas galinhas. As combinações — caso as sete cores básicas não bastassem — para criar novas cores tornavam as galinhas tão coloridas quanto jogadores de futebol nas apresentações para grandes públicos, fazendo lembrar um desfile de bandeiras nacionais ou um grande mapa. Em suma, pareciam qualquer coisa, menos um bando de galinhas.

A segunda particularidade eram os cercados das casinhas, que eram todos iguais. Eles cercavam bem de perto as propriedades, de modo que o terreno anexo era sempre minúsculo, mas ainda assim podiam ser chamadas de propriedades. Como eram prerrogativas das propriedades estatais tanto os cercados fechados feitos de madeira quanto os de arame farpado, e a paliçada russa era uma barreira muito precária, as cercas de todas as casas de Ola eram feitas de velhas redes de pesca. Isso produzia um belo efeito e era parte importante do colorido local; era como se todo o mundo de Ola estivesse disposto — para um estudo cuidadoso — sobre uma imensa folha de papel milimetrado: eram as redes de pesca guardando a galinhada.

Eu tinha uma *putiôvka* para a Ilha Signal, no Mar de Okhotsk, mas a diretora do *raiotdiel* local, de acordo com o questionário feito, decidiu que eu não podia ir para lá e me propôs que voltasse a Magadan. Por não incluir outros destinos e ter recebido de volta meus documentos, não lamentei essa privação. Mas eu tive que voltar a Magadan, para o que foi preciso pegar o mesmo barco que havia me trazido de lá. A coisa, no entanto, revelou-se menos simples, e não porque eu fosse um vagabundo sem documentos de identificação — de fato não era o caso — ou um ex-detento.

O piloto do barco a motor, que era morador permanente de Ola, precisava ser praticamente arrastado até sua embarcação para executar seu trabalho, o que não era nada fácil de fazer. Depois de três dias de bebedeira, durante os quais o barco ficava parado, finalmente arrancaram o piloto de sua tépida isbá e, segurando-o pelo braço, conduziram-no lentamente, soltando-o na terra e tornando a levantar, por uns dois quilômetros até o atracadouro de onde o barco partia e onde estava reunido um grupo considerável de passageiros — umas dez pessoas. Isso levou não menos que uma hora, talvez duas. Um sujeito imenso de gordo aproximou-se, meteu-se na cabine de comando e ligou o motor Kawasaki. O barco começou a vibrar, mas isso ainda não era a partida. Depois de uma série de tropeços e puxões, as mãos do piloto finalmente alcançaram a roda do leme. Nove de dez passageiros (o décimo era eu) se lançaram para a cabine de comando, implorando que o piloto suspendesse tudo e que voltassem para casa. Já tínhamos deixado passar a maré baixa e não teríamos tempo de chegar a Magadan — ou voltávamos, ou ficaríamos à deriva em mar aberto. Em resposta, ouvimos os berros do piloto, dizendo que enfiaria a mão na boca e no nariz de todos os passageiros, que o piloto era ele, e que não tinha deixado passar maré coisa nenhuma. O Kawasaki acelerou e o barco partiu a toda em direção ao mar aberto, enquanto a mulher do motorista passou o chapéu por todos os passageiros, "para ajudar na cura da ressaca" — dei cinco rublos. Depois, saí para o convés para ver as focas e as baleias brincando, e para ver também se estávamos nos aproximando de Magadan. Mas o que se via não era Magadan, era apenas a costa, a costa rochosa em direção à qual navegávamos, navegávamos, mas da qual não podíamos nos aproximar.

— Pule, pule — ouvi de repente a recomendação de uma mulher que já conhecia o trajeto Ola-Magadan por mar —, pule, eu jogo as malas para você, pule agora, aqui ainda se alcança o fundo.

A mulher deu um salto, virou-se e estendeu os braços para o alto. A água lhe estava pela cintura. Tendo compreendido que a maré alta não esperaria muito para retornar, joguei minhas duas malas na água — eis o momento em que bendisse os *blatares* pelo sábio conselho que me deram — e depois pulei, tocando logo o fundo escorregadio mas seguro e firme do oceano. Peguei as malas, que boiavam ao movimento das ondas sob a ação da água salgada combinada ao princípio de Arquimedes, e fui caminhando com elas em direção à praia, logo atrás de meus companheiros de viagem, que já chegavam à beira com as malas na cabeça antes da volta das ondas da maré alta e jogavam-se no quebra-mar da baía de Vessiólie, saudando com a mão Ola e o piloto — despedindo-se para sempre. Quando viu que todos os passageiros chegaram ao cais sãos e salvos, o piloto fez com que o Kawasaki virasse o barco e partiu de volta para Ola, a fim de beber o que restara.

(1973)

O TENENTE-CORONEL DO SERVIÇO MÉDICO

O que levou o tenente-coronel Riúrikov a Kolimá foi o medo da velhice; não faltava muito para sua aposentadoria, e os salários do Norte eram duas vezes mais altos que os de Moscou. O tenente-coronel do serviço médico Riúrikov não era nem cirurgião, nem clínico geral, nem especialista em doenças venéreas. Nos primeiros anos da Revolução, ele concluiu o curso preparatório na *Rabfak*[226] e ingressou na faculdade de medicina, especializando-se em neuropatologia, mas logo esqueceu tudo — ele nunca, nem um dia sequer, trabalhou na sua especialidade, esteve sempre em funções administrativas: médico-chefe ou diretor de hospital. E assim, foi como diretor de um grande hospital para detentos, o Hospital Central, com cerca de mil leitos, que ele veio para cá. Não é que os vencimentos de diretor de um hospital moscovita não lhe bastassem. O tenente-coronel Riúrikov passara há muito dos sessenta anos e vivia sozinho. Seus filhos já eram adultos e trabalhavam, os três, como médicos, mas Riúrikov não queria sequer ouvir falar em viver às custas dos filhos ou mesmo em recorrer ao auxílio deles. Ainda na juventude, ele desenvolvera a firme convicção de que nunca dependeria

---

[226] Abreviação de *Rabótchi Fakultiét* (Faculdade Operária). Instituídas em 1919, eram destinadas a jovens trabalhadores e camponeses, com curso preparatório de três a quatro anos para ingresso na universidade. (N. do T.)

de ninguém, e que seria melhor morrer do que depender de outra pessoa. A propósito dessa situação do tenente-coronel Riúrikov, havia ainda um outro aspecto a considerar, mas se tratava de algo que ele em geral preferia não recordar. A mãe de seus filhos tinha morrido há tempos, levando com ela a estranha promessa de Riúrikov, feita pouco antes de seu passamento, de que jamais se casaria outra vez. Riúrikov se manteve firme na promessa, e, desde que dera a palavra à falecida, havia trinta e cinco anos, nunca lhe passara pela cabeça outra resolução para o assunto.

Riúrikov achava que se passasse a considerar a questão de outra maneira, tocaria em algo de tão delicado e santo, que seria pior que cometer um sacrilégio. Ele acabou se acostumando e encarando a coisa sem dificuldades. Sobre isso, ele nunca contou nada a ninguém, nunca se aconselhou com os filhos nem com as mulheres que lhe tinham sido próximas. A mulher com quem tinha vivido nos últimos anos, uma médica do mesmo hospital em que ele trabalhava, tinha filhos do primeiro matrimônio — duas meninas em idade escolar —, e Riúrikov queria dar uma vida um pouco melhor também para esta sua outra família. Essa era inclusive a segunda razão que o tinha impelido a empreender uma viagem de tal importância.

Havia ainda uma terceira razão, um sonho de rapaz. Era que o tenente-coronel Riúrikov nunca tinha viajado a parte alguma em toda sua vida, nunca tinha estado em outro lugar além da província de Tuma na região de Moscou, de onde era originário, e da própria cidade de Moscou, onde cresceu, estudou e trabalhou. Mesmo nos anos de juventude, antes do casamento, ou na época em que estava na universidade, Riúrikov nunca passava férias, nem sequer um dia de licença, que não fosse na casa de sua mãe na província de Tuma. Não lhe parecia cômodo nem conveniente ir de férias para uma estação termal, por exemplo, ou para qualquer outro lugar.

Ele temia demais as censuras da consciência. Sua mãe, que tinha sido longeva, não queria viajar para visitar o filho e Riúrikov não deixava de compreendê-la: ela tinha passado toda a vida no povoado onde nascera. Ela morreu pouco antes do início da guerra. Para o *front* Riúrikov não fora convocado, ainda assim envergava o uniforme militar; e, durante todo o período da guerra, ele fora diretor de um hospital em Moscou.

Além de nunca ter estado no exterior, Riúrikov também não conhecia o sul, nem o norte, nem o leste ou o oeste, e pensava com frequência que em breve iria morrer sem ter visto muito na vida. Uma coisa pela qual se interessava particularmente eram os voos sobre o Ártico e, em geral, a vida romântica e extraordinária dos conquistadores do Norte. Esse interesse pelo Norte não era alimentado apenas por Jack London, de quem o tenente-coronel gostava muito, mas também pela história dos voos de Sliepniov e Grómov,[227] da deriva do *Tcheliúskin*.[228]

Iria ele passar toda a vida sem conseguir pôr os olhos naquilo que mais lhe interessava? Assim, quando lhe propuseram viajar para ficar três anos no Norte, Riúrikov tomou logo a proposta como a realização de seus desejos, considerou uma sorte, um reconhecimento do destino pelos

---

[227] Mikhail Mikháilovitch Grómov (1899-1985) foi o piloto que em 1937 realizou o primeiro voo sem escalas entre os Estados Unidos e a União Soviética pelo trajeto Moscou-Polo Norte-San Jacinto (Califórnia). Mavriki Trofímovitch Sliepniov (1896-1965) traçou rotas aéreas no Oriente Médio, no Ártico e no Extremo Oriente e participou do resgate à tripulação do navio *Tcheliúskin*. (N. do T.)

[228] Navio quebra-gelo soviético que ficou preso nas águas do Oceano Ártico, em setembro de 1933, quando navegava de Murmansk para Vladivostok; antes do naufrágio, em fevereiro de 1934, os tripulantes da embarcação foram resgatados numa operação que demandou uma série de voos. (N. do T.)

muitos anos de empenho. E, então, concordou sem consultar ninguém.

Havia, no entanto, uma circunstância que causava certa preocupação a Riúrikov. Ele fora designado para um hospital destinado a detentos. Naturalmente, ele tinha conhecimento dos campos de trabalho dos Extremos Norte e Leste, bem como dos mais próximos de Moscou, a sul e a oeste. De toda maneira, ele teria preferido trabalhar com pessoas contratadas. Mas, além de não haver vagas nesse âmbito, os salários dos médicos contratados para tratar dos detentos eram, outra vez, muito maiores; assim, dissiparam-se as últimas dúvidas e Riúrikov se decidiu. Nas duas reuniões que os dirigentes tiveram com o tenente-coronel, esse lado da questão não fora sombreado ou mascarado, pelo contrário, fora muito claramente destacado. O tenente-coronel Riúrikov foi convidado a prestar a máxima atenção no fato de que os que lá estavam eram inimigos do povo, inimigos da pátria então empregados na colonização do Extremo Norte, eram criminosos de guerra que estavam sempre prontos a se aproveitarem de qualquer momento de fraqueza ou indecisão da chefia para a execução astuciosa de seus objetivos infames, e que, portanto, em relação àquele "contingente", era preciso manter vigilância constante — os dirigentes se expressaram nesses termos. Vigilância e firmeza. Mas Riúrikov não devia temer. Ele podia contar com a leal colaboração de todos os trabalhadores livres contratados do hospital e do importante coletivo do Partido — pessoas que trabalhavam com afinco sob as condições penosas do Extremo Norte.

Com trinta anos de trabalho administrativo, Riúrikov fazia uma ideia diferente dos subordinados. O que neles o aborrecia mortalmente era praticarem o desfalque dos pertences do Estado, as intrigas que costumam fazer uns contra os outros e as bebedeiras. Mas a narrativa de confronto agradou a Riúrikov; ela fazia parecer que ele fora convocado para uma guerra contra os inimigos do Estado. E, no setor que lhe fora confiado, ele tinha toda a capacidade para o cumprimento de seu dever. Riúrikov chegou ao Norte de avião, numa poltrona de primeira classe. Na vida do tenente-coronel nunca havia surgido uma oportunidade de viajar de avião; a impressão que teve dessa primeira viagem foi magnífica. E, à exceção do momento da aterrissagem, em que a cabeça girou um pouco, Riúrikov sentiu-se bem durante todo o voo. Ele sinceramente lamentou não ter tido a oportunidade de voar antes. Os penhascos e as cores vivas do céu do Norte lhe causaram grande admiração. Ele se encheu de alegria e, sentindo-se com vinte anos de idade, decidiu não ficar para conhecer a cidade, mas partir logo para o trabalho.

O chefe da Divisão Sanitária emprestou a Riúrikov seu ZIS-110 particular, viatura em que o tenente-coronel chegou ao Hospital Central, que ficava a quinhentos quilômetros da "capital" da região.

Sobre a chegada do tenente-coronel, o prestativo chefe da Divisão Sanitária avisou no hospital e ressaltou que o último diretor tinha viajado de férias para o "continente" sem desocupar a habitação que passaria a Riúrikov. Próximo ao hospital, a trezentos metros da rodovia, situava-se a assim chamada Casa da Direção — um dos hotéis de estrada para membros da alta chefia e servidores com patente de general.

Foi na Casa da Direção que Riúrikov passou a noite, observando com admiração as cortinas de veludo bordado, os tapetes, as esculturas de marfim e os pesadíssimos armários para roupas entalhados à mão em madeira maciça.

Riúrikov não desfez as malas; na manhã seguinte, tomou chá até não mais poder e foi para o trabalho.

O prédio do hospital tinha sido construído pouco antes do início da guerra para uma repartição militar. No entanto, situado no meio dos rochedos nus e formando uma gigantesca letra T, aquele prédio enorme, de três andares, constituía-

O tenente-coronel do serviço médico

-se num ponto de referência para aviões inimigos (enquanto se tomavam as decisões sobre a construção, e mesmo depois de darem início a ela, a técnica avançou rapidamente), sendo, por fim, declarado inadequado para abrigar um regimento militar e cedido ao serviço sanitário.

No curto tempo em que o prédio, abandonado pelo regimento, ficou sem cuidados, foram destruídos os encanamentos de esgoto e água, e a central termoelétrica a carvão com suas duas caldeiras estava absolutamente imprestável. Em vez de carvão, cujo fornecimento estava suspenso, começaram a queimar toda madeira que podia ser queimada, e, na última festa que os militares deram por lá, foram parar na termoelétrica todas as poltronas da sala de cinema.

A administração sanitária foi gradualmente reparando tudo isso com o trabalho sem custo dos doentes-prisioneiros; por fim, restituíram ao prédio as condições básicas de funcionamento e o hospital ganhou até um aspecto imponente.

O tenente-coronel entrou no escritório que seria o dele e ficou maravilhado com o tamanho. Antes, em Moscou, ele nunca tivera um escritório com aquela capacidade. Aquilo mais parecia uma sala de reuniões para umas cem pessoas, a julgar pelas proporções das salas moscovitas para esse propósito. Para conseguir toda aquela amplitude, tinha sido necessário quebrar paredes e juntar salas.

Pelas janelas, onde pendiam cortinas de linho com belíssimo bordado, a luz avermelhada do sol de outono penetrava a enorme sala, vagueando pelo dourado das molduras dos quadros, pelo couro do sofá revestido à mão e deslizava pela superfície envernizada de uma escrivaninha de dimensões descomunais.

Tudo isso agradou ao tenente-coronel. Ele estava impaciente para definir os dias e horários em que iria atender, mas não conseguiu fazer isso sem demora; para estabelecer seu calendário teve de esperar dois dias. O último diretor também tinha pressa, ele não via a hora de partir — o bilhete de avião tinha sido há muito reservado, antes mesmo de o tenente-coronel Riúrikov ter deixado a capital.

O novo diretor passou esses dois dias de espera observando atentamente as pessoas e o hospital. A grande ala de internação era dirigida pelo doutor Ivanov, ex-médico militar e ex-detento. A ala de neuropsiquiatria ficava a cargo de Piotr Ivánovitch Polzunov, também um ex-detento, embora fosse um pós-graduado. Era uma categoria de pessoa a ser considerada com especial suspeita, mas, sobre isso, Riúrikov fora advertido ainda em Moscou. Eram pessoas que tinham passado pela escola do *lager*, sendo, portanto, inimigas, e, ao mesmo tempo, tinham acesso ao ambiente dos trabalhadores não detentos, servidores estatais ou trabalhadores contratados. "Ainda que não se possa aceitar que o ódio deles pelo Estado tenha desaparecido por encanto no instante em que receberam o documento que atesta seu direito à liberdade, eles têm agora outra posição e outros direitos, pelo que não posso fazer outra coisa que não seja confiar neles" — pensava o tenente-coronel. Esses dois, ex-detentos e então administradores, não eram do agrado do tenente-coronel, e ele não sabia como lidar com eles. Em compensação, do diretor da repartição cirúrgica, o cirurgião de regimento Grómov, ele gostava extraordinariamente. Grómov era um livre assalariado, e, apesar de não ser do Partido, havia lutado na guerra; em sua repartição, fazia com que tudo funcionasse como devia. O que se podia querer de melhor?

Riúrikov só conheceu o serviço militar nos tempos da guerra, ainda assim, de maneira restrita ao âmbito da medicina; de todo modo, isso explica por que ele gostava tanto, talvez até mais do que devia, da subordinação militar — aquele elemento de organização que ela introduz na vida era indubitavelmente útil, e Riúrikov recordava, às vezes com ressentimento, algumas situações vividas em seu trabalho de antes da guerra: o exaustivo trabalho de convencimento, as explicações intermináveis, as muitas sugestões e as promessas frágeis dos subordinados em vez da ordem direta e simples, do relatório preciso e bem detalhado.

Assim, o que ele mais gostava no cirurgião Grómov era que ele tinha conseguido para a repartição cirúrgica do hospital as mesmas condições de um hospital militar. Riúrikov passou a fazer visitas a Grómov no silêncio sem vida dos corredores do hospital, em que brilhavam as maçanetas de cobre bem lustradas.

— Com o que as lustra?

— Com mirtilo — informou Grómov, e Riúrikov ficou surpreso. E disse que ele, para dar brilho aos botões do uniforme e do capote, adquiria um creme especial que vinha de Moscou. Mas, como se via, bastava mirtilo.

Na repartição cirúrgica, tudo brilhava de limpeza. O assoalho era raspado e encerado, as gavetas de alumínio e os armários com os instrumentos de trabalho reluziam de tão limpos...

Mas além das portas da enfermaria respirava um monstro de mil faces que deixava Riúrikov um bocado temeroso. Para ele, todos os prisioneiros pareciam iguais: exasperados, odientos...

Grómov abriu diante do diretor uma das enfermarias de tamanho médio. O forte cheiro de pus e os lençóis sujos não agradaram a Riúrikov; assim, o cirurgião fechou aquela porta e passou a outra.

Chegou o dia da partida do último diretor, acompanhado de sua mulher. Para Riúrikov, era um prazer pensar que no dia seguinte ele seria o único diretor. Iria ficar sozinho num enorme apartamento de cinco quartos com uma sacada bem ampla. Os quartos estavam vazios, a mobília do último diretor, um verdadeiro capricho de proprietário — magníficos armários espelhados, todos feitos artesanalmente, algumas secretárias de mogno, aparadores maciços feitos a entalhe —, já não estava mais lá. Mesmo os sofás, que eram especialmente macios, alguns pufes e mesas, tudo isso pertencia ao antigo diretor. O apartamento estava vazio e desadornado.

O tenente-coronel Riúrikov ordenou ao encarregado do almoxarifado da repartição cirúrgica que trouxesse do hospital uma maca e alguns lençóis, e o encarregado pegou ainda, por sua conta e risco, uma mesinha de cabeceira, que colocou ao pé da parede de um daqueles quartos enormes.

Riúrikov começou a arrumar suas coisas; retirou toalha e sabonete da mala e levou para a cozinha.

Antes de tudo, ele pendurou na parede seu violão com um laço de fita de um vermelho já desbotado. Não era um violão qualquer. No começo da Guerra Civil, quando o governo soviético ainda não concedia ordens, condecorações ou outras distinções honoríficas — chegaram a atacar Podvóiski, chamando-o de "regurgitação tsarista", quando, em 1918, ele defendeu na imprensa a introdução de ordens honoríficas —, muitos eram condecorados no *front*, mas não com medalhas ou insígnias, e sim com uma arma com o nome gravado ou uma guitarra, uma balalaica...

E assim foi condecorado o combatente do Exército Vermelho Riúrikov, pelos serviços prestados durante o confronto nos arredores de Tula — em vez de medalha, entregaram-lhe o violão. Riúrikov não tinha bom ouvido para música, e apenas quando ficava só é que se atrevia a dedilhar cautelosa e timidamente uma corda ou outra. As cordas ressoavam e o velho voltava, por um instante ao menos, ao mundo grandioso e tão querido de sua juventude. Ele conservava esse seu tesouro há mais de trinta anos.

Ele preparou o leito, pôs um espelho sobre a mesinha de cabeceira, despiu-se e enfiou os pés nos chinelos; vestindo apenas as roupas de baixo, aproximou-se da janela para olhar: as montanhas se dispunham em volta como devotos de joelhos. Era como se uma multidão deles tivesse vindo para cá rezar aos pés de um milagreiro, suplicar-lhe iluminação e que lhes mostrasse o caminho...

Pareceu a Riúrikov, no instante em que olhava para fora, que também a natureza desconhece as determinações do próprio destino, que também ela anseia por conselhos.

Ele retirou o violão da parede, e àquela hora, naquele quarto vazio, os acordes soaram particularmente vibrantes, solenes e expressivos. Como sempre acontecia, dedilhar as cordas do instrumento o acalmou. Nessa noite, ao som do violão, as primeiras resoluções foram delineadas. E, com isso, sentiu-se cheio de vontade para realizá-las; instantes depois, deitou-se na maca e adormeceu imediatamente.

De manhã, antes de começar sua jornada de trabalho naquele salão espaçoso que seria seu novo escritório, Riúrikov convocou o tenente Maksimov, seu adjunto para os assuntos de economia interna, para lhe dizer que ocuparia somente um dos cinco quartos — o maior deles. Os outros quatro podiam ser ocupados por alguns dos colaboradores que não dispusessem de uma residência. O tenente Maksimov fez primeiro uma cara de perplexidade, depois tentou explicar que não era o caso.

— Mas eu não tenho família — disse Riúrikov.

— O último diretor, também, vivia apenas com a esposa — disse Maksimov. — Mas os administradores da capital são muitíssimos e fazem visitas com certa frequência; é preciso pensar antes na hospedagem deles.

— Eles podem se hospedar naquela casa onde passei a primeira noite. Fica a dois passos. E está decidido. Faça como lhe foi dito.

Mas ao longo daquele dia Maksimov voltou algumas vezes ao escritório de Riúrikov para perguntar-lhe se não teria mudado de ideia. Ele só desistiu quando o novo diretor começou a se irritar com a insistência.

O primeiro a ser recebido por Riúrikov foi o representante local Koroliov.

Depois de terem se conhecido e examinado juntos um breve relatório, Koroliov disse:

— Tenho um pedido a lhe fazer. Amanhã vou para Dolgoie.

— Que lugar é esse?

— É nosso centro administrativo, fica a oitenta quilômetros daqui... Sai um ônibus para lá toda manhã.

— Bem, pois faça boa viagem — disse-lhe Riúrikov.

— Não, o senhor não entendeu — sorriu Koroliov. — Peço sua permissão para utilizar seu automóvel particular...

— Eu tenho um automóvel particular? — perguntou o tenente-coronel.

— Tem, sim.

— E motorista?

— E motorista...

— E Smolokúrov (esse era o sobrenome do último diretor) andava nesse automóvel particular?

— Andava pouco — respondeu Koroliov. — A verdade deve ser dita. Andava bem pouco.

— Ah, sim — Riúrikov então já tinha compreendido tudo e tomou uma decisão. — Dessa vez pegue o ônibus e, por enquanto, deixe o carro encostado. Quanto ao motorista, transfira-o para a garagem, ponha-o para trabalhar com os caminhões... Posso passar muito bem sem o automóvel. Se eu precisar ir a algum lugar, vou de ambulância ou de caminhão.

A secretária entreabriu a porta.

— O serralheiro Fiedótov está aqui: disse que precisa falar com urgência...

O tenente-coronel do serviço médico   247

O serralheiro estava assustado. De sua história apressada e incoerente, Riúrikov entendeu que em seu apartamento, que ficava no térreo, o reboco do teto havia desabado e agora pingava alguma coisa de lá. Era preciso consertar, mas ele próprio não tinha dinheiro para fazer o conserto e a repartição de economia não queria colaborar. E isso não era justo. Quem devia pagar pelo conserto era o responsável pelo desabamento do reboco, ainda que este fosse um membro do Partido. Pois a infiltração...

— Mas, espere um pouco — disse Riúrikov. — Como pode haver infiltração no teto? Ora, não há moradores nos apartamentos de cima.

Riúrikov teve dificuldade para entender que no apartamento de cima vivia um porco, e que lá, portanto, acumulavam-se montes de esterco, poças de urina; por isso, não só o reboco do teto do apartamento térreo tinha se desprendido, como agora o porco urinava diretamente na cabeça dos que viviam embaixo.

Riúrikov se enfureceu e gritou para a secretária:

— Anna Petrovna, faça virem aqui o secretário da subseção do Partido e o canalha a quem o porco pertence.

Anna Petrovna agitou-se, sacudiu as mãos e desapareceu.

Dentro de uns dez minutos entrou no escritório o secretário da subseção do Partido, Mostovoi, e sentou-se à mesa do diretor. Os três — Riúrikov, Mostovoi e o serralheiro — ficaram calados. E assim mais ou menos dez minutos se passaram.

— Anna Petrovna!

Anna Petrovna insinuou-se na porta.

— E o dono do porco?

Anna Petrovna novamente desapareceu.

— Está aqui o proprietário do porco, é o camarada Mostovoi — disse o serralheiro.

— Ah, vejam só — disse Riúrikov, levantando-se. — Você, enquanto resolvo isso, vá indo para casa — e acompanhou o serralheiro até a porta.

— Mas como é que se atreve? — começou a gritar para Mostovoi. — Como é que se atreve a manter em casa...?

— Não precisa berrar — disse-lhe Mostovoi com toda a calma. — E onde é que eu podia manter? Na rua? Arranje você um pássaro qualquer ou um javalizinho e verá como é. Eu pedi muitas vezes que me dessem um apartamento no andar térreo. Mas não me dão. Em todos os prédios acontece a mesma coisa — não sou o único. É que esse serralheiro é um falador. O antigo diretor sabia como fechar-lhe a boca. Enquanto você fica escutando tudo quanto é conversa.

— Todo o conserto ficará por sua conta, camarada Mostovoi.

— Isso não pode ser... de jeito nenhum...

Mas Riúrikov já estava ao telefone convocando o contador e ditando-lhe a ordem a ser cumprida.

Esse primeiro dia de trabalho não foi satisfatório. O tenente-coronel não conseguiu conhecer nenhum de seus suplentes enquanto assinava um sem-número de vezes uma quantidade infinita de papéis que diante dele eram desenrolados por mãos hábeis e treinadas. Sobre cada relatório era colocado um enorme peso de papéis que ficava na mesa da direção — uma torre do Kremlin esculpida à mão com estrelas vermelhas de plástico — e que secava com apuro a assinatura do tenente-coronel.

Assim foi até a hora do almoço; depois do almoço o diretor foi inspecionar o hospital. O doutor Grómov, de cara vermelha e dentes bem brancos, já o esperava:

— Quero ver o seu trabalho — disse o diretor. — Me diga se há alguém para ter alta hoje.

No consultório imensamente amplo de Grómov uma fila de doentes se deslocava bem devagar. Riúrikov viu pela primeira vez aqueles que iria tratar. Era uma fila de esqucletos o que se deslocava diante dele.

— Você tem piolhos?

O doente encolheu os ombros e olhou assustado para o doutor Grómov.

— Permita-me observar, este é o setor cirúrgico... Por que eles estão nesse estado?

— Isso não é assunto nosso — disse com cara alegre o doutor Grómov.

— Vai liberá-los?

— Até quando devemos mantê-los aqui? E a prestação de contas das diárias?

— Como é possível liberar aquele ali? — Riúrikov apontou para um doente com feridas escuras e purulentas.

— Aquele vai porque roubou o pão do vizinho.

Chegou o coronel Akimov, que era o chefe daquela unidade militar não muito bem identificada — regimento, divisão, corpo da armada ou exército — alocada no enorme território do Norte. Essa unidade militar havia construído o edifício do hospital para seu próprio uso. Akimov não aparentava seus cinquenta anos, era um tipo jovial, esbelto e alegre. Sua alegria contagiou Riúrikov. Akimov havia trazido sua mulher doente: "Ninguém soube o que fazer com ela, e já que aqui vocês têm médicos...".

— Vou ordenar agora mesmo — disse Riúrikov, e telefonou a Anna Petrovna, que apareceu na porta com uma expressão de plena disponibilidade para o cumprimento de todas as ordens que lhe seriam dadas.

— Não se apresse — disse Akimov. — Eu mesmo tenho me tratado aqui há muito tempo. A quem devo levar minha mulher?

— Eu a recomendaria a Stebelev. — Stebelev era o responsável pelo setor terapêutico.

— Não — disse Akimov. — Um médico como Stebelev eu mesmo posso ser. Preciso que você a recomende ao doutor Gluchakóv.

— Está bem — disse Riúrikov. — Mas o doutor Gluchakóv é detento. Você não acha que...

— Não, não acho nada — disse Akimov, com voz firme e um semblante sério, depois calou-se por um instante. — É que — tornou ele — minha mulher precisa de um médico, e não um... — o coronel não completou a frase.

Anna Petrovna foi rapidamente encomendar o documento de viagem e a convocação de Gluchakóv, enquanto o coronel Akimov apresentava sua mulher a Riúrikov.

Pouco tempo depois trouxeram Gluchakóv, que era um velho grisalho e enrugado.

— Olá, professor — disse Akimov, levantando-se e cumprimentando Gluchakóv com um aperto de mão —, preciso de um favor seu.

Gluchakóv propôs atender a esposa de Akimov no setor médico do campo ("lá tenho tudo à mão, enquanto aqui, não sei nem por onde começar"), e Riúrikov telefonou para seu suplente para assuntos do campo e pediu que ele preparasse o documento de viagem para o coronel e sua esposa.

— Ouça, Anna Petrovna — dirigiu-se Riúrikov à secretária, assim que todos saíram. — Gluchakóv é mesmo esse grande especialista?

— Ah, não é muito mais confiável que os nossos — disse Anna Petrovna e soltou um risinho.

O tenente-coronel Riúrikov suspirou. Para ele, cada dia vivido tinha um colorido particular e irrepetível. Uns eram dias de perda, dias de infortúnio, outros de felicidade, bondade e compaixão, ou de desconfiança, ódio... Tudo o que acontecia em determinado dia era acompanhado de um caráter específico e, às vezes, Riúrikov era capaz de ajustar suas

O tenente-coronel do serviço médico

decisões e sua conduta a esse "fundo", como se as coisas não dependessem de sua vontade. Aquele fora um dia de dúvidas, de desilusões.

A observação do coronel Akimov tocou em algo de fundamental, de muito importante na vida atual de Riúrikov. Abriu-se uma janela, cuja existência, até a visita do coronel Akimov, Riúrikov não tinha chegado a considerar. Acontece que a janela não só existia, como se podia ver por ela o que Riúrikov antes não via, algo que ainda não tinha percebido.

Naquele dia, tudo parecia confirmar o que o coronel Akimov havia dito. O novo responsável interino pelo setor cirúrgico, o doutor Braude, comunicou que a intervenção cirúrgica de otorrinolaringologia, marcada para aquele dia, fora adiada porque o orgulho do hospital, a médica recém-chegada Adelaida Ivánovna Simbirtseva — uma diagnosticista de rara fineza, bem como uma virtuose da cirurgia, que tinha já certa idade e fora aluna do célebre Voiátchek[229] — estava "empanturrada de drogas", como se expressou Braude, e naquele momento estrebuchava na recepção do setor cirúrgico. Ela quebrava todo objeto de vidro que fosse parar em suas mãos. Que fazer? Amarrá-la, convocar alguns guardas da escolta e conduzi-la até seu apartamento?

O coronel Riúrikov ordenou que não amarrassem Adelaida Ivánovna, mas que lhe tapassem a boca com seu xale, levassem-na para casa e a deixassem lá trancada à chave. Ou que lhe enfiassem antes algum sonífero pela goela — uma dose de hidrato de cloral, mas obrigatoriamente uma dose dupla — e a levassem adormecida. Mas para isso deviam contar com a colaboração dos trabalhadores livres contratados, e não com a dos detentos.

---

[229] Vladímir Ignátievitch Voiátchek (1876-1971), famoso otorrinolaringologista soviético, detentor do título honorífico de Herói do Trabalho Soviético. (N. do T.)

No setor de neuropsiquiatria um doente matou seu vizinho com um pedaço pontiagudo de ferro. O doutor Piotr Ivánovitch, responsável pelo setor, comunicou que o assassinato resultara de uma briga sangrenta entre os delinquentes e que os enfermos, tanto o assassino quanto o assassinado, eram ladrões.

No setor de internação — sob a responsabilidade de Stebelev —, o encarregado do almoxarifado, que era detento, roubou e vendeu quarenta lençóis. O delegado Lvov encontrou os lençóis embaixo de um barco emborcado na beira do rio.

A responsável pelo setor feminino exigia que sua ração alimentar fosse equiparada à dos oficiais, e a questão seria resolvida em algum lugar da capital.

Mas a coisa mais desagradável de todas lhe foi comunicada por seu suplente para assuntos do campo, Aníssimov. Ele ficou sentado por um longo tempo, afundado no sofá de couro da sala de Riúrikov, esperando que se esgotasse o fluxo de visitações. Quando ficaram sozinhos, Aníssimov disse:

— O que fazer, Vassili Ivánovitch, com Liussia Popóvkina?

— Que Liussia Popóvkina?

— Será que o senhor não está sabendo?

Liussia Popóvkina era detenta, uma bailarina que se entendia com Semion Abramóvitch Smolokúrov, o antigo diretor. Ela não trabalhava em parte alguma e servia apenas de divertimento para Smolokúrov. Agora ("há quase um mês" — pensou Riúrikov) está lá, ainda sem trabalho — não há ordem para alocá-la.

Riúrikov sentiu um impulso de lavar as mãos.

— Que ordem ainda quer? Mande-a imediatamente ao inferno.

— Refere-se à zona de punição?

— Porque para a zona de punição? Ela por acaso é culpada? E vou lhe dar uma nota de repreensão: um mês inteiro e você não cuidou de nada.

— Cuidávamos dela — disse Aníssimov.

— A mando de quem? — E Riúrikov levantou e começou a andar pela sala. — Imediatamente, mande-a embora amanhã mesmo.

Enquanto subia pela escada estreita de madeira ao apartamento da médica Antonina Serguêievna, no primeiro andar, Piotr Ivánovitch considerava que nos dois anos em que haviam trabalhado juntos naquele hospital, ele nunca tinha estado ali, na casa do médico-chefe. Ao se dar conta do motivo pelo qual o haviam convidado, ele deu um sorriso. Ora, esse convite feito a ele, um ex-detento, iria introduzi-lo na "alta-roda" local. Piotr Ivánovitch não entendia pessoas como Riúrikov e, por não entender, o desprezava. Considerava que Riúrikov tinha um jeito seu de fazer carreira, que era o caminho do "super-honesto", dito assim, entre aspas, porque, para ele, toda a "honestidade" de Riúrikov visava nada mais nada menos que a chefia da divisão sanitária. Daí o esforço tremendo para se mostrar como a imagem da mais cândida inocência.

Piotr Ivánovitch captou bem tudo isso. A sala estava cheia de gente e inteiramente esfumaçada. Estavam lá o médico radiologista, Mostovoi e o contador-chefe. Estes estavam sentados, enquanto Antonina Serguêievna servia um chá morno e fraco, vertendo-o de uma chaleira de alumínio do hospital.

— Entre, Piotr Ivánovitch — disse ela, no instante em que o neuropatologista tirava sua capa de lona alcatroada.

— Comecemos — disse Antonina Serguêievna, e Piotr Ivánovitch pensou: "Ela ainda é passável" — e virou-se para olhar para o outro lado.

O chefe do *lager* disse:

— "Chamei-os aqui, meus senhores (Mostovoi ergueu as sobrancelhas), para lhes dar uma notícia bem desagradável."[230] — Todos começaram a rir, inclusive Mostovoi, desconfiando, como os outros, que aquilo fosse alguma citação literária. E, com este pensamento, Mostovoi se tranquilizou; porque a palavra "senhor" o deixava nervoso, mesmo quando dita por brincadeira ou por lapso.

— O que vamos fazer? — perguntou Antonina Serguêievna. — Dentro de um ano estaremos na miséria. E *ele* veio para ficar três anos. Proibiram a nós todos de mantermos domésticas que sejam detentas. Para que essas pobres moças precisam sofrer no trabalho comum? Por quem? Apenas porque ele quer. Sobre a lenha nem vou começar a falar. No último inverno não depositei na caderneta de poupança um rublo sequer. Afinal de contas, tenho filhos para criar.

— Todos nós temos filhos — observou o contador-chefe. — Mas o que podemos fazer neste caso?

— Despachá-lo para o inferno! — berrou Mostovoi.

— Faça o favor de não falar esse tipo de coisa em minha presença — disse o contador-chefe. — Do contrário, serei obrigado a comunicar às devidas instâncias.

— Eu estava brincando.

— Faça o favor de não brincar assim.

Piotr Ivánovitch levantou a mão.

— Precisamos convocar Tchurbakov para esta reunião. E é Antonina Serguêievna quem deve falar com ele.

— Por que eu? — Antonina Serguêievna perguntou ruborizada. O major do serviço médico Tchurbakov, o chefe da administração sanitária, era famoso por sua libertinagem

---

[230] Primeira fala da peça *O inspetor geral*, de Gógol (1836), quando a personagem do prefeito anuncia a chegada do inspetor. Cf. Nikolai Gógol, *Teatro completo*, tradução de Arlete Cavaliere, São Paulo, Editora 34, 2009, p. 47. (N. do T.)

desenfreada e por sua incrível resistência aos efeitos do álcool durante as bebedeiras. Ele tinha filhos em quase todas as lavras: com médicas, enfermeiras, auxiliares e assistentes de enfermaria.

— Porque é a melhor pessoa para fazer isso. Deve deixar claro para o major Tchurbakov que o tenente-coronel Riúrikov quer o cargo dele, compreendeu? Diga-lhe que ele, o major, é um membro de outros tempos do Partido, enquanto Riúrikov...

— Riúrikov é membro do Partido desde 1917 — disse, suspirando, Mostovoi. — Então, por que iria querer o lugar de Tchurbakov?

— Ah, você não entende nada. Piotr Ivánovitch tem toda a razão.

— E se escrevêssemos para Tchurbakov?

— Quem levaria a carta? Alguém que não tenha amor à cabeça sobre os ombros? E se de repente interceptarem nosso mensageiro ou, ainda mais simples, se ele próprio decidir se apresentar na sala de Riúrikov com a carta nas mãos? Já tivemos casos assim.

— E por telefone?

— Por telefone pode-se apenas marcar um encontro. Você sabe bem que Smolokúrov tinha gente escutando os telefonemas.

— Mas esse diretor não tem.

— Vai saber. Em suma, prudência e ação, ação e prudência...

(1963)

O COMISSÁRIO MILITAR

A intervenção cirúrgica — a extração de um corpo estranho do esôfago — foi anotada no livro de registro hospitalar pela mão de Valentin Nikoláievitch Traut, um dos três cirurgiões que participaram da operação. Dessa vez, o cirurgião-chefe não foi Traut, mas Anna Serguêievna Nóvikova, aluna de Voiátchek, um conhecido otorrinolaringologista da capital; ela era uma típica beleza do sul, que, ao contrário de seus dois assistentes, Traut e Lúnin, nunca fora detenta. Justamente por ter sido Nóvikova o cirurgião-chefe é que a operação só foi realizada dois dias depois da data estabelecida. Nessas quarenta e oito horas que antecederam a operação, a brilhante aluna de Voiátchek estava sendo banhada com água fria, inalando amônia, fazendo lavagens no estômago e nos intestinos e enchendo-se de chá forte. A cirurgia só pôde começar depois desses dois dias, quando as mãos de Anna Serguêievna pararam de tremer. Para se livrar da ressaca, a toxicômana e alcoólatra costumava despejar o conteúdo de vários frascos numa xícara grande e sorver a beberagem escura resultante, para ficar outra vez embriagada e voltar a dormir. Dessa vez, no entanto, como não havia muito tempo para o restabelecimento, era preciso que a dose da beberagem fosse um pouco menor. Mas agora, de avental e máscara, Nóvikova ralhava com os assistentes, dava ordens curtas e, mesmo tendo escovado bem os dentes e feito gargarejos, de vez em quando lhes chegava aquele hálito característico de quem bebeu. A enfermeira que acompanhava a cirurgia mexia o nariz quando inspirava o cheiro desagradável e esboçava um sorriso sob a máscara, mas logo se recompunha. Os assistentes não sorriam nem se apercebiam do hálito da chefe. A cirurgia demandava plena concentração. Traut já tinha participado de operações como aquela, mas pouquíssimas vezes, enquanto Lúnin via pela primeira vez esse tipo de cirurgia. Já para Nóvikova, era mais uma oportunidade de mostrar seu talento especial, suas mãos de ouro, sua elevadíssima qualificação.

Quando adiaram a operação por um dia, o paciente não compreendeu o motivo, depois adiaram por mais um dia e ele continuou sem compreender, mas ficou em silêncio — não era hora de dar voz de comando. Ao paciente, que ficou aguardando no apartamento do diretor do hospital, fora dito: aguarde, irão chamá-lo. O que inicialmente se sabia era que Traut seria o cirurgião-chefe, mas depois de um dia informaram: será amanhã, mas não será Traut, será Nóvikova. Tudo isso atormentava o paciente, mas como se tratava de um militar, que além do mais retornara há pouco da guerra, ele se conteve. Com dragonas de coronel, o oficial de alta patente que esperava para ser operado era o comissário de um dos oito distritos militares de Kolimá.

O tenente-coronel Kononov, que ao fim da guerra comandava um regimento, não queria abandonar o exército, mas para tempos de paz eram necessárias outras habilidades. Assim, todos os que passaram pelos testes de requalificação receberam a proposta de continuar no serviço militar com as mesmas patentes, mas integrando as tropas do MVD[231] empregadas na vigilância dos campos de trabalho. Em 1946, todo o serviço de guarda do *lager* passou de profissionais da

---

[231] Sigla de *Ministiérstvo Vnutriénnikh Diel* (Ministério do Interior da URSS). (N. do T.)

VOKHR[232] a oficiais de carreira com galões e medalhas. Todos mantiveram a patente, as rações especiais, os vencimentos, as férias e, além disso, passaram a usufruir de todos os benefícios proporcionados pelo Dalstroi nas difíceis condições árticas. Kononov, que tinha esposa e filha, inteirou-se rapidamente da situação e, chegando a Magadan, recusou-se a trabalhar no *lager*. Mandou a esposa e a filha para o continente e, quanto a ele próprio, foi indicado para o cargo de comissário militar distrital. O seu distrito se estendia por centenas de quilômetros ao longo da rodovia principal, cerca de dez quilômetros para um lado e para outro, onde viviam pessoas que deviam ser registradas pelo comissário militar daquela circunscrição. Kononov entendeu logo que chamar alguém para comparecer ao seu escritório acarretava muita perda de tempo ao convocado. Levava-se uma semana para se chegar ao povoado onde vivia o comissário militar. E, para voltar — outra semana. Por isso, tudo era feito por meio de mensageiros ocasionais — todo o registro, toda a correspondência —, e uma vez por mês, às vezes mais de uma, o próprio Kononov percorria de carro todo o distrito. Ele realizava bem o seu trabalho, mas não visava com isso uma promoção, o que mais desejava era o "fim do Norte" — uma transferência ou simplesmente o abandono do trabalho, não lhe importava, ele já tinha deixado de sonhar com as dragonas de coronel. Tudo isso — o Norte, as dificuldades que a desorganização geral impunha — levou Kononov, aos poucos, a começar a beber. Justamente por isso ele não podia explicar como lhe foi cair no esôfago um osso que ao tato parecia tão grande e que lhe obstruía a traqueia de maneira que sua fala soava como um sussurro forçado.

---

[232] Acrônimo de *Voienizírovannaia Okhrána* (Guarda Armada), divisões paramilitares empregadas na segurança de indústrias e serviços essenciais do governo soviético. (N. do T.)

O comissário militar

Mesmo com aquele corpo estranho no esôfago, Kononov podia chegar até Magadan, onde havia médicos na Administração que lhe prestariam socorro... Mas ele trabalhava há mais ou menos um ano no *voienkomat* e tinha ouvido falar muito bem do hospital da Margem Esquerda — um grande complexo hospitalar para detentos. Os funcionários do hospital, homens e mulheres, guardavam suas carteiras militares com Kononov. Quando o osso entalou no esôfago de Kononov e ficou claro que sem ajuda médica ele não o tiraria de lá, o comissário pegou o carro e foi ao hospital para detentos da Margem Esquerda.

Na época, o diretor do hospital era Vinokúrov. Ele entendeu bem que o hospital, cuja direção assumira recentemente, teria seu prestígio fortalecido caso a operação fosse bem-sucedida. Todas as esperanças eram depositadas na aluna de Voiátchek, pois em Magadan não se encontravam especialistas de sua categoria. Infelizmente, porque Nóvikova tinha trabalhado em Magadan cerca de um ano atrás: "Transferência para a Margem Esquerda ou demissão do Dalstroi". "Para a Margem Esquerda... para a Margem Esquerda!" — gritara Nóvikova na seção de pessoal. Antes de Magadan, Nóvikova trabalhara em Aldan, e, antes de Aldan, em Leningrado. De todo lugar ela era mandada a um outro, cada vez mais longe, sempre rumo ao Norte. Centenas de promessas e milhares de juramentos quebrados. Ela gostou do hospital da Margem Esquerda e lá se estabeleceu. A alta qualificação de Anna Serguêievna era percebida em toda observação que ela fazia. Como otorrinolaringologista, ela atendia tanto os livres quanto os detentos, acompanhava os doentes, realizava cirurgias, participava das consultas e, de repente, recomeçava a bebedeira — os doentes ficavam abandonados, os livres assalariados iam embora, enquanto os detentos eram tratados pelos enfermeiros. Anna Serguêievna simplesmente desaparecia do departamento sanitário.

Mas quando Kononov chegou e ficou claro que uma operação urgente precisava ser feita, ordenaram a Anna Serguêievna que ficasse a postos. A dificuldade, no entanto, estava em que Kononov devia ficar muito tempo no hospital. A extração do corpo estranho era uma cirurgia limpa, sem supuração. É que havia dois setores cirúrgicos naquele enorme hospital — um para intervenções que envolvessem processos de supuração e outro para cirurgias limpas; o pessoal que trabalhava também se distinguia — no setor para cirurgias limpas eram mais competentes, enquanto no outro eram um pouco menos. Era preciso acompanhar a cicatrização do ferimento, ainda mais porque era no esôfago. Naturalmente, seria encontrada uma enfermaria particular para o comissário. Kononov não queria ser transferido para Magadan, sua patente de coronel não lhe serviria de nada na capital kolimana. Ele não deixaria de ser recebido, é claro, mas atenção e cuidados ele não teria. Lá, os generais com suas esposas tomam todo o tempo dos médicos. Em Magadan, Kononov morreria. Morrer aos quarenta anos por causa de um maldito osso na garganta! Kononov assinou todos os recibos necessários e tudo o mais que lhe exigiram que assinasse. Ele compreendia que a questão era de vida ou morte e se torturava com isso:

— Quem irá fazer, Valentin Nikoláievitch, será você?

— Sim, eu — Traut disse hesitante.

— Então, o que estamos esperando?

— Vamos esperar mais um dia.

Kononov não entendeu nada. Alimentavam-no pelo nariz, introduzindo alimento líquido por um tubo; assim, ao menos de fome ele não morreria.

— Amanhã, mais um médico irá examiná-lo.

Trouxeram uma médica até o leito de Kononov. Seus dedos experientes de súbito apalparam a região onde estava o osso e tocaram-no de maneira indolor.

— O que diz, Anna Serguêievna?

— Vamos fazer amanhã de manhã.

Naquele tipo de operação havia trinta por cento de risco de morrer. Mas Kononov escapou e ocupou a enfermaria preparada para o seu pós-operatório. O osso que extraíram revelou-se tão grande que, quando o trouxeram dentro de um vidro e o deixaram com ele por algumas horas, Kononov sentiu vergonha de olhar. Ele ficou repousando numa enfermaria de pós-operatório e, de vez em quando, o diretor lhe trazia jornais.

— Vai tudo bem.

Kononov estava hospitalizado numa enfermaria pequeníssima, onde mal cabia uma maca. Os dias previstos para sua recuperação se passaram e tudo correu muito bem — não se podia esperar recuperação melhor —, de maneira que a competência da aluna de Voiátchek se fez notar; mas nada pode ser mais tedioso que um pós-operatório! Um prisioneiro ainda pode conter esse sentimento em certos quadros materiais, pode dominá-lo com a ajuda da escolta, das grades, das chamadas e verificações de controle, da distribuição da comida; já um coronel, como pode ele espantar o tédio? Kononov se aconselhou com o diretor do hospital.

— Faz tempo que aguardo por essa pergunta; um homem é sempre um homem. Claro, um tédio mortal. Ainda assim, não posso lhe dar alta antes de um mês — o risco é muito elevado e o êxito será pouco provável se não tomarmos todas as precauções. Mas posso autorizar que seja transferido para a enfermaria dos detentos, onde haverá quatro pessoas; o senhor será a quinta. Assim, chegamos a um ponto de equilíbrio entre seus interesses e os do hospital.

Kononov concordou imediatamente. Essa era uma boa saída. O coronel não tinha medo dos detentos. Sua experiência no hospital o convenceu de que eles eram pessoas como as outras e que, portanto, não iriam mordê-lo; não iriam confundi-lo com um tchekista qualquer ou um procurador a serviço do governo, tanto mais que era ele, o coronel Kononov, um oficial de alta patente. Além disso, não era sua intenção estudar ou observar os novos vizinhos. Era enfadonho para ele ficar sozinho, apenas isso.

O coronel ainda perambulou de camisola cinza pelos corredores do hospital por muitas semanas. A camisola era exatamente como a dos detentos. Um dia vi o coronel pela porta aberta, envolto em sua camisola, escutando atentamente um dos "romancistas".[233]

Eu era então enfermeiro-chefe no departamento cirúrgico, mas depois me transferiram para o trabalho na floresta e Kononov se foi de minha vida, como outros milhares de pessoas, que se vão e deixam na memória marcas quase perceptíveis e a recordação de uma simpatia quase tangível.

Por um longo período eu não soube de Kononov, mas houve ao menos uma outra ocasião em que ouvi o sobrenome do comissário, quando, presente numa conferência médica, vi o relator e novo médico-chefe do hospital, o major e médico Koroliov, referir-se a Kononov. Ex-combatente, o major Koroliov era amante de uma boa bebida com uns bons petiscos. Como médico-chefe do hospital ele não durou muito — não era capaz de recusar pequenos subornos, e menos ainda de resistir a uns copinhos do álcool que o Estado disponibilizava para o hospital — mas, depois de um caso ruidoso que levou à sua remoção do posto e a um período de afastamento do trabalho, ele foi recontratado e apareceu já no posto de diretor da seção sanitária da Administração do Norte.

---

[233] Contadores de história na prisão. Ver o conto "Como 'tirar romances'", de Chalámov, em *Ensaios sobre o mundo do crime*, São Paulo, Editora 34, 2016, pp. 140-52. (N. do T.)

Depois da guerra, uma enorme quantidade de aventureiros e impostores, fugindo dos tribunais e das prisões e em busca dos altos salários do Dalstroi, afluiu para Kolimá. Para a direção do hospital foi designado um certo Aleksêiev, um major que trazia no peito o distintivo da Ordem da Estrela Vermelha e, sobre os ombros, dragonas de oficial. Uma vez, interessado em conhecer a área, Aleksêiev veio a pé até minha enfermaria na floresta, mas tomou o caminho de volta sem fazer perguntas. O posto médico da floresta ficava a vinte quilômetros do hospital. Naquele mesmo dia, assim que chegou de volta, Aleksêiev foi preso pelos que vinham de Magadan. Ele, na verdade, tinha sido condenado pelo assassinato da mulher. Não era médico, nem militar, mas tinha conseguido, com documentos falsos, esgueirar-se de Magadan até nossos arbustos da margem esquerda e se esconder por lá. O distintivo, as dragonas — era tudo falso.

Antes ainda, o diretor da seção sanitária da Administração do Norte, cujo posto passaria tempos depois àquele médico-chefe beberrão, visitava com frequência o hospital da Margem Esquerda. O visitante, um homem solteiro bem-vestido e fortemente perfumado, tinha permissão para estagiar no hospital, inclusive acompanhando as intervenções cirúrgicas.

— Decidi me requalificar como cirurgião — sussurrava Paltsin, sempre com um sorriso de condescendência.

Os meses se passavam e, nos dias previstos para as operações, Paltsin chegava do povoado de Iágodnoie, o centro da Administração do Norte, em seu carro particular, almoçava com nosso diretor e discretamente cortejava sua filha. O nosso Traut percebeu que Paltsin não conhecia muito bem a terminologia médica, mas sim o *front*, a guerra; todos acreditaram nele e de bom grado introduziram o novo diretor nos segredos da cirurgia, detendo-se sobretudo em coisas elementares, como a diurese, etc. E, de repente, Paltsin foi detido —

era um outro caso de homicídio, desta vez no *front*; além disso, Paltsin não era médico, mas um *politsai*[234] que buscava se esconder.

Todos esperavam que algo parecido acontecesse com Koroliov. Mas não, tudo o que o identificava — o distintivo, a patente, a carteira do Partido — era autêntico. Este Koroliov, que em seu período de médico-chefe no Hospital Central foi relator naquela conferência em que estive presente, fez uma comunicação razoável, nem melhor nem pior que a de alguns outros. Com exceção de Traut, que era da *intelligentsia* e tinha sido aluno do cirurgião Krauze,[235] quando este trabalhava em Saratov.

Mas a espontaneidade, a sinceridade e o espírito democrático encontram eco em qualquer coração, por isso, quando o chefe de todos os cirurgiões do hospital da Margem Esquerda, durante uma conferência científica que reunia especialistas de toda a Kolimá, começou a contar com grande prazer sobre um êxito cirúrgico...

— Tivemos aqui um paciente que engoliu um osso; um como este aqui. — Koroliov mostrou um osso como aquele engolido por Kononov. — E o que acham? Extraímos o osso. Estão aqui os médicos e também está o paciente...

Mas o paciente não estava lá. Pouco tempo depois dessa conferência, eu adoeci, mais tarde fui mandado numa missão para o trabalho na floresta, de onde voltei um ano depois para o hospital, passando então a administrar a sala de recepção e triagem, e, mal tinha começado a trabalhar — talvez no terceiro dia —, encontrei ali mesmo o coronel Kono-

---

[234] Versão popular russa da palavra alemã *Polizei*; era como se referiam aos colaboracionistas dos alemães nos territórios ocupados durante a Segunda Guerra Mundial. (N. do T.)

[235] Nikolai Ieronímovitch Krauze (1887-1950), médico-cirurgião e acadêmico soviético. (N. do T.)

O comissário militar

nov. Ele ficou extraordinariamente feliz de me ver. Como toda a diretoria havia mudado, Kononov não encontrou seus antigos conhecidos; eu era o único que ele conhecia, e muito bem.

Fiz por ele tudo o que podia — facilitei com as radiografias, escrevi para os médicos, telefonei para o diretor, expliquei que se tratava do protagonista daquela famosa operação no hospital da Margem Esquerda. Estava tudo em ordem com a saúde de Kononov. Antes de partir, ele passou na sala de triagem para falar comigo:

— Devo um presente a você.

— Não aceito presentes.

— Daquela vez, eu trouxe presentes para todos — para o diretor do hospital, para os cirurgiões, as enfermeiras e até para os pacientes que estavam comigo na enfermaria; aos cirurgiões — cortes de tecidos para roupas. Mas não achei você. Preciso agradecê-lo... Com dinheiro, que sempre lhe poderá ser útil.

— Não aceito presentes.

— Bem, vou trazer uma garrafa de conhaque da próxima vez.

— Também não aceito conhaque; não precisa trazer.

— Então me diga o que posso fazer por você?

— Nada.

Quando Kononov foi levado à sala de radiologia, uma enfermeira, uma livre contratada que veio em seu encalço, disse:

— É o comissário militar, sim?

— Sim.

— Vejo que o conhece bem.

— Sim, conheço, ele ficou internado aqui no hospital.

— Peça para ele, caso não vá necessitar de nada para você mesmo, dar um visto de presença para registro em minha carteira militar. Sou *komsomolka*; e aqui, a oportunidade de evitar uma viagem de trezentos quilômetros é um presente dos céus.

— Está bem, farei o pedido.

Quando Kononov voltou, transmiti a ele o pedido da enfermeira.

— E onde está ela?

— Está esperando ali.

— Bem, me dê a carteira, não tenho carimbos aqui comigo, mas vou passar por aqui em uma semana e aproveito para devolvê-la — e Kononov enfiou a carteira militar no bolso. Um carro começou a buzinar junto ao portão de acesso.

Passou-se uma semana e o comissário não retornou. Duas semanas... Um mês... Depois de três meses a enfermeira veio ter uma conversa comigo.

— Ah, mas que erro cometi! Tudo indica que... caí numa armadilha.

— Que armadilha?

— Não sei qual, mas estão me expulsando do Komsomol.

— E por que estão fazendo isso?

— Por manter relações com um inimigo do povo, por ter me desfeito da carteira militar.

— Mas você a entregou ao comissário.

— Não, não foi bem assim. Eu a entreguei a você, e você... ou foi diretamente ao comissário... É justamente o que estão esclarecendo no comitê, nas mãos de quem eu teria entregue, se a você ou diretamente ao comissário. Eu disse que entreguei a você. E não foi?

— Sim, foi a mim, mas passei para ele em sua presença.

— Disso já não sei. Sei apenas que me aconteceu uma desgraça terrível; vou ser expulsa do Komsomol e despedida do hospital.

O comissário militar

— Deve ir ao comissariado para esclarecer as coisas.

— E perder duas semanas? Era preciso ter feito tudo de outra maneira desde o começo; agora é tarde.

— Quando vai embora?

— Amanhã.

Dali a duas semanas encontrei no corredor a enfermeira com cara de poucos amigos.

— Então?

— O comissário retornou ao continente, pediu dispensa e já foi dispensado. Agora o que me restou foi a missão de conseguir uma nova carteira militar. Mas vou procurar fazer com que o enxotem do hospital para uma lavra de correção.

— Mas o que eu tenho a ver com isso?

— E quem mais? Essa é uma armadilha engenhosa; foi o que me disseram no MVD.

Procurei esquecer essa história. Afinal de contas, eu ainda não havia sido formalmente acusado de nada nem chamado a interrogatório algum, mas a minha lembrança do coronel Kononov se alterou, tingindo-se de novos tons.

Uma noite, quando eu menos esperava, fui chamado ao posto de guarda.

— Estou aqui — gritava do outro lado da cancela o coronel Kononov. — Peça que me deixem passar!

— Pode passar. Me disseram que havia partido para o continente.

— Eu pretendia tirar um período de férias, mas não me liberaram. Então pedi as contas e agora estou dispensado. Para sempre. Estou de partida. Passei para me despedir.

— Apenas para se despedir?

— Não. Quando eu estava arrumando as coisas para despachar, encontrei no canto da mesa uma carteira militar e não conseguia me lembrar de jeito algum onde era que a tinha recebido. Se fosse sua, teria me lembrado pelo sobrenome. E, desde aquela vez, eu ainda não tinha voltado à Mar-

268   A luva, ou KR-2

gem Esquerda. Está aqui, com tudo que precisava: carimbo, assinatura. Pegue-a e devolva-a àquela senhora.

— Não — disse eu. — Entregue-a diretamente a ela.

— Mas como? É tarde da noite.

— Peço ao contínuo para chamá-la agora mesmo. Mas a entrega, coronel Kononov, deverá ser feita pessoalmente.

— Olhe...

A enfermeira chegou depressa e Kononov entregou-lhe o documento.

— Agora é tarde, já entreguei todos os requerimentos para tirar uma nova e também já me expulsaram do Komsomol. Espere um pouco, escreva algumas palavras sobre o ocorrido aqui neste formulário.

— Peço desculpas.

E desapareceu na neblina gelada.

— Bem, eu o felicito. Se estivéssemos em 1937 você teria sido fuzilado por isso — disse-me com maldade a enfermeira.

— Sim — disse eu. — E você também.

(1970-1971)

RIVA-ROCCI

A morte de Stálin não suscitou nenhuma esperança nova nos corações endurecidos dos detentos, nem deu novo impulso aos aparelhos agonizantes, cansados de bombear nos vasos estreitos e rígidos um sangue cada vez mais espesso.

Mas todas as ondas de rádio, propagando-se em ecos pelos céus, pelas montanhas e pela neve, infiltrando-se em cada recanto da vida dos detentos, traziam uma palavra muito importante, palavra essa que prometia resolver todos os nossos problemas: quer fosse declarar que os justos eram na verdade pecadores, quer fosse castigar todos os facínoras, ou, finalmente, com a descoberta de um sistema indolor, recolocar todos os dentes que o escorbuto nos tinha feito cuspir.

Da maneira mais típica, surgiram e começaram a se espalhar rumores sobre a iminência de uma anistia.

As comemorações do primeiro jubileu ao trecentésimo ano, as coroações dos herdeiros, as mudanças de governo e de gabinete, seja em que Estado for, tudo isso, vindo das alturas de além das nuvens, chega ao mundo subterrâneo em que habitam os condenados pelo poder e lá se traduz em uma única coisa — *anistia*. Essa é a forma clássica de contato entre o alto e o baixo.

A forma mais burocrática de esperança que um detento pode ter é a que se dá por meio das tradicionais *parachas* de cadeia — os boatos em que todos acreditam.

Em resposta às expectativas tradicionais, o governo dá um passo também tradicional e declara de fato a anistia.

Nesse sentido, o governo da época pós-stalinista não se afastou dos costumes. Parecia-lhe que realizar aquele ato tradicional, repetir o gesto tsarista, significava cumprir com uma obrigação moral perante a humanidade, e que o próprio expediente da anistia, em todas as suas formas, era já plenamente significativo e em conformidade absoluta com a tradição.

Para o cumprimento dessa obrigação moral, todo novo governo dispõe da velha e tradicional instituição da anistia, cuja não aplicação significa uma atitude expressa de prevaricação para com a história e com o país.

A fim de não derrogar o modelo clássico, a anistia foi realizada às pressas, em regime de urgência.

Béria,[236] Malenkov[237] e Vichinski[238] mobilizaram juristas, tanto os justos quanto os injustos, e deram-lhes a ideia da anistia: o resto era apenas uma questão de técnica burocrática.

Em Kolimá, a anistia apareceu depois de 5 de março de 1953,[239] vindo para aqueles que passaram todo o período da

---

[236] Lavrenti Béria (1899-1953), desde 1938 o chefe do órgão responsável pela repressão política, NKVD, foi autor da ampla anistia proposta, logo após a morte de Stálin, na sessão de 27 de março de 1953 do Comitê Central do Partido Comunista da União Soviética. Propunha-se a libertação de condenados a penas de até cinco anos por crimes de recusa ao trabalho, peculato e alguns crimes de guerra, bem como de mulheres grávidas, mães de crianças de até dez anos, menores de dezoito anos, idosos e portadores de doenças graves. (N. do T.)

[237] Gueorgui Malenkov (1902-1988) foi chefe de governo da União Soviética de 1953 a 1955, destituído do cargo e expulso do Partido por integrar a facção da liderança do governo chamada de Grupo Antipartido, cujo objetivo era a deposição de Nikita Khruschov. (N. do T.)

[238] Andrei Vichinski (1883-1954), procurador-geral da República Soviética Russa de 1931 a 1934 e da União das Repúblicas Soviéticas de 1935 a 1939. (N. do T.)

[239] O dia da morte de Stálin. (N. do T.)

guerra entre os extremos do movimento pendular a que se restringia o destino de um prisioneiro, isto é, da esperança cega ao profundo desapontamento — a cada derrota e a cada vitória naquele interminável conflito. E não havia nenhum sábio ou clarividente que pudesse determinar o que seria mais conveniente para o detento, em que lhe seria melhor depositar suas esperanças de salvação — na vitória ou na derrocada do país.

A anistia chegou para os trotskistas e para todos os condenados pela Comissão Especial que tinham escapado com vida dos fuzilamentos de Garánin,[240] e aos que sobrepujaram o frio e a fome nas galerias das minas de ouro de Kolimá — verdadeiros campos de extermínio stalinistas — no ano de 1938.

Chegou para todos os que não foram assassinados, fuzilados ou mortalmente espancados pelas botas e coronhas dos guardas da escolta, dos chefes de brigada, dos supervisores e capatazes; para todos os que escaparam da morte, pagando um altíssimo preço pela vida — dobrando ou triplicando o prazo usual de cinco anos de pena que o detento trazia de Moscou para Kolimá...

Em Kolimá, nenhum dos condenados pelo artigo 58 cumpria somente cinco anos de pena. Os que eram condenados a somente cinco anos — e não tinham a pena aumentada posteriormente —, os chamados *piatiliétniki*, constituíam um estrato exíguo e muito restrito em relação ao número total de condenados; eram pessoas que haviam recebido a pena no ano de 1937, mas antes do encontro de Béria com Stálin e Jdánov,[241] que se dera em junho, na *datcha* de

---

[240] Stiepan Garánin (1898-1950): Em 1937 e 1938, foi chefe do Sevvostlag. (N. do T.)

[241] Andrei Jdánov (1896-1948) foi um dos apoiadores mais fiéis de Stálin; secretário do Comitê Central do Partido Comunista Soviético des-

Stálin, ocasião em que as penas de cinco anos começaram a ser abandonadas e em que se autorizou o emprego do "método número três"[242] para a obtenção de provas.

Mas dessa minúscula porção de *piatiliétniki*, nada mais que uma breve lista de nomes, por volta do início da guerra e durante todo o conflito não havia um cuja pena não tivesse sido aumentada em dez, quinze ou vinte e cinco anos.

E os pouquíssimos *piatiliétniki* que não tiveram a pena aumentada, que não morreram nem foram parar nos arquivos, perecendo sob as práticas do método número três, foram os que havia muito tinham sido libertados e, logo a seguir, ingressado no serviço do *lager* — o serviço de matar — como capatazes, carcereiros, chefes de brigada e chefes de setores da mesma mina de ouro em que antes trabalharam como detentos, passando eles próprios a massacrar seus antigos camaradas.

Em Kolimá, no ano de 1953, a cinco anos de pena eram condenados somente os julgados por crimes comuns em processos locais. Condenados desse tipo eram bem poucos. Os investigadores simplesmente tinham preguiça de assacá-los, enquadrando-os pelo artigo 58. Em outros termos: os processos que se instituíam no *lager* eram de natureza tão clara e evidente que não se via necessidade de recorrer à velha mas sempre ameaçadora arma do artigo 58, aquele artigo universal que não poupava ninguém, que desconsiderava sexo ou idade. O condenado pelo artigo 58 que cumpria a pena e ficava relegado ao Extremo Norte agia com astúcia para que

---

de 1934, e, a partir de 1944, secretário para questões ideológicas, encabeça uma luta contra os "desvios burgueses" nas artes; o jdanovismo se confunde com o realismo socialista, a política de Estado para a estética que definia os limites da produção cultural soviética. (N. do T.)

[242] Refere-se ao emprego da tortura. (N. do T.)

sua próxima condenação fosse por algo que todos — os homens, Deus, o Estado — respeitassem, como o roubo e a apropriação indébita. Em suma, ser condenado à detenção por um crime comum, não político, era uma ideia que não causava a menor preocupação.

Kolimá era um campo de trabalho para reincidentes de crimes políticos ou comuns.

O vértice da perfeição jurídica da época stalinista, que fora alcançado pela confluência de duas escolas, dois polos do direito penal, estes representados por Krilenko[243] e Vichinski, consistia nesse "amálgama" — a fusão dos dois tipos de delito: o penal e o político. E Litvínov,[244] na famosa entrevista em que declarou não haver presos políticos na URSS, mas sim condenados por crimes contra o Estado, não fez mais que repetir Vichinski.

Encontrar e atribuir um crime qualquer a uma "transgressão" puramente política — era esta a essência do "amálgama".

Formalmente, Kolimá era — como Dachau — um campo especial para reincidentes, fossem eles políticos ou criminosos comuns. Os dois tipos eram mantidos juntos. Por determinação superior. E, também por determinação superior, motivada sempre por questões de ordem teórica e de princípio, os detidos por crimes comuns, amigos do povo, mas que se recusavam a trabalhar, foram transformados por Garánin em inimigos do povo e condenados por sabotagem com base no artigo 58, parágrafo 14.

---

[243] Nikolai Vassílievitch Krilenko (1885-1938), organizador e presidente dos Tribunais Revolucionários entre 1918 e 1923 e procurador-geral da República Soviética Russa entre 1929 e 1931. (N. do T.)

[244] Maksim Litvínov (1876-1951), político que ocupou o mais alto cargo da diplomacia soviética de 1930 a 1939; de 1941 a 1943 foi embaixador nos Estados Unidos. (N. do T.)

Era a maneira mais proveitosa de resolver as coisas. Para os *blatares* mais importantes, no ano de 1938, isso significou o fuzilamento, e aos detentos comuns, pela "recusa" ao trabalho, davam quinze, vinte, vinte e cinco anos de pena. Eles eram encarcerados juntos com os *fráieres* — condenados pelo artigo 58 —, o que proporcionava aos *blatares* a possibilidade de viver com certo conforto.

Garánin não era um admirador do mundo do crime, muito pelo contrário. Toda aquela preocupação com os reincidentes era uma mania de Bérzin, cujo legado, no geral, mas também nesse particular, foi desconsiderado e revertido por Garánin.

Como em um diascópio escolar — diante dos olhos que haviam visto de tudo, e a tudo haviam se acostumado, dos diretores da cadeia, dos devotos da empresa concentracionária, dos entusiastas do trabalho forçado —, durante o decênio de 1937 a 1947, período que compreende o tempo da guerra, ora substituindo-se, ora integrando-se um ao outro, como na experiência da fusão de raios coloridos de Bitch, apareciam e despareciam grupos, contingentes, categorias de presos, a depender dos raios da justiça, que ora iluminavam um, ora outro desses grupos: mas não era bem um raio de luz, era antes uma espada que cortava cabeças, que trucidava da maneira mais real.

Na mancha luminosa do diascópio manipulado pelo Estado surgiam os que eram simplesmente detentos, os chamados ITL, que não devem ser confundidos com os ITR, sigla que se refere aos trabalhadores técnicos e engenheiros; ITL significa campo de trabalho correcional.[245] Mas essa analogia de siglas era frequentemente a analogia do destino. Outro grupo era formado pelos ex-detentos, os ex-*zek* — todo

---

[245] *Ispravítelno-Trudovoi Lager*, no original. (N. do T.)

um grupo social com uma vida marcada pela privação de direitos; e, simetricamente, os detentos do futuro — todos aqueles cujos casos já haviam sido postos em andamento, mas ainda sem conclusão, e aqueles cujos casos ainda não haviam sido lançados à produção.

Numa canção trocista que circulava entre os reclusos nas casas correcionais dos anos vinte — as primeiras colônias de trabalho forçado — o autor anônimo, um Boián[246] ou Pimen[247] da reincidência penal, confrontava em versos o destino dos que estavam em liberdade com o dos reclusos, considerando mais auspiciosa a situação deste segundo grupo:

> *O que nos aguarda é a liberdade,*
> *O que vos aguarda... o que será?*

Essa brincadeira não pôde mais ser encarada como tal nos anos trinta e quarenta. Nas altas esferas planejavam transferir para o *lager* os condenados ao degredo, à expulsão pela cláusula do menos, de menos uma a menos quinhentas cidades, ou, como vem designado nas instruções, "centros habitados".

De acordo com a aritmética clássica, três passagens pela polícia equivaliam a pelo menos uma incriminação. E duas incriminações já configuravam um pretexto jurídico para o emprego da força — a detenção, o envio para o *lager*.

Nesses anos, em Kolimá havia cinco contingentes — todos com administração própria e com seu quadro de pessoal — designados por A, B, C, D e E.

---

[246] Bardo lendário da antiga Rus (séculos XI e XII), personagem do poema épico *O canto da campanha de Igor*. (N. do T.)

[247] Monge-cronista, personagem central da tragédia em versos *Boris Godunov* (1825), de Púchkin. (N. do T.)

O contingente "D" era constituído por pessoas mobilizadas para as minas secretas de urânio; eram cidadãos plenamente livres, mas mantidos em Kolimá com muito mais vigilância e segredo do que a maneira como mantiveram Beideman prisioneiro na fortaleza.[248]

Perto de uma dessas minas de urânio, de onde por motivo de sigilo um simples *zek* não podia jamais se aproximar, ficava a lavra Kátorjni. Lá, além da imposição de um número e da roupa listrada aos detentos, tinham erigido forcas e as sentenças eram aplicadas ali mesmo, com a observação de todos os rituais legais.

Perto da lavra Kátorjni situava-se a mineradora do Berlag, onde os detentos também portavam um número — uma plaqueta de lata pregada nas costas —, e onde eram vigiados por escoltas fortalecidos pela companhia de um par de cães; contudo, este não era um *kátorjni lager*, onde o trabalho e a vigilância eram sempre mais intensos.

Quando houve uma seleção para o Berlag com base na ficha pessoal, eu também poderia ter ido parar num desses campos. Muitos de meus companheiros acabaram num *lager* desse tipo, com um número nas costas.

Deve ser dito que nesses campos não era necessariamente pior do que num campo comum de trabalho correcional de regime normal; pelo contrário, às vezes era melhor.

Nos campos de regime normal, o detento era sempre presa dos *blatares*, dos supervisores e dos chefes de brigada recrutados entre os detentos. Enquanto nos campos que impunham um número ao detento muitos desses serviços eram prestados por trabalhadores livres; na cozinha e nas tendas

---

[248] Mikhail Beideman (1839-1887), revolucionário russo preso na Fortaleza de São Pedro e São Paulo, em São Petersburgo, em 1861, após tentar integrar as tropas de Giuseppe Garibaldi, na Itália. Beideman permaneceu no cárcere por vinte anos. (N. do T.)

do *lager*, por exemplo, empregavam sempre livres contratados. O número nas costas era o de menos. O importante era que não lhe roubassem o pão e que não o obrigassem a fustigar seus próprios companheiros para não deixar de obter o mínimo necessário ao cumprimento do plano de produção. O Estado pediu aos "amigos do povo" uma ajuda para o aniquilamento físico dos inimigos do povo. E os "amigos" — *blatares* e outros presos por crimes comuns — atendiam ao pedido com todo o empenho, empregando de forma direta — fisicamente — o sentido do apelo governamental.

Ainda por perto havia uma lavra onde trabalhavam os condenados à simples detenção, mas para o Estado era mais vantajoso que fossem mandados para os trabalhos forçados, e, assim, tinham suas penas comutadas para o trabalho "ao ar livre" num campo de trabalho correcional. Os que cumpriam a pena na prisão tinham grandes chances de sobreviver, mas nos campos de trabalho sempre morriam.

Durante a guerra, o fornecimento de pessoal para formação de novos contingentes despencou, chegando a zero. Todas as comissões das casas de detenção para a distribuição de cativos preferiam enviá-los ao *front*, em vez de a Kolimá, para que expiassem sua culpa numa campanha de reforço.

O número de efetivos em Kolimá reduziu-se de maneira catastrófica, apesar de não terem convocado nenhum kolimano de volta à Terra Grande para lutar na frente de batalha, nem mesmo os detentos, entre os quais havia muitos — de todos os artigos, exceto os *blatares* — notificados para expiarem a culpa.

As pessoas morriam da morte natural kolimana, e nas artérias do sistema de campos especiais o sangue começou a circular mais lentamente, com suspensões e tromboses ocasionais.

Para a injeção de sangue novo naquele sistema circulatório comprometido, recorreram aos criminosos de guerra.

Durante os anos de 1945 e 1946, aportaram navios repletos de repatriados na costa rochosa de Magadan, com novatos que desembarcavam dos navios diretamente para os campos de trabalho, sem abertura de arquivo pessoal e sem as demais formalidades — as formalidades ficam sempre para trás em relação à vida vivida —, tendo apenas o nome anotado numa lista pelo próprio guarda da escolta, num papel de cigarro amassado e sujo.

Todas essas pessoas (eram dezenas de milhares) encontravam, no entanto, uma colocação jurídica formalmente apontada na estatística do *lager* — os sem-matrícula.[249]

E aqui, outra vez, havia diversos contingentes — a amplitude da fantasia jurídica daqueles anos ainda aguarda sua descrição particular.

Havia grupos (muito numerosos) com sentenças que eram formuladas como "ordem de serviço": "Para verificação no prazo de seis anos".

A depender da conduta, o destino de um prisioneiro desse tipo era decidido ao longo desses seis anos, porque, de outra maneira, quando o prazo era de apenas seis meses — um prazo sinistro, de mau agouro — significava que a coisa se resolveria de maneira atroz.

A maior parte desses condenados a seis anos, os *chestiliétniki*, não resistiu à carga de trabalho; os que sobreviveram foram postos em liberdade, todos no mesmo dia, por decisão do XX Congresso do Partido.

O aparato judiciário, que tinha vindo do continente, trabalhava dia e noite no caso dos sem-matrícula — os que desembarcaram em Kolimá apenas com o nome na lista do guarda da escolta, e nenhuma outra formalidade. Nos peque-

---

[249] No original, *biezutchiôtnik*, detento que se encontra na prisão ou no campo de trabalho sem documentação: de seu processo, da investigação que estaria em curso ou da condenação. (N. do T.)

nos abrigos escavados na terra — as *zemliánkas*[250] — e nos barracões kolimanos, os interrogatórios corriam dia e noite, e Moscou tomava a decisão — quem receberia pena de quinze anos, quem de vinte e cinco e quem a sentença de pena capital. Não lembro de casos de absolvição e soltura, mas não posso saber de tudo. É possível que alguns tenham sido absolvidos e plenamente reabilitados.

Todos esses que estavam sob inquérito, bem como os sem-matrícula, que na realidade também estavam, eram igualmente obrigados a trabalhar segundo as leis de Kolimá: três recusas — fuzilamento.

Eles foram mandados a Kolimá para substituir os trotskistas mortos, ou os que ainda estavam vivos mas, de tão extenuados, já não eram capazes de remover nem um grama de ouro das rochas; pois que conseguissem ao menos um grama de rocha na escavação, isso já não se esperava mais.

Os traidores da pátria e os saqueadores reocuparam todos os barracões e *zemliánkas* enquanto durava a guerra. Instalaram portas novas, trocaram as grades dos barracões e das *zemliánkas*, puseram arame farpado em volta de toda a zona, reanimaram aquele lugar onde antes, no ano de 1938, fervia a vida; a dizer melhor: fervia a morte.

Além do famigerado artigo 58, uma grande quantidade de detentos fora condenada com base num artigo particular: o 192. Este artigo 192, inteiramente despercebido em tempos de paz, ressurgiu exuberante ao primeiro disparo dos canhões, às primeiras bombas e tiros de fuzil. Por essa época, o artigo 192, como todo artigo em circunstâncias parecidas, encheu-se de aditamentos, observações, pontos e parágrafos novos. Num instante apareceram 192.a, -b, -c, -d, -e... — até que se esgotassem as letras do alfabeto. E cada letra desse al-

---

[250] De *zemliá* (terra), habitação escavada no solo, cuja parte superior normalmente aparece na superfície. (N. do T.)

fabeto ameaçador proliferou-se extraordinariamente, subdividindo-se em partes e parágrafos. Assim: 192.a, parte primeira, parágrafo segundo. Cada parágrafo foi se enchendo de tantas observações e notas que o artigo 192, inicialmente modesto, foi se encorpando e se ramificando até seu esquema ficar parecido com o de um bosque denso. Não havia parágrafo, parte, ponto ou letra que não ameaçasse punir com pelo menos quinze anos ou que dispensasse do trabalho. O trabalho, sempre imprescindível, era a maior preocupação dos legisladores.

O que esperava todos os condenados pelo artigo 192 em Kolimá era o imutável e enobrecedor trabalho — o trabalho geral com picaretas, pás e carrinhos de mão. Ainda que não fossem os do artigo 58.

Durante a guerra, impingiam o artigo 192 a todas as vítimas da justiça a quem não podiam acusar de agitação e propaganda antissoviética, traição ou sabotagem.

Fosse porque o juiz de instrução não era um tipo resoluto — não se sentia à vontade nem à altura, além, talvez, de não ser muito habilidoso em identificar um crime velho e batido com um rótulo atual — ou porque a resistência da pessoa física era tamanha que ele perdia a paciência e desistia sem recorrer ao "método número três", o fato é que o artigo 192 foi uma arma importante na recuperação dos contingentes. O mundo das investigações criminais tem seus influxos e refluxos, suas modas, suas batalhas secretas por supremacia.

A sentença era sempre o resultado da ação de uma série de fatores, muitos deles externos.

A psicologia da arte inquisitória ainda não encontrou quem a descreva, nem mesmo a primeira pedra foi assentada nessa importante construção de uma época.

Foi justamente com base no artigo 192 que Mikhail Ivánovitch Nóvikov, um engenheiro civil de Minsk, foi trazido a Kolimá para cumprir quinze anos de pena.

O engenheiro Nóvikov era gravemente hipertenso, sua pressão arterial estava frequentemente alta, em torno dos duzentos e quarenta, segundo a medição do aparelho de Riva-Rocci.

Hipertenso do tipo que não podia enfrentar longas viagens, Nóvikov vivia sob a ameaça constante de um ataque súbito, de um icto apoplético. Todos sabiam disso, tanto em Minsk quanto em Magadan. Para Kolimá era vetada a transferência de doentes desse tipo — era afinal para isso que existia o controle sanitário. Mas a partir de 1937, todas as entidades médicas das prisões, dos centros de triagem e do próprio *lager*, acatando uma disposição superior, aboliram quaisquer restrições para a salvaguarda dos inválidos e idosos; para os responsáveis pela transferência de presos no trecho Vladivostok-Magadan, essa diretiva fora duas vezes corroborada, e concernia aos detentos dos campos especiais, do KRTD e, de modo geral, aos contingentes que eram destinados a viver — e sobretudo morrer — em Kolimá.

Propuseram às autoridades de Kolimá que se livrassem elas mesmas da escória acumulada, percorrendo de volta o mesmo caminho burocrático: atas, listas, comissões médicas, transferências, milhares de assinaturas.

Retornaram às galerias das minas de ouro não só os debilitados que mal podiam se manter de pé, não só os sexagenários, mas também os tuberculosos e os cardíacos. Perto deles, a figura de um hipertenso com as bochechas rosadas não sugeria doença alguma, podia sugerir muito mais um homem saudável que por preguiça se recusava a trabalhar e só explorava o Estado, comendo da ração que os outros suavam para produzir. E, para a ração devorada, como se sabe, não há restituição.

E era justamente um preguiçoso de face corada o que parecia aos olhos dos dirigentes o engenheiro Nóvikov, detento no setor Baragon, próximo a Oimiakon, onde se encontrava, no verão de 1953, a Administração Nordeste do campo correcional e de trabalho para os canteiros de construção de estradas.

Infelizmente, nem todo médico de Kolimá tinha à disposição um aparelho de Riva-Rocci, embora sentir o pulso e acompanhar seu batimento fosse algo que, além dos médicos, os enfermeiros e seus auxiliares devessem saber. O aparelho de Riva-Rocci fora distribuído em todas as repartições médicas, além de termômetros, ataduras e tintura de iodo. Mas no posto médico onde eu tinha acabado de chegar como enfermeiro assalariado — era meu primeiro trabalho como livre em dez anos — não havia nem termômetro, nem ataduras. Havia apenas um aparelho de Riva-Rocci, que, ao contrário dos termômetros, não estava quebrado. Em Kolimá, registrar a baixa de um termômetro quebrado era um verdadeiro problema, por isso, enquanto não se fazia a operação de revista do inventário, conservavam todos os cacos de vidro, como se se tratassem dos achados de Pompeia ou de pedaços de algum vaso de cerâmica hitita.

Os médicos de Kolimá estavam habituados a contornar a falta não só de aparelhos de Riva-Rocci, mas também de termômetros. Mesmo no Hospital Central, somente os doentes mais graves podiam contar com termômetros, quanto aos outros, a temperatura era "medida" pelo ritmo do pulso; o mesmo acontecia na imensa maioria dos inumeráveis ambulatórios do *lager*.

Tudo isso eu conhecia muito bem. Mas em Baragon pude constatar que o Riva-Rocci estava em perfeitas condições, além de notar que o enfermeiro que substituí não o utilizava.

No curso de enfermagem fui muito bem instruído no uso do aparelho. Eu tinha praticado milhões de vezes durante as aulas e sempre tomava a incumbência de medir a pressão de toda a população de inválidos dos barracões. De maneira que, em relação ao Riva-Rocci, eu estava bem preparado.

Além da lista de pacientes, que contava com umas duzentas pessoas, recebi também os medicamentos, os instrumentos e um armário. Não era brincadeira: eu era um enfermeiro livre, ainda que fosse também um ex-*zek*; eu estava vivendo fora da zona concentracionária, não mais em uma "cabina" do barracão hospitalar, mas num alojamento para funcionários livres — com quatro camas toscas de madeira —, muito mais pobre, frio e desconfortável que minha "cabina" no *lager*.

Mas eu precisava ir adiante, enxergar adiante.

Essas mudanças, de pouca importância para a minha vida cotidiana, não me incomodaram tanto. Não bebo álcool e, quanto ao resto, não era nada que ultrapassasse os limites do humanamente aceitável, tanto mais para quem conhece a norma carcerária.

Já no primeiro dia de atendimento, um homem por volta dos quarenta anos, com um casaco de presidiário, esperava junto à porta do ambulatório para ao final da consulta ter uma conversa a sós comigo.

No *lager* eu evitava ter conversas a sós — todas terminavam com o oferecimento de algum suborno, embora essas propostas de suborno, as promessas de recompensa, por via das dúvidas, fossem feitas como que a esmo, e nunca de forma direta. Isso também tem um significado profundo, que pretendo um dia examinar detalhadamente.

Daquela vez, em Baragon, havia qualquer coisa no tom do doente que me fez ouvir sua solicitação. O homem me pediu para ser examinado outra vez, embora tivesse passado pelo exame geral uma hora antes.

— Qual o motivo da solicitação?

— Vou lhe dizer, cidadão enfermeiro — disse o homem.
— A questão é que estou doente, mas não me liberam.

— Como assim?

— Assim como estou lhe dizendo — a cabeça me dói terrivelmente, sinto as têmporas pulsarem.

Anotei seu nome no livro de registro: Nóvikov, Mikhail Ivánovitch.

Tomei seu pulso. O ritmo era enérgico e irregular, impossível de calcular as batidas. Levantei perplexo os olhos da ampulheta contadora.

— O senhor não poderia — começou a me cochichar Nóvikov — utilizar aquele aparelho ali? — ele apontou para o Riva-Rocci que estava no canto da mesa.

— Sim, claro.

— E poderia verificar minha pressão?

— Pois não; agora mesmo.

Nóvikov se apressou, tirou o casaco, sentou à mesa e começou a dobrar o punho da camisa em torno do antebraço, subindo até o ombro.

Coloquei o estetoscópio nos ouvidos. Escutei soarem bem alto as batidas da pulsação e vi que o mercúrio no Riva-Rocci se lançou rapidamente para cima.

Tomei nota dos valores indicados pelo Riva-Rocci: duzentos e sessenta por cento e dez.

O outro braço!

O resultado foi o mesmo.

Então anotei em termos peremptórios no livro de registros: "Dispensar do trabalho. Diagnóstico — hipertensão 260/110".

— Quer dizer que amanhã posso não trabalhar?

— Sim, é isso mesmo.

Nóvikov começou a chorar.

— O que há com você? Qual é a história?

— Veja só, enfermeiro — começou Nóvikov, evitando empregar a palavra "cidadão", quase como se quisesse me fazer recordar que eu era um ex-*zek* —, seu antecessor não sabia como utilizar o aparelho e disse que estava fora de uso. Quanto a mim, sofro de hipertensão desde Minsk, desde o continente, desde que era um homem livre. E fui trazido para Kolimá sem que minha pressão fosse verificada.

— Bem, por enquanto receberá apenas uma dispensa, mas depois podem atestar sua invalidez e então poderá partir, se não para a Terra Grande, ao menos para Magadan.

Já no dia seguinte fui chamado ao escritório de Tkatchuk, o suboficial que comandava nosso OLP. De acordo com as regras, o posto de comandante dos OLP devia ser ocupado por alguém que fosse ao menos tenente, pelo que se explicava a maneira exagerada com que Tkatchuk se aferrava ao seu lugar.

— Você dispensou Nóvikov do trabalho. Ele já tinha passado pelo controle, eu mesmo o tinha verificado — é um simulador.

— Nóvikov não é um simulador, é hipertenso.

— Sendo assim, vou telefonar para a comissão, a comissão médica; vamos aguardar a emissão do parecer para saber se voltamos a falar em dispensa do trabalho.

— Não, camarada comandante — disse eu, tratando assim Tkatchuk de livre para livre, diferentemente de como teria feito um ano antes, quando o teria tratado pela maneira como estava mais acostumado: "cidadão comandante". — Não, camarada comandante. Primeiro dispenso Nóvikov do trabalho, depois você chama a comissão médica da sala da direção. Ou se confirma pelo parecer o resultado das minhas verificações, ou podem me tirar do trabalho. Se quiser, pode me denunciar, só lhe peço que não interfira nas minhas atividades quando elas forem exclusivamente médicas.

Nisso terminou minha conversa com Tkatchuk, que convocou a comissão da sala da direção, enquanto Nóvikov se manteve dispensado. A comissão era composta por dois médicos, ambos portando um aparelho de Riva-Rocci — um deles como o meu, de fabricação nacional, o outro japonês, um "butim de guerra", com um manômetro diferente. Mas o uso do manômetro não era um problema, a adaptação seria fácil.

Verificaram a pressão arterial de Nóvikov, os valores coincidiram com os que registrei. Prepararam o atestado de invalidez do engenheiro, que passou a esperar no barracão que uma transferência de inválidos fosse formada ou que passasse um dos comboios eventuais para levá-lo a Magadan.

A mim, da parte de meus dirigentes médicos, não houve sequer um agradecimento.

Mas a história da minha disputa com Tkatchuk não deixou de circular entre os detentos do barracão de Nóvikov.

A eliminação de piolhos foi uma área em que obtive sucesso com o emprego de um método experimentado durante a Segunda Guerra e que eu havia conhecido no Hospital Central: desinfecção em tanques de gasolina com vapor quente. E foi justamente esse sistema de desinfecção aplicado às condições do *lager*, e — pela versatilidade, rapidez e eficácia — o método pediculicida em especial, que me reconciliou definitivamente com Tkatchuk.

Mas Nóvikov se aborrecia com a espera, a transferência tardava.

— Eu posso fazer algum trabalho leve — disse-me Nóvikov, numa visita de controle durante meu atendimento noturno —, se a solicitação partir de você.

— Não vou solicitar — disse-lhe eu. A questão de Nóvikov se tornara uma questão pessoal para mim, uma questão que punha em jogo meu prestígio como enfermeiro.

Contudo, acontecimentos novos e tempestuosos deixaram de lado o drama do hipertenso e o milagroso método para a eliminação de piolhos.

Chegou a anistia, aquela que entrou para a história como a anistia de Béria. Seu texto, impresso em Magadan, foi distribuído nos cantos mais remotos de Kolimá, para que toda a população concentracionária, ciente do que estava acontecendo, saudasse, sentisse alegria, gratidão e apreço pela boa nova. A anistia iria alcançar todos os detentos, onde quer que se encontrassem, e previa a restituição de todos os direitos.

A liberdade chegaria a todos os detentos do artigo 58 — de qualquer ponto, parte ou parágrafo —, do primeiro ao último e com restituição de todos os direitos civis, desde que sua condenação fosse de até cinco anos.

Só que cinco anos com base no artigo 58 aplicavam apenas naqueles dias nebulosos que marcaram a aurora do ano de 1937. Esses condenados, se já não estavam mortos, ou estavam em liberdade ou haviam recebido uma pena suplementar.

A pena que Garánin infligira aos *blatares* — ele os condenou por sabotagem, com base no ponto 14 do artigo 58 — foi revogada, e os *blatares* ganharam liberdade. Uma série de artigos concernentes a crimes comuns passou a prever penas mais brandas, medida que beneficiava com redução de penas os condenados com base no artigo 192.

Essa anistia não dizia respeito aos detentos do artigo 58 que tivessem uma segunda condenação, ela tocava apenas os criminosos comuns reincidentes. Esse truque velhaco era tipicamente stalinista.

Nem uma só pessoa condenada inicialmente com base no artigo 58 pôde realmente ultrapassar as fronteiras do *lager*. A menos que se tome a palavra "pessoa" no sentido que ela tem na terminologia *blatar*. No jargão da bandidagem, "pessoa", ou "homem", significa *blatar*, *urka*, isto é, um dos confrades — um membro do mundo do crime.

Essa foi a principal consequência da anistia de Béria. Ele manteve a tradição stalinista, sucedendo-o nos métodos.

Somente os *blatares*, os que ao seu tempo Garánin perseguira, é que ganharam liberdade.

Todos os delinquentes comuns libertados pela anistia de Béria saíram "limpos" e com a reintegração de todos os direitos. Neles o governo via amigos verdadeiros, um apoio firme e seguro.

O golpe foi uma surpresa, mas não para os detentos condenados com base no artigo 58. Eles já estavam acostumados a esse gênero de surpresas.

O golpe foi uma surpresa para a administração de Magadan, que esperava por algo completamente diverso. Mas para os *blatares*, cujo céu desanuviou-se de repente, foi um golpe ainda mais surpreendente. Perambulavam por Magadan muitos assassinos, ladrões, estupradores, os quais, em todo caso e circunstância, precisavam comer quatro, ou no mínimo três vezes ao dia — e se não uma sopa substanciosa, como uma *schi*[251] com carne de carneiro, ao menos um mingau de cevadinha.

Por isso, a coisa mais sensata — sensata e simples — que um dirigente dotado de sentido prático podia fazer era providenciar depressa um meio de transportar essa gigantesca vaga de *blatares* para o continente, para a Terra Grande. Havia dois trajetos possíveis. O primeiro: Magadan, via mar, até Vladivostok — a via clássica daqueles kolimanos que pelos hábitos e pela linguagem remontavam aos tempos de Sacalina, os forçados do tsarismo, em especial os da época do tsar Nicolau.

O segundo trajeto atravessava a taiga até Aldan, de onde se seguia para as cabeceiras do rio Lena e, de navio, se descia por ele. Esse trajeto era menos frequentado, mas tanto trabalhadores livres quanto fugitivos alcançaram a Terra Grande por ele.

---

[251] Tradicional sopa russa à base de repolho. (N. do T.)

Uma terceira possibilidade seria o trajeto aéreo. Mas os voos árticos pela *Sevmorput*,[252] por causa da instabilidade do tempo no verão do Extremo Norte, não tinham regularidade. Além disso, o cargueiro Douglas, que dispunha de catorze lugares para passageiros, não podia evidentemente resolver o problema do transporte.

A vontade de se tornar livre era tanta, que todos — *blatares* ou *fráieres* — se apressaram em providenciar os documentos necessários e partir o mais depressa possível, pois o governo — e disso até os *blatares* já estavam cientes — podia repensar e decidir de outra forma.

Os caminhões de todos os campos de trabalho de Kolimá foram empregados na transferência daquela onda turva.

Em Baragon não havia esperança de que os *blatares* locais fossem transferidos sem demora.

Quando decidiram transferi-los, eles foram levados até o Lena, de onde desceriam por conta própria pelo rio, partindo de Iakutsk. O pessoal da companhia de navegação do rio Lena conseguiu um barco a vapor para nossos anistiados e acompanhou sua partida, acenando com a mão e suspirando de alívio.

Ao zarparem, descobriram que a provisão de alimentos era insuficiente. Ninguém pôde trocar nada com os habitantes do local, porque além de não terem nada a oferecer, certamente não havia nada de comestível que aqueles habitantes pudessem trocar ou vender. Os *blatares*, que logo se apossaram do barco, subjugando os comandantes (um capitão e um oficial de rota), numa assembleia geral adotaram a resolução seguinte: utilizar como reserva de carne fresca seus companheiros de viagem, os *fráieres*. O número de *blatares* na embarcação era muito superior ao de *fráieres*. Mas ainda

[252] Acrônimo de *Severniimorskoi put* (Rota marítima do Norte). (N. do T.)

290   A luva, ou KR-2

que fossem minoria, isso não seria motivo para que os *blatares* alterassem sua decisão.

Ao longo da viagem, os *fráieres* foram sendo abatidos e sua carne cozida na caldeira do barco; na chegada ao destino, com exceção do capitão — ou do oficial que o acompanhava, disso não estou certo — não restava um que não fosse da malta *blatar*.

Quanto ao trabalho nas lavras das minas, fora interrompido e passou muito tempo até que o ritmo habitual fosse retomado.

Os *blatares* tinham pressa — era o que diziam —, a decisão do governo lhes parecia um equívoco que em breve seria percebido. Da parte dos dirigentes também havia motivos para não tardar em se livrar daquele contingente perigoso. Mas, em vez de equívoco, tratava-se de uma ação inteiramente racional e deliberada, e suas consequências foram precisamente as que Béria e seus acólitos esperavam.

Eu conheço bem os detalhes dessa história porque Blumchtein, um camarada de Nóvikov, o inválido, condenado à mesma pena e pelo mesmo artigo que ele, estava no grupo que partiu de Baragon. Blumchtein tentou se libertar das garras da máquina concentracionária com precipitação, forçou sua engrenagem e acabou esmagado.

Chegou de Magadan a ordem para que acelerassem o máximo possível os procedimentos necessários à reclassificação dos detentos e à libertação dos anistiados. Foram criadas comissões especiais que funcionavam como tribunais itinerantes, além de fornecerem documentos no local, evitando o afluxo de pessoas em direção a Magadan, tudo isso para que de alguma maneira fosse canalizado o ímpeto daquelas ondas obscuras e intimidadoras. Ondas que não podiam ser chamadas de humanas.

As comissões traziam ao local a documentação pronta com os novos veredictos apontados — a quem um desconto na pena, a quem absolutamente nada, a quem uma comutação, a quem a liberdade incondicional. O grupo da libertação, como era chamado, trabalhou duro nessa atualização dos registros do *lager*.

O nosso *lager*, que era um canteiro de obras para a construção de estradas onde havia muitos delinquentes comuns, esvaziou-se completamente. Em um cerimonial com a mesma solenidade, a mesma orquestra de sopro entoando nas trombetas de prata as mesmas fanfarras que entoavam depois da leitura de cada condenação à morte nas galerias das minas no ano de 1938, a comissão vinda de fora concedeu salvo-conduto, entregando o documento em mãos a mais de uma centena de habitantes do nosso *lager*.

Entre aquelas cem pessoas que ganharam a liberdade incondicional ou um desconto na pena (para o que era necessário se registrar, rubricar e autenticar com o brasão oficial todas as cópias de todas as declarações formais), havia uma que não se registrou em nada, nem recebeu documento algum que atestasse sua condição.

Essa pessoa era Mikhail Ivánovitch Nóvikov — o meu hipertenso.

O texto da anistia de Béria fora afixado em todas as cercas da zona concentracionária, e Mikhail Ivánovitch Nóvikov teve tempo de estudá-lo, ponderar a respeito e tomar uma decisão.

De acordo com os cálculos de Nóvikov, ele tinha o direito de sair limpo e não com base numa redução de pena. "Limpo" como os *blatares*. Nos documentos trazidos de Magadan para Nóvikov, apontava-se apenas uma redução da pena, de maneira que ainda ficavam restando alguns meses para que ele pudesse ganhar liberdade. Assim, Nóvikov se recusou a pegar os documentos e também não se registrou em parte alguma.

Os representantes da comissão insistiram com Nóvikov,

dizendo-lhe que não seria do interesse dele recusar aquela notificação com o novo cálculo, então reduzido, de sua pena. Que iriam reexaminar seu caso na direção, e caso tivessem se equivocado, o equívoco, assim prometiam, seria reparado. Mas Nóvikov não queria crer nessa possibilidade. Ele não pegou o documento e entrou com um recurso; quem o escreveu foi seu conterrâneo de Minsk, o advogado Blumchtein, seu colega de cela numa prisão bielorrussa e no *lager* de Kolimá. No barracão de Baragon, suas tarimbas eram vizinhas, e, como dizem os *blatares*, eles "comiam juntos". No recurso apontava-se o cálculo dos anos de pena segundo o recorrente e algumas considerações relativas.

E, dessa maneira, Nóvikov ficou sozinho no barracão de Baragon; alcunhado de estúpido por não querer crer nas autoridades.

Recursos desse tipo — medida a que recorrem pessoas extenuadas no momento em que lhes surge um fio de esperança — eram extremamente raros em Kolimá e no *lager* em geral.

O requerimento de Nóvikov foi enviado a Moscou. E não podia ser diferente! Somente Moscou podia avaliar e eventualmente contestar aquela argumentação jurídica. Nóvikov estava ciente disso.

Uma torrente embaciada de sangue escorreu pela vasta terra kolimana, por todas as suas vias, abrindo caminho para o mar, para Magadan e para a liberdade da Terra Grande. Outra torrente embaciada fluía pelas águas do Lena, investindo sobre os cais, os aeródromos e estações ferroviárias da Iacútia, da Sibéria Oriental e da Ocidental, e, lambendo Irkutsk e Novossibirsk, alcançou a Terra Grande, misturando-se com as ondas igualmente turvas e sangrentas das torrentes de Magadan, de Vladivostok. Os *blatares* mudaram o clima das cidades: em Moscou roubavam com a mesma facilidade que em Magadan. Não foram poucos os anos despendidos, nem poucas as vidas perdidas, até que a onda turva fosse mandada de volta para trás das grades.

Milhares de novos boatos — as *parachas*, no jargão da bandidagem —, cada um mais aterrador e fantasioso que o outro, circulavam pelos barracões do *lager*.

Mas aquilo que nos chegou pelo correio militar Moscou-Magadan não era uma *paracha* — é muito raro que as *parachas* sejam transportadas dessa maneira —, era o ato onde se dispunha a liberação imediata e incondicional de Nóvikov.

Nóvikov recebeu o documento entre os últimos beneficiados, já nos estertores da anistia, e ficou na espera de que aparecesse um veículo, porque aventurar-se como Blumchtein, pela mesma rota fluvial, ele nem ousava pensar.

Nóvikov passava os dias comigo; sentado num leito de madeira do ambulatório, ele esperava, esperava...

Àquela altura Tkatchuk recebia o primeiro suprimento de pessoas depois da devastadora anistia. O *lager*, em vez de fechar, intensificou as atividades e se expandiu. Para nossa Baragon foram providenciadas instalações novas, numa nova zona, onde ergueram-se novos barracões e, por consequência, postos de guarda, torres de vigia, celas de isolamento e uma área para as reuniões, onde se organizava a distribuição do trabalho. No frontão do arco superior do portão do *lager* já estava afixado o lema oficial: "O trabalho é sinônimo de honra, glória, bravura e heroísmo".

Havia força de trabalho à vontade, as obras dos novos barracões e de todos os anexos foram concluídas, mas o coração do diretor do OLP estava cheio de melancolia: não havia gramados nem canteiros de flores. Estava tudo à mão: as ervas, as flores, o gramado e as ripas para o cercado, só não havia quem pudesse assumir o trabalho de preparar o terreno e plantar ervas e flores. E sem gramados nem canteiros floridos, sem aquela bela simetria da zona concentracionária

— e, ainda que estejamos falando de um *lager* de terceira categoria —, que *lager* pode ser esse? Está certo que, mesmo com flores e gramados, ainda seria grande a distância entre Baragon e os campos de Magadan, Sussuman, Ust-Niéra. A terceira classe, contudo, também necessita de flores e simetria.

Tkatchuk interpelou um a um todos os detentos, dirigiu-se ao OLP vizinho, mas não encontrou ninguém que tivesse formação em engenharia, ou outra formação técnica, e que fosse capaz de nivelar sem eclímetro o terreno para o gramado e os canteiros de flores.

Um homem que tinha essa habilidade era Mikhail Ivánovitch Nóvikov. Mas pela ofensa sofrida, Nóvikov não queria sequer ouvir falar nisso. Para ele, as ordens de Tkatchuk já não eram mais ordens.

Tkatchuk, absolutamente confiante de que os detentos esquecem tudo, propôs a Nóvikov que nivelasse o terreno e enfiasse aquelas ripas. Ocorre que a memória de um detento é muito mais tenaz do que imaginava o diretor do OLP.

Aproximava-se o dia da "inauguração" do *lager*. Quanto ao canteiro de flores, não apareceu quem pudesse dar conta de preparar um. A dois dias da abertura, Tkatchuk, passando por cima de seu orgulho, voltou a procurar Nóvikov, mas dessa vez foi sem ordem ou advertência, apenas com uma solicitação pessoal.

Nóvikov respondeu à solicitação do chefe da OLP da seguinte forma:

— Que eu faça alguma coisa no *lager* por uma solicitação sua, está fora de questão. Mas posso ajudá-lo de outra maneira, sugerindo-lhe uma solução possível. Peça ao seu enfermeiro que me faça o pedido; caso ele concorde, estará tudo pronto em aproximadamente uma hora.

Toda essa conversa, acompanhada de um bocado de insultos dirigidos a Nóvikov, me foi relatada por Tkatchuk.

Riva-Rocci

Depois de avaliar a situação, pedi a Nóvikov que preparasse o terreno para o bendito canteiro. Em mais ou menos duas horas tudo estava pronto e o *lager* ficou resplandecente de tão asseado. Os limites do canteiro foram traçados, as flores, plantadas e o OLP, inaugurado.

Nóvikov deixou Baragon no último comboio antes do inverno de 1953-1954.

Antes da partida, nós nos encontramos.

— Desejo que saia logo daqui... Que se liberte de verdade — disse-me o homem que libertou a si próprio. — As coisas caminham para isso, eu lhe garanto. Eu daria tudo para encontrá-lo em Minsk ou Moscou.

— Tudo isso é bobagem, Mikhail Ivánovitch.

— Não, não. Não é bobagem. Sou profeta. Eu pressinto, pressinto sua libertação!

Dali a três meses eu estava em Moscou.

(1972)

DOIS POEMAS

Varlam Chalámov[1]

RELEIO AQUI MINHA VIDA

Releio aqui minha vida
Da primeira à última página.
Por força apuras a vista
Nesta vastidão gelada.

Pelas sombras reconheço
Até na bruma os amigos.
Mas nada disso é segredo,
Numa terra sem perigos.

---

[1] Poemas sem título e sem data extraídos de *Sobránie sotchiniénii v 4 tomakh* (*Obra reunida em 4 tomos*), de Varlam Chalámov, Moscou, Vagrius, 1998, organização e notas de Irina Sirotínskaia. As traduções para o português são de Francisco de Araújo e Cide Piquet.

SE NA VIDA EU FOSSE APENAS UM TURISTA

Se na vida eu fosse apenas um turista,
O ar rarefeito das montanhas
Tragaria, tal qual um alpinista
Absorto no alcance da façanha.

Mas o ar dilacera o coração cansado,
Expele até a última gota de sangue.
E o mundo, que tão bem me compreende,
Põe-se outra vez furioso, encrespado.

E as montanhas, que à minha revelia,
Com os bosques decidem minha sorte,
Desferem contra a minha alegria,
Já tão frágil, um golpe de morte.

ESTIGMA
(ÚLTIMO CONTO DE KOLIMÁ)

Gustaw Herling[1]

> "O que eu vi, um homem não deveria ver, nem deveria saber. Fiquei surpreso com esse terrível poder do ser humano — o desejo e a capacidade de esquecer. Eu queria ficar só. Eu não tinha medo das memórias."
>
> Varlám Chalámov, *Contos de Kolimá*

O Grande Escritor morreu. Já havia três dias que estava morrendo, uma vez que, resistindo com as suas últimas forças e crente de que seria levado outra vez para Kolimá, onde seria surrado e descabelado, tiveram de transportá-lo, com os braços amarrados atrás das costas, do abrigo de idosos e inválidos para um hospital psiquiátrico nos arredores de Moscou. Já havia três dias que estava morrendo, sem saber que morria. A vida o deixava aos poucos, simplesmente o deixava, sem retornar em nenhum momento, nem mesmo

---

[1] Texto publicado na revista *Kultura*, editada em Paris, em 1992. A tradução a partir do russo é de Danilo Hora. Gustaw Herling-Grudzinski (1919-2000) foi um escritor polonês, combatente na Segunda Guerra Mundial e dissidente durante o regime comunista na Polônia. É autor do livro *A World Apart*, publicado em Londres em 1951, no qual descreve sua experiência como prisioneiro no *gulag*. No presente conto, Herling ficcionaliza, à guisa de homenagem, a morte de Chalámov, tal como este fizera em relação ao poeta Óssip Mandelstam no conto "Xerez" (*Contos de Kolimá*, vol. 1, São Paulo, Editora 34, 2015, pp. 108-15). Os eventos das últimas horas de Chalámov foram descritos por Boris Lesniák em suas memórias. (N. do T.)

Posfácio

naqueles momentos breves que permitem ao moribundo reconhecer que está morrendo. Vestindo um pijama listrado, ele ficava sentado no leito, numa ala estreita, junto à janela gradeada e de frente para a abertura redonda na porta de chapas de ferro. De dia, chegavam os fachos duplos da lâmpada sobre a porta e da janela coberta de gelo; de noite, as finas peias de luz das lâmpadas do teto. Às vezes, do corredor vinha o som de passos, ouviam-se gritos e xingamentos, o rangido das chaves nas fechaduras; ele não ouvia nada. Na janela, a vista para um pátio vazio, coberto de neve, separado da rua por uma cerca; aquela vista não era para ele. De raro em raro vinha àquela ala uma mulher velha de avental branco; ele erguia as sobrancelhas com dificuldade e fixava o olhar embaciado no movimento rápido dos seus lábios, mas nos lábios dele não perpassava o mínimo estremecimento. Havia muito tempo que ele estava surdo e quase cego, e recentemente começara a perder o dom da fala; seu balbucio só fazia sentido para aquela única amiga que de quando em quando vinha visitá-lo no abrigo de idosos e inválidos.

Ele, que pelo visto já fora alto e de ombros largos, agora, sentado no leito, parecia-se com um fóssil, ou com um amontoado de gelo em forma de homem. Contra o robe listrado ele pressionava, forte, com ambas as mãos, uma tigela com mingau comido até a metade, da qual projetava-se uma colher. O bloco massivo de sua cabeça repleta de cabelos, como uma pedra coberta de musgo, pairava imóvel sobre a tigela com uma persistência tão intensa que era como se ele procurasse por uma pedra preciosa, perdida ali por acidente. Talvez ele se sentasse daquele jeito, imóvel e à espreita, para poder rechaçar um novo ataque. Era surpreendente que ele não sentisse nenhuma sonolência, nenhuma debilidade característica da velhice, e que os golpes não houvessem conseguido tirar dele um gemido sequer. Estaria estuporado para sempre? Teria encontrado uma forma de afastar a morte com esse estupor? Ou estava assim enregelado porque morria sem ter consciência da própria morte?

Logo depois de ser transferido para o hospital, ele teve perda de memória. A perda foi total, com exceção de uma única imagem. Esta imagem certa vez estivera no centro do seu conto "O ancoradouro do inferno".[2] A silhueta sombria das rochas que cercam a baía de Nagáievo. Em algum lugar lá atrás, do outro lado do oceano, no outro mundo, no mundo real, a clareza das cores outonais esmaecia para sempre. Mas ali, às portas de Kolimá, uma bruma espessa descia dos céus. Ao redor, não havia nenhum rastro de presença humana, era escuro e frio, os prisioneiros caminhavam do navio para a terra, para o "ancoradouro do inferno", e eram engolidos pela noite infinita. E foi essa mesma noite, hostil e brutal, que novamente, muitos anos depois, adentrou o seu coração, preenchendo-o completamente, sem deixar espaço para mais nada. Como se em suas veias corresse um sangue negro, espesso, que a tudo esmagasse apaticamente, causando uma dor surda.

O futuro biógrafo do Grande Escritor talvez venha a observar que ele morria a cada dia, a cada hora, a cada minuto daqueles vinte anos em Kolimá. Por vinte anos ele se arrastou à beira do abismo, e compreendia o que um escorregão poderia significar. Mas não era só isso que ele compreendia: "Faminto e irritado, eu sabia que nada no mundo me faria cometer suicídio. Foi bem nessa época que compreendi a essência do grandioso instinto de sobrevivência".[3] Então ele foi cercado por perguntas constantes: "Permaneci humano ou não?". Qual, então, era o fator mais importante da-

---

[2] Em *A ressurreição do lariço*, São Paulo, Editora 34, 2016, pp. 19-21. (N. do T.)

[3] Citação do conto "Chuva", em *Contos de Kolimá*, vol. 1, p. 57. (N. do T.)

Posfácio

quele grandioso instinto de sobrevivência? Não esquecer. Não para algum dia poder transmitir a outra pessoa suas memórias, não; existem coisas que um homem que nunca esteve no inferno não deve saber. O fator mais importante do grandioso instinto de sobrevivência é a necessidade de preservar na alma todo o sofrimento experimentado, guardá-lo até o último suspiro, ou então encarar a perda da própria consciência. O fator mais importante do grandioso instinto de sobrevivência é a própria vida, por mais terrível e penosa que ela seja, como uma cruz que se carrega até o Gólgota.

Vinte anos depois ele retornou a Moscou: sua mulher o abandonou, sua filha o renegou. Em Kolimá, ele sentia com frequência que havia chegado ao limite da solidão; no entanto, foi só depois de cruzar os umbrais da prisão que ele veio a conhecê-la de verdade. A partir de certo ponto, uma pessoa absolutamente solitária passa a ter medo de si mesma, tenta fugir de si mesma. E, no caso dele, isso só podia significar uma fuga para o seu passado em Kolimá. Ele estava se preparando para essa fuga e, por vezes, chegava tão longe que não conseguia entender em qual tempo e em qual lugar se passava a segunda metade da sua vida. Então ele imergiu no Vazio, na leveza irrefletida dos entorpecentes e da purificação interna. Mas certa noite, quando seus olhos passeavam pelo teto, ele de repente sentiu uma pontada, algo que pressionava seu peito. Tentou se livrar, mas a garganta se fechou, e então veio a asfixia. Tudo acabou num ataque de tosse seca, acompanhado de uma descida lenta pela íngreme palavra: "não, não, não". Mais tarde, ao referir-se a este episódio em um de seus contos,[4] o Grande Escritor escreveu que naquele momento ele percebera que estava pronto para esquecer-se de tudo, para obliterar vinte anos de sua própria

---

[4] "O trem", em *O artista da pá*, São Paulo, Editora 34, 2016, pp. 376-87. (N. do T.)

vida — e que anos! —, e, tendo-o percebido, ele vencera uma batalha contra si mesmo. Ele compreendera que não ia permitir que sua memória se livrasse de tudo que ele tinha visto. Então ele se acalmou e voltou a dormir.

Ele escreveu seus contos sem se importar com o futuro deles. Escreveu que eles "faziam parte da natureza", apenas existiam, independente de quando, de como e de para quem; pois para a terra não importa quem colhe os seus frutos, nem quando nem para quê; quando a maré baixa, o mar não se importa com aquilo que ele deixou nos rochedos da costa. Cada conto tinha a forma de um poema, crescendo linha após linha e circundando o núcleo de um episódio ou de um acontecimento. Lentamente, em meio ao silêncio e ao tormento, ele buscava palavras que pudessem se combinar de modo exato ao material descrito. "Eu não conseguia, não conseguia espremer do meu cérebro ressecado pelo campo de prisioneiros nenhuma palavra supérflua."[5] Em seus contos não havia uma palavra supérflua, não havia uma palavra que ele não tivesse pesado longa e desconfiadamente na palma da sua mão calejada de prisioneiro. Ele não se importava com o destino dos seus contos, no entanto, eles se infiltraram no mundo de várias maneiras. Escreveu mais de uma centena deles, e poderia ter escrito muito mais. Ele se tornou o maior explorador, topógrafo e cronista daquele arquipélago desconhecido, do inferno que o homem construiu para o homem. Se ele tivesse força suficiente, se o tivessem deixado em paz... Mas perdeu a visão e a audição, tornou-se decrépito; e dele foram exigidas declarações de que a vida tornara seus contos irrelevantes. Ele escreveu essa declaração, o que fez com que os que o rodeavam tivessem motivos para falar de "traição". E ele foi deixado sozinho. E ele queria ficar sozinho, já

---

[5] Citação do conto "O termômetro de Grichka Logun", em *A ressurreição do lariço*, p. 48. (N. do T.)

Posfácio

não tinha mais medo das memórias. Porém, fez com elas um pacto de que deveriam entorpecer-se e silenciosamente acompanhá-lo rumo ao seu entorpecimento cada vez maior. Como agradecimento por sua "traição", deram-lhe um lugar no abrigo de idosos e inválidos — um quarto quente e confortável. Lá ele pôde ficar sozinho e, à sua maneira, feliz, assim como era feliz "à sua maneira" o padre cego do seu conto "A cruz",[6] que tentava passar o dia e a noite dormindo, pois apenas nos sonhos era capaz de enxergar. No dia do seu aniversário de 75 anos, ele cedeu outra vez à tentação de escrever, e murmurou alguns poemas curtos à única amiga que veio visitá-lo naquele dia. Eles logo foram publicados no exterior. Então ele foi punido com uma espécie de cela carcerária no hospital psiquiátrico.

Já fazia três dias que ele estava morrendo ali, sem saber que morria. E sempre aquela mesma imagem — mais precisamente, a mesma visão. Os portões negros, alguém que ele não consegue ver golpeia-os com um aríete; uma fila negra de pessoas se aproxima do portão, mas de repente para; eles tentam recuar, os rochedos negros trepidam de ambos os lados do portão, sobre eles o céu negro desce como um véu, e os portões se abrem lentamente; atrás dos portões, ao longe, as nuvens negras rodopiam, refletem o rubor do fogo, o mar negro esfrega-se na margem como um animal enorme de pelos eriçados, e a multidão de pessoas novamente se move e caminha em frente, aos poucos dispersando-se e sumindo dentro da bocarra negra incandescente.

Ele apertava cada vez mais forte a tigela entre as mãos, firmava convulsivamente os pés no chão, tentando manter-se sentado. E assim, sentado, ele ficou, até a madrugada do quarto dia. Quando clareou o dia na janela coberta de gelo, ele se deixou cair no travesseiro e esticou as pernas, conti-

[6] Em O *artista da pá*, pp. 125-34. (N. do T.)

nuando a pressionar a tigela contra a barriga. A sonolência instável trouxe o toque de algo tépido ao seu rosto, à sua cabeça, ao seu pescoço. Ele já não tinha mais forças para levantar as pálpebras, e já não conseguia olhar, nem mesmo com o olhar embaciado, para aquela mulher velha de avental branco, que o acariciava, o abraçava e repetia algumas palavras com voz monótona. Sem vê-la ou ouvi-la, apenas pressentindo o degelo próximo, ele se lembrou de Anna Pávlovna, de Kolimá, uma mulher pequena e franzina que certa vez passara em frente à sua brigada da lavra de ouro e, apontando para o sol que se punha, gritara: "Está próximo, rapazes, está próximo". "A vida inteira me lembrei dela", ele admite em seu conto.[7] Lembrou-se dela a vida inteira como o mais belo símbolo da Esperança. E a única esperança, então, era a de voltar para o barracão e tombar na sua tarimba. "Não se pode viver sem esperança", foi o que, cem anos atrás, disse o cronista da *Casa morta*.[8] E morrer? Seria possível morrer sem esperança? No final, ele compreendeu que morria; no final, ele ressuscitou suas memórias e rodeou-se delas. No final, triunfou a memória incólume. Ele sorriu, e em seu sorriso débil, quase imperceptível, a sombra do sofrimento mesclou-se à sombra da celebração do triunfo. E ele morreu como alguém que cai no sono depois de percorrer uma estrada exaustivamente longa e difícil, deixando-se afundar confortavelmente na profundeza pura e negra. O futuro biógrafo do Grande Escritor talvez venha a investigar nos braços de quem ele morreu.

E agora ele jaz no caixão coberto de flores, e sobre ele, no alto, um sacerdote executa os últimos ritos. A ala estreita foi transformada numa capela, pequena e escura, onde

---

[7] "Chuva", p. 59. (N. do T.)

[8] Referência ao livro *Escritos da casa morta* (1862), de Fiódor Dostoiévski. (N. do T.)

trinta pessoas com velas finas e de brilho intenso formam um anel cerrado em volta do caixão. Naquele dia de janeiro caiu uma neve pesada, e o frio, simultaneamente, arrefeceu. Na penumbra da capela, as chamas das velas em formato de estrelas empalideciam com a brancura cintilante que vinha da janela, e empalideciam o rosto das pessoas que formavam o anel. Eu gostaria de poder ler algo nos seus olhos, mas todos tinham o olhar voltado para o rosto do falecido.

Seu rosto era uma máscara mortuária. As órbitas afundadas, o nariz alongado e pontudo, as pintas nas faces, como cicatrizes, a curvatura da boca amarga, quase derrisória, remanescente do sorriso agônico — só a partir de um rosto que morrera há muito é que a morte seria capaz de moldar tal máscara. O sacerdote fechou o livro de rezas, benzeu o corpo do falecido e desceu. Fez-se silêncio. Um jovem rapaz saiu do anel e foi até o caixão, ergueu a vela, cuja chama reluzia em seus olhos, e pronunciou numa voz clara e forte: "Em cada um dos rostos, em cada um, Kolimá escrevera suas palavras, deixara seu traço, talhara algumas rugas a mais, plantara para sempre uma mancha de congelamento, um estigma indelével, uma marca de ferrete indestrutível!". Era uma citação de "Silêncio",[9] um dos contos do Grande Escritor. Novamente o silêncio tomou a capela. O caixão do Grande Escritor foi levado aberto até a cova; sobre a sua máscara fúnebre os últimos flocos de neve caíram e logo derreteram, as gotas desceram, lavando-a. Antes de o caixão ser fechado, uma das mulheres enxugou seu rosto com um lenço grande.

O futuro biógrafo do Grande Escritor talvez aprove a frase escolhida pelo jovem rapaz para o discurso fúnebre. É uma frase quase única na obra do Grande Escritor. Como se sabe, ele era muito cauteloso com repetições e palavras des-

[9] Em *A ressurreição do lariço*, p. 27. (N. do T.)

necessárias, e mantinha com os pontos de exclamação uma relação de desconfiança. É por isso que as três ocorrências da palavra *estigma*, ainda que por sinônimos, uma palavra-imagem, reforçada por adjetivos pungentes e carimbada com um ponto de exclamação, soam, naquele seu "Silêncio", como uma maldição bíblica, como um estrondo que sobe das profundezas da terra.

MAPA DA UNIÃO SOVIÉTICA

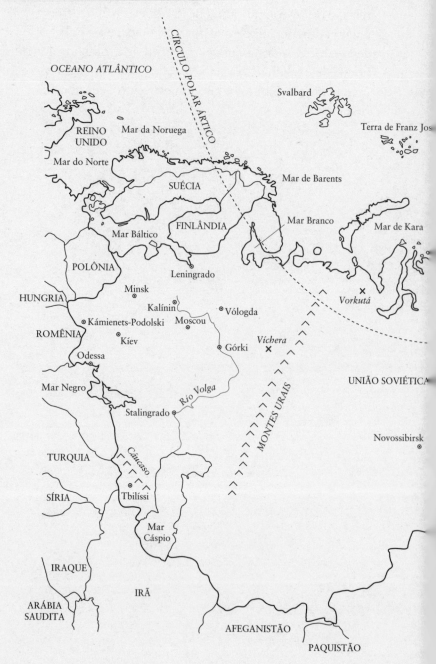

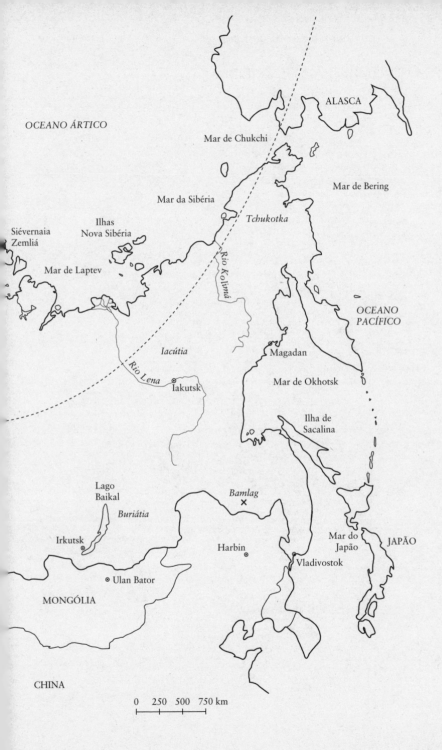

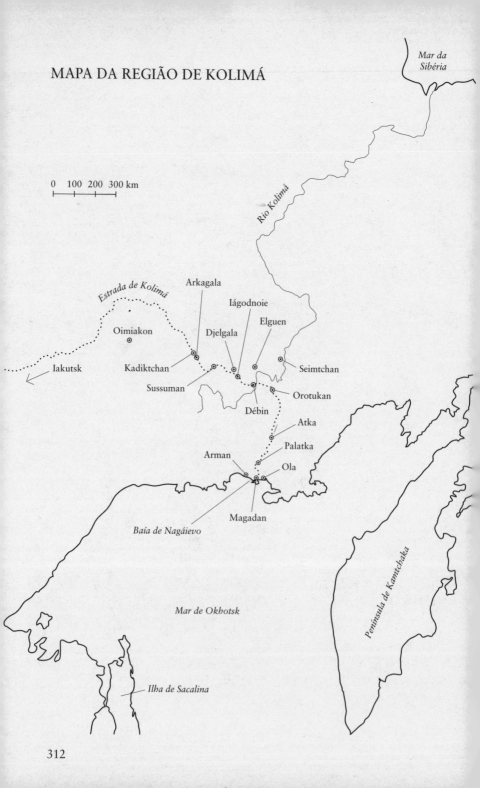

GLOSSÁRIO

artigo 58 — Artigo do Código Penal Soviético de 1922, relativo a crimes políticos por atividades contrarrevolucionárias.

bamlagóvka — Gorro dos prisioneiros dos campos de trabalho. O termo é derivado de Bamlag, acrônimo de *Baikálo-Amúrski Ispravítelno--Trudovoi Lager*, Campo de Trabalho Correcional do Baikal e Amur.

benzinka — Lamparina artesanal de vapor de benzina.

Berlag — Acrônimo de *Beriegovói Ispravítelno-Trudovoi Lager*, Campo Costeiro de Trabalho Correcional, da região de Magadan.

bitóvik — Preso condenado por crimes comuns.

blatar — Bandido ou criminoso profissional que segue o "código de conduta" da bandidagem.

burki — Botas de cano alto de feltro, sem corte, feitas especialmente para o clima muito frio.

chtimp — Termo semelhante a *fráier*; criminoso novato, inexperiente.

complexo vitamínico — Galpão onde se fabricava o extrato de coníferas para combate ao escorbuto. Referência irônica às diferentes organizações dos campos de trabalhos forçados (*vitaminni kombinat*, em russo; *kombinat* tem o sentido de conglomerado de empresas).

continente — A Rússia Ocidental. Termo usado pelos habitantes de ilhas e por desterrados para se referir à região "civilizada e livre" da Rússia. O mesmo que Terra Grande.

Dalkraisud — Acrônimo de *Dalnevostótchni Kraievói Sud*, Tribunal Regional do Extremo Leste.

Dalstroi — Acrônimo de *Glávnoie Upravlênie Stroítelstva Dálnego Siêvera*, Administração Central de Obras do Extremo Norte. Submetido ao NKVD, foi um truste estatal fundado em 1938.

Glossário   313

Dalúgol — Acrônimo de *Gossudárstvienni Triest Úgolnoi Promíchlienosti Dálnego Vostoka*, Truste Estatal da Indústria Carbonífera do Extremo Oriente.

dokhodiaga — Categoria de prisioneiros completamente sem forças, esgotados, acabados.

Donbass — Acrônimo de *Doniétski Kamiennoúgolni Bassiéin*, Bacia de Carvão de Pedra de Doniéts, área que abrange o extremo leste da Ucrânia e parte da região russa de Rostóv.

faxina — Chamavam de "faxina" (*dneválnii*) o preso ou a presa responsável pela manutenção geral dos barracões, escritórios etc., o que era considerado um trabalho leve.

fráier — Termo do jargão criminal. Indica o criminoso ocasional, que não faz parte da bandidagem; sinônimo de ingênuo, vítima dos bandidos de verdade.

Gosstrakh — Acrônimo de *Gossudárstvienoie Strakhovánie*, Seguridade Estatal.

ISTch — Acrônimo de *Informatsiónno-Sliédstvennoi Tchasti*, Repartição de Informação e Inquérito.

karpunkt — Acrônimo de *karentinni punkt*, ponto de quarentena.

Komsomol — Acrônimo de *Kommunistítcheski Soiúz Molodioji*, a Juventude Comunista da URSS.

komsomóliets — Membro do Komsomol.

komsomolka — Integrante feminina do Komsomol.

KRTD — Acrônimo de *Kontrrevoliutsiónnaia Trotskítskaia Dieiatelnost*, Atividade Trotskista Contrarrevolucionária.

KVJD — Acrônimo de *Kitáisko-Vostotchnaia Jeliésnaia Doroga*, Ferrovia da China Oriental.

KVT ou *KVTch* — Acrônimo da *Kulturno-Vospitátelnaia Tchast*, Repartição de Cultura e Educação, destinada a "reeducar" os presos.

KZOT — Acrônimo de *Kódeks Zakónov o Trudié*, Código das Leis do Trabalho.

lager — Campo de trabalhos forçados.

lagerniki — Prisioneiro do *lager*.

lepilo — O enfermeiro ou médico do campo de trabalhos forçados, na linguagem dos criminosos, junto ao qual pode-se obter algum tipo de narcótico.

lepkom — Acrônimo de *lekárski pomóshnik* (auxiliar médico). O mesmo que *lepilo*.

líternik — Prisioneiro condenado pelo item "KRTD" do artigo 58 do Código Penal Soviético; ou seja, aquele que foi preso por "atividades trotskistas contrarrevolucionárias".

makhorka — Tabaco muito forte e de baixa qualidade.

MGU — Acrônimo de *Moskóvski Gossudárstvieni Universitiét*, Universidade Estatal de Moscou.

MUR — Acrônimo de *Moskóvski Ugolóvni Rózisk*, Serviço Criminalístico de Moscou.

MVD — Acrônimo de *Ministiérstvo Vnutriénnikh Diel*, Ministério do Interior da URSS.

Narkom — Acrônimo de *Naródni Komissariat*, Comissariado do Povo.

Narkomindiel — Acrônimo de *Naródni Komissariat Inostránnikh Diel*, Comissariado do Povo de Relações Exteriores.

NKVD — Acrônimo de *Naródni Komissariat Vnútrennikh Diel*, Comissariado do Povo para Assuntos Internos. Responsável pela segurança do Estado soviético, substituiu o OGPU.

OGPU — Acrônimo de *Obiediniónnoie Gossudárstvennoie Polititcheskoie Upravlênie*, Direção Política Unificada do Estado. Órgão de controle e repressão ligado à polícia secreta, funcionou entre 1923 e 1934, sendo substituído pelo NKVD.

OK — Acrônimo de *Ozdorovítelnaia Komanda*, Grupo de Restabelecimento da Saúde.

OLP — Acrônimo de *Otdiêlni Láguerni Punkt*, Posto Destacado do Campo, repartição de base de um campo de trabalhos forçados criada para controlar melhor a produção.

OP — Acrônimo de *Ozdorovítelni Punkt*, Posto de Restabelecimento da Saúde.

OSO — Acrônimo de *Osóboie Sovieschánie*, Comissão Especial.

pakhanes — Ladrões mais velhos e experientes.

passaporte — Documento de identidade válido apenas no território russo.

permafrost — Camada do solo permanentemente congelada (*viétchnaia merzlotá*, em russo).

poliárnikes — Exploradores de regiões polares.

Glossário   315

politsai — Do alemão *Polizei* (polícia), termo pejorativo que designava os cidadãos que, durante a ocupação alemã na Segunda Guerra Mundial, colaboraram com a polícia nazista.

portchak — Bandido que não goza de nenhuma autoridade.

pud — Medida antiga equivalente a 16,38 kg.

Rabfak — Acrônimo de *Rabótchi Fakultiét*, Faculdade Operária, curso preparatório para ingresso na universidade destinado a jovens operários e camponeses.

rabotiaga — Prisioneiro esforçado, trabalhador.

raiotdiel — Acrônimo de *raionnie otdelenie*, seção distrital.

RONO — Acrônimo de *Raiónni Otdiel Naródnogo Obrazovánia*, Seção Distrital de Educação do Povo.

RUR — Acrônimo de *Rota Ussílennogo Rejima*, Companhia de Regime Intensivo.

schi — Tradicional sopa russa à base de repolho.

Serpantinka ou *Serpantínnaia* — Prisão de inquérito localizada em Magadan sob jurisdição do NKVD e do Sevvostlag.

Sevvostlag — Acrônimo de *Siêvero Vostótchni Ispravítelno-Trudovoi Lager*, Campo de Trabalho Correcional do Nordeste.

SMERCH — Acrônimo de *Smiért Chpiónam!* (Morte aos Espiões!), designação de algumas organizações de contraespionagem da URSS durante a Segunda Guerra Mundial

sovkhoz — Unidade agrícola gerida pelo Estado, voltada para a produção de alimentos em larga escala.

SPO — Sigla de Seção Política Secreta, criada em 1931. Cuidava tanto da repressão política, quanto do controle da informação e das artes.

stakhanovista — Referência a Aleksei Stakhánov (1906-1977), operário e herói socialista que defendia o aumento de produtividade baseado na força de vontade dos trabalhadores.

stlánik — Espécie de pinheiro (*Pinus pumila*).

tchekista — Membro da Tcheká, nome da polícia política soviética entre 1918 e 1922.

tchifir ou *tchifirka* — Chá de erva forte, amarga, que tira o sono.

telogreika — Literalmente, "esquentador de corpo". Agasalho acolchoado, confeccionado para proteger contra o clima rigoroso do inverno russo. Fazia parte do uniforme do Exército Vermelho.

Terra Grande — A Rússia Ocidental, o mesmo que "continente".

tranzitka — Local de detenção dos prisioneiros que aguardam transferência para os campos ou que estão voltando para o continente.

TsK — Acrônimo de *Tsentrálni Komitiét*, Comitê Central.

Tsvietmetzóloto — Acrônimo de *Vsiesoiúznoie Obediniénie po Dobítche, Obrabótke i Realizatsi Tsvetníkh Metállov, Zólota i Platíni* (Associação para Extração, Preparação e Comercialização de Metais Não Ferrosos, Ouro e Platina da URSS).

udárniki — Os trabalhadores que alcançavam os melhores resultados em suas tarefas, que batiam recordes de produção. Em Kolimá, era também o nome dos "sábados comunistas", trabalho voluntário realizado nos dias livres em prol da comunidade.

urka, urkagán ou *urkatch* — Bandido proeminente no mundo do crime; de modo geral equivale ao termo *blatar*.

URO — Acrônimo de *Utchiótno Raspredielítelni Otdiel*, Setor de Controle e Distribuição.

URTch — Acrônimo de *Utchótno-Raspredelítelnaia Tchast*, Seção de Registro e Distribuição.

vlássoviets — Integrantes do exército russo que se uniram às forças antissoviéticas, lutando ao lado dos alemães na Segunda Guerra Mundial. Receberam essa denominação a partir do sobrenome do tenente-general Andrei Andrêievitch Vlássov (1901-1946).

VOKHR — Acrônimo de *Voienizírovannaia Okhrána*, Guarda Armada.

volniachka — Detento que já tinha cumprido sua pena, mas continuava no campo na condição de assalariado.

XX Congresso — XX Congresso do Partido Comunista da URSS, realizado entre os dias 14 e 25 de fevereiro de 1956. Ficou famoso sobretudo pela denúncia dos crimes de Stálin feita pelo então secretário-geral do Partido, Nikita Khruschov.

zek, z/k ou *zeká* — Acrônimo de *zakliutchióni kanaloarmêiets*, termo usado desde os anos 1920 para designar os prisioneiros de campos de trabalhos forçados. O termo *kanaloarmêiets* foi adotado durante a construção do Canal Mar Branco-Báltico entre 1931 e 1933.

zemliánka — Habitação escavada no solo.

ZIS — Veículo produzido pela empresa russa ZIL (acrônimo de *Zavod Ímeni Stálina*).

Glossário

Varlam Tíkhonovitch Chalámov (1907-1982)
na década de 1960, em retrato de Boris Lesniák.

SOBRE O AUTOR

Varlam Tíkhonovitch Chalámov nasceu no dia 18 de junho de 1907, em Vólogda, Rússia, cidade cuja fundação remonta ao século XII. Filho de um padre ortodoxo que, durante mais de uma década, atuara como missionário nas ilhas Aleutas, no Pacífico Norte, Chalámov conclui os estudos secundários em 1924 e deixa a cidade natal, mudando-se para Kúntsevo, nas vizinhanças de Moscou, onde arranja trabalho num curtume. Em 1926 é admitido no curso de Direito da Universidade de Moscou e, no ano seguinte, no aniversário de dez anos da Revolução, alinha-se aos grupos que proclamam "Abaixo Stálin!". Ao mesmo tempo escreve poemas e frequenta por um breve período o círculo literário de Óssip Brik, marido de Lili Brik, já então a grande paixão de Maiakóvski. Em fevereiro de 1929, é detido numa gráfica clandestina imprimindo o texto conhecido como "O Testamento de Lênin", e condenado a três anos de trabalhos correcionais, que cumpre na região de Víchera, nos montes Urais. Libertado, retorna a Moscou no início de 1932 e passa a trabalhar como jornalista para publicações de sindicatos. Em 1934, casa-se com Galina Ignátievna Gudz, que conhecera no campo de trabalho nos Urais, e sua filha Elena nasce no ano seguinte. Em 1936, tem sua primeira obra publicada: o conto "As três mortes do doutor Austino", no número 1 da revista *Outubro*. Em janeiro de 1937, entretanto, é novamente detido e condenado a cinco anos por "atividades trotskistas contrarrevolucionárias", com a recomendação expressa de ser submetido a "trabalhos físicos pesados".

Inicia-se então para Chalámov um largo período de privações e sofrimentos, com passagens por sucessivos campos de trabalho, sob as mais terríveis condições. Após meses detido na cadeia Butírskaia, em Moscou, é enviado para a região de Kolimá, no extremo oriental da Sibéria, onde inicialmente trabalha na mina de ouro Partizan. Em 1940, é transferido para as minas de carvão Kadiktchan e Arkagala. Dois anos depois, como medida punitiva, é enviado para a lavra Djelgala. Em 1943, acusado de agitação antissoviética por ter dito que o escritor Ivan Búnin era "um clássico da literatura russa", é condenado a mais dez anos de prisão. Esquelético, debilitado ao extremo, passa o outono em recuperação no hospital de Biélitchie. Em dezembro, é enviado para a lavra Spokóini, onde fica até meados de 1945, quando volta ao hospital de Biélitchie; como modo de prolongar sua permanência, passa a atuar como "organizador cultural". No outono, é designado para uma frente de trabalho na taiga, incumbida do corte de árvores e processamento de madeira — ensaia uma fuga, é capturado, mas, como ainda está sob efeito da segunda condenação, não tem a pena acrescida; no entanto, é enviado para trabalhos gerais na mina punitiva de Djelgala, onde passa o inverno. Em 1946, após trabalhar na "zona pequena", o campo provisório, é convidado, graças à intervenção do médico A. I. Pantiukhov, a fazer um curso de enfermagem para detentos no Hospital Central. De 1947 a 1949, trabalha na ala de cirurgia desse hospital. Da primavera de 1949 ao verão de 1950, trabalha como enfermeiro num acampamento de corte de árvores em Duskania. Escreve os poemas de *Cadernos de Kolimá*.

Em 13 de outubro de 1951 chega ao fim sua pena, e Chalámov é liberado do campo. Continua a trabalhar como enfermeiro por quase dois anos para juntar dinheiro; consegue voltar a Moscou em 12 de novembro de 1953, e no dia seguinte encontra-se com Boris Pasternak, que lera seus poemas e o ajuda a reinserir-se no meio literário. Encontra trabalho na região de Kalínin, e lá se estabelece. No ano seguinte, divorcia-se de sua primeira mulher, e começa a escrever os *Contos de Kolimá*, ciclo que vai absorvê-lo até 1973. Em 1956, definitivamente reabilitado pelo regime, transfere-se para Moscou, casa-se uma segunda vez, com Olga Serguêievna Nekliúdova, de quem se divorciará dez anos depois, e passa a colaborar com a revista *Moskvá*. O número 5 de *Známia* publica poemas seus, e Chalámov começa a ser reconhecido como poeta — ao todo publicará cinco coletâneas de poesia durante a vida. Gravemente doente, começa a receber pensão por invalidez.

Em 1966, conhece a pesquisadora Irina P. Sirotínskaia, que trabalhava no Arquivo Central de Literatura e Arte do Estado, e o acompanhará de perto nos últimos anos de sua vida. Alguns contos do "ciclo de Kolimá" começam a ser publicados de forma avulsa no exterior. Para proteger o escritor de possíveis represálias, eles saem com a rubrica "publicado sem o consentimento do autor". Em 1967, sai na Alemanha (Munique, Middelhauve Verlag) uma coletânea intitulada *Artikel 58: Aufzeichnungen des Häftlings Schalanow* (*Artigo 58: apontamentos do prisioneiro Schalanow*), em que o nome do autor é grafado incorretamente. Em 1978, a primeira edição integral de *Contos de Kolimá*, em língua russa, é publicada em Londres. Uma edição em língua francesa é publicada em Paris entre 1980 e 1982, o que lhe vale o Prêmio da Liberdade da seção francesa do Pen Club. Nesse meio tempo, suas condições de saúde pioram e o escritor é transferido para um abrigo de idosos e inválidos. Em 1980, sai em Nova York uma primeira coletânea dos *Contos de Kolimá* em inglês. Seu estado geral se deteriora e, seguindo o parecer de uma junta médica, Varlam Chalámov é transferido para uma instituição de doentes mentais crônicos, a 14 de janeiro de 1982 — vem a falecer três dias depois.

Na Rússia, a edição integral dos *Contos de Kolimá* só seria publicada após sua morte, já durante o período da *perestroika* e da *glásnost*, em 1989. Naquele momento, houve uma verdadeira avalanche de escritores "redescobertos", muitos dos quais, no entanto, foram perdendo o brilho e o prestígio junto ao público conforme os dias soviéticos ficavam para trás. Mas a obra de Varlam Chalámov não teve o mesmo destino: a força de sua prosa não permitiu que seu nome fosse esquecido, e hoje os *Contos de Kolimá* são leitura escolar obrigatória na Rússia. Também no exterior a popularidade de Chalámov só vem crescendo com o tempo, e seus livros têm recebido traduções em diversas línguas europeias, garantindo-lhe um lugar de honra entre os grandes escritores do século XX. Prova disso são as edições completas dos *Contos de Kolimá* publicadas em anos recentes, primeiro na Itália (Milão, Einaudi, 1999), depois na França (Paris, Verdier, 2003) e Espanha (Barcelona, Minúscula, 2007-13), e agora no Brasil.

Cronologia de Chalámov em Kolimá

13 de janeiro de 1937 — Acusado de atividades trotskistas contrarrevolucionárias, Varlam Chalámov, então com 29 anos de idade, é encarcerado na prisão de Butirka, em Moscou. É julgado e condenado a cinco anos em um campo de trabalhos forçados.

14 de agosto de 1937 — Juntamente com um grande grupo de condenados, é levado por um navio a vapor até a baía de Nagáievo, em Magadan, na região de Kolimá, extremo leste da Rússia.

Agosto de 1937 a dezembro de 1938 — Trabalha como operário na mina de ouro Partizan.

Dezembro de 1938 — Novamente julgado em conexão com a chamada "trama dos juristas", é levado para a prisão Vaskov, em Magadan.

Dezembro de 1938 a abril de 1939 — Permanece na quarentena de tifo em uma prisão de trânsito em Magadan.

Abril de 1939 a agosto de 1940 — Com problemas de saúde, trabalha em uma equipe de exploração geológica como operador de *boiler* e assistente de topógrafo.

Agosto de 1940 a dezembro de 1942 — Trabalha como operário nas minas de carvão de Kadiktchan e Arkagala.

22 de dezembro de 1942 a maio de 1943 — Trabalha como operário na mina punitiva de Djelgala.

Maio de 1943 — Quando sua pena estava chegando ao fim, é preso novamente, acusado por delatores de "propaganda antissoviética" e por ter elogiado o escritor russo Ivan Búnin, exilado na França.

22 de junho de 1943 — No julgamento na aldeia de Iágodnoie, é condenado a mais dez anos de trabalhos forçados.

Outono de 1943 — Doente e sem forças, é internado no hospital distrital de Biélitchie, próximo a Iágodnoie.

Dezembro de 1943 a verão de 1944 — Trabalha como operário na mina Spokóini.

Verão de 1944 — É preso novamente sob a acusação de "propaganda antissoviética", mas não recebe pena adicional.

Verão de 1945 a outono de 1945 — Sua saúde se agrava e é mantido no hospital de Biélitchie. Com a ajuda dos médicos Boris Lesniák e Nina Savóieva é salvo do estado terminal. Permanece temporariamente no local empregado como trabalhador cultural e ajudante.

Sobre o autor

Outono de 1945 — É enviado para trabalhar no campo de extração de madeira na nascente Adamantina. Depauperado e incapaz de cumprir as cotas, ensaia uma fuga.

Outono de 1945 a primavera de 1945 — Preso, é enviado de volta para a mina punitiva de Djelgala como trabalhador geral.

Primavera de 1946 — Trabalha nas minas de Sussuman. É hospitalizado novamente em Biélitchie com suspeita de disenteria. Ajudado pelo médico Andrei Pantiukhov, é enviado para fazer um curso de enfermagem em um hospital de campo a 23 km de Magadan.

Dezembro de 1946 até 1949 — Após completar o curso é enviado para trabalhar como assistente médico no Hospital Central de Débin, na margem esquerda do rio Kolimá, a 400 km de Magadan.

Primavera de 1949 a verão de 1950 — Trabalha como assistente médico em um assentamento de extração de madeira na fonte Duskania.

1950 a 1951 — Volta a trabalhar no Hospital Central de Débin.

13 de outubro de 1951 a 13 de setembro de 1953 — Com o fim de sua pena, permanece na região para juntar dinheiro e poder voltar a Moscou. Contratado pelo Dalstroi, a estatal que administrava as minas de Kolimá, trabalha como assistente médico nas aldeias de Baragon, Kiubiuma e Liriukovan, no distrito de Oimiakon.

12 de novembro de 1953 — Regressa a Moscou.

SOBRE OS TRADUTORES

Nivaldo dos Santos nasceu em São Paulo, em 1970. É professor de russo do Centro de Ensino de Línguas da Universidade Estadual de Campinas. Obteve a graduação e o mestrado na área de russo da Faculdade de Filosofia, Letras e Ciências Humanas da Universidade de São Paulo, onde defendeu dissertação sobre os *Contos de Odessa*, de Isaac Bábel. Trabalhou como locutor e tradutor na Rádio Estatal de Moscou no final dos anos 1990. Traduziu as novelas *Noites brancas*, de Fiódor Dostoiévski (Editora 34, 2005) e *Tarás Bulba*, de Nikolai Gógol (Editora 34, 2007), o romance policial *A morte de um estranho*, de Andrei Kurkov (A Girafa, 2006), a coletânea *No campo da honra e outros contos*, de Isaac Bábel (Editora 34, 2014), e, com Francisco de Araújo, *A luva, ou KR-2*, sexto volume dos *Contos de Kolimá*, de Varlam Chalámov (Editora 34, 2019).

Francisco de Araújo nasceu em Fortaleza, em 1978. É bacharel em Letras Português-Russo pela Universidade Federal do Rio de Janeiro. Como mestrando em Literatura e Cultura Russa pela Universidade de São Paulo, estuda a obra de Nikolai Leskov. Trabalhou como professor de português do Brasil em Moscou e como tradutor-intérprete em Angola. Para a Editora 34 traduziu *Ensaios sobre o mundo do crime* e *A luva, ou KR-2*, quarto e sexto volumes dos *Contos de Kolimá*, de Varlam Chalámov (2016 e 2019, este último com Nivaldo dos Santos), além do romance *Nós*, de Ievguêni Zamiátin (2017).